나는 메리암 디비나그라시아 마뉴엘이다

나는 메리암 디비나그라시아 마뉴엘이다

다문화평화교육연구소 엮음

당신이 아무리 비폭력 사상이 있다고 해도 체제 전체가 천 년 동안이나 억압을 당해왔다면, 당신 수동성은 당신을 억압자 편에 서도록 할 뿐이다.

프란츠 파농

『나는 메리암 디비나그라시아 마뉴엘이다』라는 제목은 책에서 자기 인권 이야기를 들려준 사람들 이름 중에서 선택했습니다. 1998년에 한국으로 이주한 메리암 디비나그라시아 마뉴엘 씨는 2007년에 한국으로 귀화했습니다. 당시에 한국은 성姓을 제외하고 이름자가 다섯 글자까지 주민등록등본에 기재할 수 있었으나 이주민 귀화자는 자기 나라에서 사용하던 이름을 모두 기재하도록 했습니다. 그런데 메리암 씨가 한국으로 귀화 후 주민등록등본에 이름을 올릴 때 성姓과 이름을 포함해서 여덟 글자로 제한한 규정을 적용했습니다. 그래서 주민등록증을 발급받을 때 메리암 씨는 '메리암 디비나그라시아 마뉴엘'이란 자신 이름 전체가 아닌 '메리암 디비나그라'라는 여덟 글자로 제한해서 기록한 주민등록증을 발급받았습니다. 2022년 8월 가족관계등록부에 기재한 '메리암 디비나그라시아 마뉴엘'이란 원래 이름을 회복하기까지 행정이나 은행 업무를 비롯한 생활 전반에서 어려움과 불편에 직면했습니다. 당시 담당 공무원이 저지른 사소한 실수가 15년 동안 생활 전반에 끼친 불편은 말로 다 할 수 없을 것입니다.

비단 메리암 씨뿐만 아니라 지금 여기 한국 사회에서 사는 이주민 대부분이 이런저런 불편함과 어려움에 직면했을 겁니다. 언어와 문화와 전통이 다른 낯선 나라로 이주해서 이주민으로 사는 것이 용기 있는 행동임에는 틀림이 없습니다. 하지만 이주민과 함께 사는 선주민, 즉 한국 사람이 이주민과 공존하려는 실천도 필요하리라 생각합니다. 그래서 2021년 다문화평화교육연구소는 '이주민과 함께 인권 서로 배우기' 프로그램으로 광주에 사는 이주민 34명과 함께 살아가는 이야기에 관해서 심층 면접했습니다.

이전에는 이주민 인권에 관한 연구에 이주민 당사자 목소리를 담론 전면에 내세우는 대신에 전문가, 학자, 이주민 지원기관과 다문화 지원기관 활동가 목소리에 집중했던 측면도 있었습니다. 이제는 이주민 목소리가 다문화 담론 전면에 들리고, 그 목소리를 이주민과 선주민이 함께 주목하는 시간과 공간이 필요합니다. 그래서 이주민이 선주민에게 의존하고 의지하는 수동적 태도에서 벗어나 주체적이고 독립적이고 자발적으로 살아갈 세상을 상상합니다. 이와 같은 상상은 이주민과 선주민이 함께 머리를 맞대고 서로 대화하고, 논의하고, 토론하고, 실천할 때 비로소 일상에서 실현하는 게 가능하다고 생각합니다. 그래서 광주에서 이주민 인권에 관심을 두고 활동해 온 기관이 함께 모여서 '2022 제1회 광주이주민인권포럼'을 개최하려고 합니다. 책에 등장하는 34명 이주민 가운데 참여를 원하는 이주민과 함께 매월 1회 이주민 인권 의제를 발굴하고 토론하고 워크숍을 열었습니다. 그리고 드디어 2022년 11월 19일에 '제1회 광주이주민인권포럼'을 개최합니다. 이와 같은 여정이 가능한 건 자신이 살아온 이야기와 이주민 인권 이야기를 솔직하고 담백하게 들려준 용기 있는 34명 이주민이 함께했기 때문입니다.

작년에 이주민 인권 심층 면접을 준비하면서 그동안 협력하고 연대해 온 이주민 지원기관과 다문화 지원기관에 심층 면접에 참여할 34명 이주민을 추천하도록 요청했습니다. 광주북구가족센터, 광주동구가족센터, 광주서구가족센터, 광주광산구가족센터, 이주여성인권교육연구소, 광주벧엘교회 다문화부 대표와 실무자가 정성껏 이주민을 추천해 준 덕분에 알차고 깊이 있는 이야기를 들을 수 있었습니다. 모든 분에게 고마운 마음을 전합니다. 또한 심층 면접 참여자에게 연락하고 직접 만나서 심층 면접하고 일차로 정리해 준 다문화평화교육연구소 박향란 연구간사에게 고마움을 표합니다. 자신이 살아온 이야기와 인권 이야기를 들려준 34명 이주민 덕분에 책 출간이 가능했습니다. 정말 고맙습니다. 책 제목에 자신 이름을 사용하겠다는 편집자 요청에 기꺼이 '메리암 디비나그라시아마뉴엘'이란 이름을 내어주고 이름에 얽힌 일화도 전해준 메리암 씨도 고맙습니다. 그리고 가족관계등록부와 주민등록등본을 포함한 호적사무처리지침을 찾아서 알려준 정회명 주무관 도움도 고맙습니다.

빛고을 광주에 사는 34명 이주여성이 들려준 인권 이야기를 시작으로 한국 사회 곳곳에 사는 이주민 이야기가 생생하게 들려지면 좋겠습니다. 그 이야기에 이주민과 선주민이 서로 비추어 보고 배우는 시간과 공간이 곳곳에 늘어났으면 좋겠습니다. 그래서 이주민과 선주민이, 이주민과 이주민, 선주민과 선주민, 그리고 사람과 사람이 더불어 평화롭게 사는 세상이 되었으면 좋겠습니다.

2022년 10월 31일
빛고을 광주 예술길 다문화평화교육연구소에서 박흥순

10

quyền con người

လူအခွင့်အရေး

ស ិ ទ ្ធ ិ ម ន ុ ស ្ ស

人权

правы чалавека

mga karapatang pantao

인권

human rights

मानव अधिकार

Хүний эрх

Menschenrechte

Ανθρώπινα δικαιώματα

මානව හිමිකම්

মানব অধিকার

адам құқықтары

人権

மனித உரிமைகள்

حقوق الانسان

זכויות אדם

মনুষ্য অধিকার

मानव अधिकार

이주민과 함께하는 인권 서로 배우기

리셸 리 게그리모스 · 필리핀

한국 온 뒤 필리핀 다섯 동생 뒷바라지 다 해

필리핀에는 큰 섬 세 개가 있는데, 나는 남쪽에 있는 민다나오Mindanao 섬에서 살았어요. 여섯 남매가 있는 가정에서 맏이로 태어나 어깨가 무거웠어요. 평범한 삶을 살았어요. 아빠는 교육을 받아야 이런 삶의 방향이 달라진다는 생각을 가지고 있었어요. 그런 아빠 덕분에 힘들어도 장학생으로 대학교까지 갔고 교육학을 전공하게 되었죠.

사촌 언니가 한국 사람과 혼인했는데, 친척들이 영어가 서투르다 보니 내가 언니 혼인 과정에서 통역사 역할을 했어요. 그때 한국에 대해서 알게 됐죠. 한 달 정도 있으면서 필리핀은 이렇고, 한국은 이렇고 서로 이야기하는 것을 듣다 보니 한국에 대해 자연스럽게 알게 되었어요. 대학교를 졸업하고 학교 발령을 기다리고 있던 5월에 언니랑 통화하던 중 남편을 소개받았어요. 그리고 6월에 남편이 내 고향에 왔죠. 당시 대학교를 졸업하고 학과에서 추천해서 초등학교 4학년 학생을 6개월 동안 가르치던 중이었어요. 정식 교원은 아니었지만, 발령을 기다리면서 교사 일을 하고 있었죠. 그 와중에 남편을 만난 거예요. 처음에는 국제결혼 생각이 없었어요. 아무것도 모르는 낯선 나라에 가서 내가 뭘 할 수 있을지도 모르겠고, 한국이 어떤 나라인지 잘 모르기 때문에 조금 두려웠지요. 형부랑 만나 이야기하면서 인식이 조금 바뀌었고, 한국에 대해서 조금씩 알아가기 시작했어요. 하지만 한국에 대해 잘 모르는 사람들은 위험한 곳이라 생각했고, 주변 사람들이 많이 걱정했어요. 그래서 가족들도 처음에 걱정했었죠. 이주 초기에 전화할 때면 고향으로 돌아오라고 하기도 했어요.

이런저런 상황에서 결정적으로 국제결혼을 선택하게 된 건 더 나은 세상으로 나가야겠다는 판단 때문이었어요. 맏이로서 역할을 하려면 임금이 낮은 필리핀에서 일하는 것보다 더 나은 세상으로 나가는 게 도움이 되겠다 싶었죠. 가족을 향한 책임감이 있어서 결정했던 겁니다. 그렇게 동생들도 다 졸업시켰고, 지금은 동생들 모두 직장생활을 잘하고 있어요. 다섯째와 막내는 교사가 되었고, 넷째는 은행에서 일하고 있고요. 다른 동생들도 전기와 자동차 분야에서 일해요. 두바이에서도 일할 만큼 능력이 생겼어요. 동생들이 다 잘 돼서 정말 감사하고 뿌듯해요. 한국에 있는 가족이 지원을 많이 해줬고, 그래서 나는 곁에 있는 가족들이 너무 소중해요.

사실 처음에 한국 왔을 때 원망스러운 부분이 있기도 했어요. 믿었던 사촌 언니가 브로커 역할을 했다는 게 충격이었어요. 처음엔 몰랐어요. 시댁에서 들은 말로는 '나에게 돈을 줬다'라고 했는데, 사촌 언니와 형부가 중간에서 다 가져갔던 거예요. 돈 때문에 사촌 언니와의 관계가 안 좋아졌어요. 한국이라는 곳이 나에게는 처음이잖아요. 낯설고 말도 안 통하고 그래서 더 답답하고 속상했어요. 그래도 내 선택을 후회하지 않으려고 최선을 다해 노력했어요. 일단은 한국어를 배워야겠다는 생각에 사전을 찾아가면서 독학했어요. 한국어를 배우는 일이 참 어려웠어요. 항상 나를 지지해주시는 부모님 생각이 많이 났어요. 부모님은 항상 내 선택을 존중해주셨거든요. 그래서 더 책임감이 생기기도 했어요. 부모가 되어보니 '부모 역할이 이렇게 힘든 거구나! 부모님은 참 대단하구나!'라는 생각을 많이 했어요.

처음에는 아리랑 티브이에서 영어로 한국을 소개하는 방송을 보고 한국을 이해했어요. 사극을 보면서 의상, 특히 한복에 대해 이해하게 되었고, 예의를 배우기도 했어요. 한 가지 신기했던 게 부부 역할로 나온 사람들 얼굴이 비슷해 보였다는 거예요. 의상도 비슷했어요. 연예인 중에는 가수 비가 멋져 보였어요. 한국 날씨도 신기했어요. 겨울에 눈 오는 모습이 신기했어요. 처음 한국으로 이주했을 때 가을이었는데, 팥빙수를 먹을 수 있다는 것이 신기했어요. 필리핀에는 냉장고 있는 집이 별로 없었고 얼음도 거의 없었거든요. 2004년 9월 16일에 한국에 도착했는데, 얼마 후 추석이었어요. 가족이 다 같이 모이는 큰 명절이라는 것을 몰라서 당황하기도 하고 어색하기도 했던 기억이 나요.

아는 언니가 아이를 빨리 낳으면 고향에 갈 수 있다고 해서 바로 아이를 갖게 되었어요. 집안일도 다 하고, 한국어 공부도 하면서 정말 힘들었어요. 무엇보다 한국어 소통이 어려워 갈등이 많았어요. 남편이 장난으로 '바보'라고 했는데, 내가 농담을 받아들이지 못해 많이 울었던 적도 있었어요. 부모님도 나에게 하지 않는 말을 들었다는 생각에 거의 한 달 동안 갈등이 지속되었어요. 아마도 임신하고 있어서 더 예민해져 있었던 거 같아요. 한국어도 익숙하지 않았고 기댈 사람이 없었어요. 시내에 있는 외국인지원센터에서 성당 수녀께 상담받은 후 그 수녀님을 많이 의지했어요. 수녀께서 도움을 많이 주셨어요. 지금도 고맙게 생각합니다.

병원에 가는 것도 힘들었어요. 남편이랑 동행하면 의사는 남편하고만 이야기했어요. 내가 산모 본인이고, 엄마인데 나와 대화하지 않고 남편하고만 대화하니까 기분이 별로 좋지 않았어요. 나에게 어떤 상황인지 알려주지 않더라고요. 차별이라 생각했어요. 아무리 내가 한국어를 잘 말하지 못한다고 하더라도 천천히 설명해주면 나도 알아들을 수 있는데 그 점이 힘들고 서운했어요. 나중에 한국어가 익숙해졌을 때 산부인과에서 나와 비슷한 사람을 보게 되면 도움을 주곤 했어요. 안타까운 마음이 들었거든요.

처음 한국으로 이주했을 때를 떠올리면 낯설고 무섭기도 하고 여러모로 마음이 복잡했던 기억이 나요. '한국에서는 신발을 벗고 집에 들어가야 한다'라는 말을 언니한테서 들었는데도, 처음에는 긴장해서 신발 신고 그대로 집 안으로 들어갔어요. 곧바로 언니에게 들은 말이 떠올라 어찌 할 줄 몰라 당황했어요. 다른 나라에서 왔으니 항상 조심하고, 항상 긴장한 상태였지요. 내가 어떻게 행동해야 할지를 많이 생각하고 고민하다 보니 어려웠어요. 익숙한 가족이랑 떨어져서 지내기도 쉽지는 않았어요.

'왜 내가 불쌍하지?'

이주민으로서 산다는 것은 쉬운 일이 아니었어요. 인간관계에서도 어려움을 겪었어요. 생김새가 다르니까 머리부터 발끝까지 쳐다보기도 하고, 항상 '어디에서 왔어요?'란 질문을 받았어요. 필리핀은 문화도 다르고, 인종도 다른 170여 개 언어를 가진 사람들이 함께 살아요. 그래서 외모나 겉모습이 달라도 쳐다보거나 하는 일은 별로 없어요. 그런데 한국에 오니 항상 쳐다보는 게 좀 무섭기도 하고 불편했어요. 심지어 어떤 사람은 '아이고 불쌍해라!'라고 말하기도 했는데, 나는 '왜 내가 불쌍하지? 왜 그러는 거지?'라고 생각했어요. 처음 만나는 사람들은 내가 한국어를 모른다고 생각해서 자기 말만 했어요. 내가 다 이해하고 있으니까 '한국말 잘하네요'라고 말하기도 했죠. 겉모습만 보고 판단 받는 게 가장 힘들었어요. 마치 '책 겉표지만 보고 재미없다'라고 생각하는 것 같았어요. 내가 처음 한국에 왔을 당시에는 지금보다 더 심했어요. 지금은 많이 달라진 것을 느껴요.

처음 계획은 자녀 한 명만 낳는 거였어요. '한 명만 낳아서 잘 키우자'라고 생각했지요. 그런데 내가 혼자 한국 땅에서 힘들었던 기억이 나서 우리 아이도 혼자서 힘들지 모르니 서로 의지하며 살도록 한 명을 더 낳았어요.

사촌 언니 아이들이 학교 다닐 때 선생님이 언니 아이만 남겨서 공부를 가르쳐줬다고 하더군요. 아이가 한국어를 잘 몰라서 학업이 뒤떨어지니 선생님은 좋은 마음으로 돕고 싶었던 거예요. 하지만 다른 아이들은 그렇게 생각하지 않았고, 그 이후에 따돌림 당했다고 하더군요. 언니 아이를 보면서 우리 아이들이 걱정되기도 했어요. 불안하고 무섭기도 했어요. 그래서 '더 열심히 공부해서 학부모 역할을 제대로 해야겠다'라고 생각했어요. 학교에서 학부모 활동이 있으면 무조건 참여했어요. 그런 내 모습에 다른 학부모들 태도가 바뀌기 시작했어요. '외국인이 무서웠는데 리셀 씨와 교제해보니 그렇지 않다는 걸 알게 되었다'라고 말해주는 학부모도 있었어요. 담임선생님이 항상 나를 지지하고 응원해줬어요. 덕분에 학교에서 '다문화 교실'도 했었죠.

아이들이 초등학교에 입학했을 때 첫날부터 담임선생님께 상담을 요청했어요. 사촌 언니 아이들이 경험한 걸 알고 있었기 때문에 그 상황을 설명하고 '내가 어떻게 해야 할까요?'라고 담임선생님과 상담했어요. 선생님은 '이주 배경을 숨기지 말고 당당하게 이야기하라'라고 지지해주었어요. 담임선생님이 지지한 덕분에 용기를 얻고 학부모와도 만나고 소통하며 엄마로서 권리를 지켰어요. 그렇게 하지 못하는 이주민이 많이 있는데 정말 안타까워요. 이런 내 모습 때문이었을까요? 초등학교 3학년 때 우리 아들이 '자기 엄마와 자기 정체성에 대해 당당하게 이야기하는 것'을 보면서 참 감사했어요. 나를 믿어주는 사람이 있으면 앞으로 바른 방향으로 나아갈 수 있다고 깨닫게 되었어요.

시아버지 지지와 조언에 감사

한국어 공부할 때 시아버지께서 내 지지자가 되어주셨어요. '한국에서 생활하려면 한국어를 잘해야 한다'라고 항상 말씀하며, '한국어를 잘해야 네 능력을 발휘할 수 있다'라고 하셨어요. 그러면서 한국어를 배울 수 있는 곳에 데려다주셨어요. '언어가 기본이다. 언어를 잘하면 사람들이 얕볼 수 없다'라고 말하며 언어가 지닌 중요성을 강조하셨죠. 처음에는 포기하고 싶었는데 지금은 그런 지지와 조언이 정말 고마워요.

물론 어려웠던 순간도 많았어요. 앞에서 말했지만 가장 어려웠을 때 성당 수녀님 도움이 컸어요. 그분께 참 고마워요. 남편과 갈등이 있을 때 상담해주셔서 많은 도움이 되었거든요. 시내에 있던 다문화센터에서도 이주 초기에 많은 도움을 받았어요. 고향 이야기를 나눌 수 있었고, 이야기하면서 무거운 마음도 덜어낼 수 있어서 좋았어요. 그런데 점점 시간이 지나면서 사람들이 자기 생각만 이야기하고 소통이 되지 않아서 갈등도 생기게 되었어요. 당시에는 자조 모임이나 공동체를 이끌 안내자나 중재자가 없어서 갈등이 생기면 해결하는 게 쉽지 않았어요. 그래서 모임을 안내하고 중재하는 전문가가 있는 센터나 기관이 많으면 좋겠다고 생각했어요.

이주민이라는 이유로 차별받은 경험도 엄청 많았어요. 한번은 경찰서까지 간 적도 있어요. 택시를 탔는데 택시 기사가 여러 나라에 관해 이야기하면서 '어디서 왔어?'라고 물어보더군요. 나는 친절하게 '필리핀에서 왔어요'라고 대답했죠. 그러자 택시 기사가 '필리핀은 가난한 나라이다.

돈 벌려고 한국에 왔다'라는 식으로 이야기하더라고요. 내 사정도 잘 모르면서 무작정 그렇게 이야기하니 화가 났어요. 심지어는 길도 뺑뺑 돌아서 가는 거예요. 그래서 내가 '왜 지름길이 아니라 돌아서 가느냐?'고 물었더니 욕하며 화를 내더군요. 이주민이라는 이유로 받는 이런 차별과 모욕을 용납할 수 없었어요. 그래서 경찰서까지 가게 되었어요. 결국 사과는 받았지만 '모욕당했다'라는 생각이 들었어요. 경찰도 큰 사건이라 여기지 않았고, 귀찮아하며 그냥 그 상황만 마무리하려고 했어요. 또 한 번은 아파트 위층에서 물이 샌 적이 있었어요. 마트에서 위층 집주인을 만났는데 '당신이 물이 샌다고 거짓말해서 집 상황이 이렇게 되었다'라고 다짜고짜 내게 말하더군요. 아이들과 같이 있는데 엄마를 거짓말쟁이로 모는 게 옳지 않다고 생각해 무례하게 말하지 말라고 항의했어요. 그랬더니 반말하며 나에게 핀잔을 주더라고요. 인사도 하지 않고 예의가 없다고 타박을 주기도 하더군요. 당황스럽고 어이없었어요. 그런 일을 겪으면서 생각했어요. 차별받지 않으려면 '무엇이든지 잘 알아야 하고, 내 생각을 제대로 전달해야 한다'라는 것을 느꼈어요. 법도 제대로 알아야 하고, 내 인권도 스스로 지켜야 한다고 생각했어요. 물론 함께 사는 다른 사람도 노력해야겠지만 가장 중요한 건 나 자신이 최선을 다해야 하고, 내 권리를 알고 지켜야 한다고 생각해요.

광주는 역사 도시라고 생각해요. 광주에서 놀러 나가면 충장로로 나가요. 광주 시내를 둘러보며 남편이 역사 기행을 해줬어요. 5·18 기념공원도 가고, 5·18민주묘지도 가보았지요. 광주 사람은 5·18민주화운동에 대해 자부심이 있는 거 같더군요. 광주 사람과 만나서 이야기할 기회가 있으면 '역사'에 대해 많이 이야기해요. 광주에 살면서 역사를 알고 있으면 마음이 하나되는 느낌이 있어요. 역사로 연결이 된다고 생각해요. 광주에 사는 시민으로서 광주에 관심이 아주 많아요. 광주에서 활동하고 일하고, 역사에 대해서 함께 이야기할 수도 있어요. 다른 사람이 광주에 오게 되면 광주라는 도시를 소개할 수 있다는 자부심도 있어요. 광주를 마음에 담고 17년 동안 살고 있으니까요.

다문화 강사를 하고 있는데 아직도 다문화에 대한 인식이 개선되지 않은 것 같아요. 고정관념을 가진 사람들이 아직도 많아서 무언가를 시도하려고 할 때 어디서, 어떻게, 누구와 연대하고 시작할지 잘 모르겠어요. 지금 당장은 일하는 직장이 있으니 천천히 한 발씩 앞으로 나아가는 수밖에 없는 것 같아요.

코로나19로 인해 가장 힘든 것은 이주민이라는 이유로 받는 차별이에요. 지인 한 사람이 헬스클럽에 등록하려 했는데 이주민이라서 등록을 거절당했다고 하더군요. 일자리도 이주민보다는 선주민을 선호하니 코로나로 가장 어려운 사람이 이주민이에요. 이주민이기에 지원금도 못 받고, 가족이랑 왕래하지 못 하고 만날 수 없다는 것도 힘든 점이에요. 정기적으로 모이는 모임이나 공동체는 광주북구가족센터에 있어요. 센터에 다니는 사람들과 모여요. 같이 사는 지역 주민들 공동체가 있으면 좋겠다는 바람도 있어요. 같이 더불어 살 수 있는 그런 프로그램이 있으면 좋겠어요. 가까이 함께 사는 사람들끼리 소통하고 배우고 공감할 수 있는 공간이 있으면 서로 역량도 커지겠죠.

인권, 내가 당연하게 가지고 있는 기본 권리

인권교육을 받은 경험이 있어요. 광주북구가족센터에서도 인권에 대해 많은 이야기를 나눴어요. 광주는 인권도시라 생각해요. 처음에 인권에 관해 인식이 별로 없었어요. '내가 이 땅에 살러 왔으니 이곳 여건에 맞춰야 한다'라고 말하고 생각했어요. 하지만 인권교육을 통해 알게 되었죠. 인권에 대해 알아야 나 스스로가 노력할 수 있고 내가 할 수 있는 것들이 생겨요. 내가 마땅히 누려야 할 인권이 무엇인지 알아야 실천할 수 있어요. 살아보니 다양한 방면에 인권은 존재하더라고요. 어쩌다 한 번씩 통역을 하러 갈 때가 있는데, 어떤 부분에 있어 사람이 사람을 무시하는 경향이 보여요. 그런 점에 대해서 민감성이 생겼기 때문에 나도 더 꼼꼼히 알아보고 바로잡으려 노력해요. 누구나 인권교육을 받으면 좋겠어요. 다문화 교육을 하며 교수님이 하신 말이 기억나요. '이주민도 당연히 인권을 보장받아야 한다.' 인권은 내가 마땅히 누려야 할 권리이기 때문에, 알아야 하고 배워야 해요. 모든 사람이 차별 없이 살아가는 게 중요하다고 생각해요.

인권은 아는 것이 중요하지만, 아는 만큼 실천하는 게 더 중요하다고 생각해요. 인권 강사는 인권에 민감성을 가진 누구나 할 수 있는 일인 것 같아요. 전문적으로 알고 있는 강사가 있으면 물론 더 좋겠지만 같이 살아가는 사람들과 함께 소통하면서 나누는 일이 중요하다고 생각해요. 서로 알려주고 배우고 나누는 일이 중요해요. 내가 만약 '인권교육을 담당하는 강사'라면 '서로 이야기하고 배우는 강의'를 하고 싶어요. 서로 이해하는 것이 중요하고 서로 배우는 게 중요하기 때문이죠. 배워야 실천할 수 있고 알아야 당당해질 수 있어요. 내가 당당하면 누구도 함부로 대할 수 없다는 걸 알리고 싶어요.

동료 이주민에게 '같이 배우고 같이 손잡고 더불어 살아요!'라고 말하고 싶어요. 우리가 원하는 삶으로 나아가려면 같이 힘내고, 같이 최선을 다해야 하거든요. 한 명이면 힘이 없고 둘이면 좀 약하겠지만 셋이면 더 강해져요. 함께 하는 게 중요해요. 그리고 선주민에게 '이주민에 대한 고정관념을 내려놓으면 좋겠어요'라고 말하고 싶어요. 겉모습만 보지 말고 마음을 들여다보고 사람 자체로 봐줬으면 좋겠어요. 그들도 생각이 있고 감정이 있고 마음이 있어요. 사람은 모두 다르다는 걸 인정하고 서로 존중하고 이해하면서 같이 살아가기를 기대해요. 틀린 것이 있으면 가르쳐주고 잘한 것이 있다면 격려하고 칭찬하고 비난하지 않았으면 좋겠어요. 또한 어떤 기관에서 하는 프로그램이나 강의, 학교에서 하는 학부모 교육과 활동이 '인권'이 기초가 되는 프로그램으로 진행하길 제안해요. 자연스럽게 모든 프로그램에서 인권을 배우고 깨닫는 시간이 된다면 좋겠죠.

인권은 내가 당연하게 가지고 있는 기본 권리예요. 배우는 것 말고도 살면서 마땅히 누려야 하는 권리가 인권이라고 생각해요. 사람마다 상황은 다르겠지만, 부딪혀 서로를 이해하고 존중해야 한다고 생각해요. 나만 존중하라는 게 아니라 서로 존중하는 것이라고 봐요. 우리는 혼자 살아갈 수 없는 존재이기에 서로가 서로에게 중요해요. 모든 사람은 생각이 있고 마음이 있기에 서로 배려하고 존중하는 것이 인권을 지키는 것이라 생각해요.

우리 가정 기둥이 됐다고 칭찬하는 남편

10년 후면 아이들이 다 대학교 졸업하고 내 시간이 더 많아지겠죠. 이주민으로서, 광주에 사는 시민으로서 내가 가지고 있는 것을 나눌 수 있는 사람이 되어 있겠죠. 그동안 살면서 내가 받았던 많은 도움을 다시 돌려드리는 기회를 만들어 봉사하고 싶어요. 스스로 살아가는 내 모습을 보며 자랑스러워하는 나 자신이 되고 싶어요. 그래서 내가 할 수 있는 것이 있다면, 무엇이든지 함께하려고 해요. 선주민과 이주민 모두를 포함해 지역 주민과 같이 나눌 수 있는 일, 더불어 살 수 있는 일을 하고 싶어요. 사람들과 같이 할 수 있는 일을 하고 싶어요.

후배 이주민에게는 이렇게 말하겠어요. '한국에 살면서 무엇이든 배우고 당당하게 살아가는 것이 우리의 권리이고, 인권이에요. 두려워하지 말고 곁에 사람이 있다는 것을 기억하세요. 혼자가 아니니 두려워하지 말고, 서두르지 않아도 되니 자신을 믿으면서 한 걸음씩 당당하게 나아가세요. 우리 주위를 둘러보면 함께 할 사람이 분명히 있을 거예요. 눈을 감고 관심을 두지 않는 사람도 있겠지만, 눈을 활짝 열고 관심을 두는 사람들도 많으니 무서워하지 말고 같이 당당하게 살아봅시다. 이주민으로만이 아니라 여기 사는 시민으로 생각하며 살면 좋겠어요. 우리 아이들을 위해서라도 더 당당하게 살아가요. 아이들은 부모의 발자국을 따라간다고 하잖아요. 그러니 우리가 잘 걸어가야 하겠죠. 자랑스러운 부모가 되어주면 좋겠어요.'

뭐든 같이 합시다! 나 몰라라 하지 말고요! '한 사람이면 힘이 없고, 두 사람이면 약하고, 세 사람이면 힘을 얻어요.' 더불어 같이 하고 싶은 사람입니다. 광주에 사는 이주민이지만 이주민과 선주민 구분 없이 그저 이웃으로 살아가고 싶은 사람이에요. 그것을 위해 오늘도 당당하게 사는 리셀입니다. 남편이 그랬어요. 처음에는 어린아이처럼 돌봄을 받아야 했던 사람이었지만 현재는 우리 가정을 기둥처럼 지키고 있는 사람이라고요.

언제나 당당하게 살아가는 것이 중요

이진영 · 중국

'너무 과한 친절'이 부담될 때도

나는 중국 산둥성山東省 위해威海시에서 직장을 다니다 남편을 만나서 혼인하게 되었어요. 혼인 후에 중국에 머물러 살다가 2008년부터 한국으로 이주해 정착하게 되었죠. 한국에 완전히 정착하기 전에는 한국과 중국을 오갔지만, 한국에 대해 아는 것이 별로 없었어요. 이주 초기에 첫째 딸이랑 6개월 정도 살았지만, 제대로 적응하지 못해서 다시 중국으로 돌아가기도 했어요. 한국어 소통이 서툴고, 한국문화 배우는 것도 어려웠지요. 그래서 다시 한국에 왔을 때, 가장 먼저 한 일이 한국어를 배우는 일이었어요. 딸과도 중국어를 사용하지 말고 한국어로 말하자고 했어요. 한국에 왔을 때, 원가족과 친구가 무척 그리웠어요. 당시에는 지금처럼 SNS가 발달하지 않아서 가족이나 친구와 자주 연락하지도 못했죠.

한국으로 이주하기 전에는 드라마로 한국을 이해했어요. 〈보고 또 보고〉라는 드라마를 보고 또 보면서 '한국은 참 잘 사는 나라구나'라고 생각했지요. 또 '시집살이가 심하다'라고 생각하게 되었어요. 그래서 처음에 본가 어머니가 한국 남성과 혼인하는 걸 반대하셨지요. 아마도 내가 고생할까 봐 안타까워하셨던 것이죠. 그러나 '현실은 드라마와 다르다'라는 걸 한국에서 살아가면서 알게 되었어요. 드라마를 보면서 느꼈던 또 다른 점은 '한국 사람이 모두 친절하고 예의 바르다'라는 거였어요. 그런데 한국에서 살아보니 가끔은 '너무 과한 친절'이 부담될 때도 있었지요. '내가 이주민이라 궁금해서 이런저런 질문을 많이 하나?' 하는 생각이 들었고, 어떤 질문은 '왜 이것이 궁금하지?'라는 의문이 들기도 했어요.

메이드 인 차이나는 안 좋은 제품?

광주에 정착하게 된 계기는 '둘째 아이를 낳아야 하는 상황' 때문이었어요. 당시 중국에서는 둘째 아이를 출산하려면 벌금을 내야 했거든요. 그래서 임신 7개월이 되어서 한국으로 왔지요. 남은 3개월 동안 한국 산부인과 병원에서 검진하고, 아들을 출산했어요.

처음에는 적응할 수 없어서 참 힘들었어요. 한국어를 잘 못 하니까 시장에서 장 보는 일도 쉽지 않았어요. 지인도 없이 아이 둘을 혼자서 돌봐야하는 일은 힘들었지요. 아이들이 '밖으로 나가자'라고 말해도 아는 곳이 없으니 갈 수 있는 곳도 없었어요. 당시에 살던 집에 엘리베이터가 없어서 아이들을 데리고 유모차에 태우고 다니는 일조차도 힘들었죠. 그래서 남편이 쉬는 주말만 기다렸어요. 그렇게 한국 생활에 적응하는데 2~3년이 걸렸지요. 아이들이 유치원에 다니기 시작하니까 조금씩 여유가 생기더라고요. 딸 친구의 엄마들과도 사귀고 친해지자, 그 엄마들이 나를 많이 챙겨줬어요. 처음에는 한국어를 잘 못 하니까 말하지 않고 듣기만 했어요. 점차 한국어 실력이 늘면서 같이 어울릴 수 있게 되었어요. 나중에 아파트로 이주해서 살면서도 그곳 엄마들과도 친하게 지냈지요.

한국문화를 이해하는 데도 시간이 필요했어요. 중국과 한국 사이에 문화 차이가 있다는 건 정착해 살면서 조금씩 알게 되었어요. 집에 손님이 오면 음식을 준비하고 설거지하고, 사람을 대접하는 일을 아내인 내가 모두 감당해야 했죠. 이것이 무척 힘들었어요. '남자는 부엌에 들어오면 안 된다'라고 시어머니가 말하더군요. 물론 지금은 시어머니도 바뀌셨어요. 이러한 문화 차이는 정말 힘들었지요.

음식을 준비하는 일도 쉽지 않았어요. 한국 음식을 만들 줄 모르니까 처음에는 시어머니와 고모가 요리할 때 옆에서 음식 만드는 법을 메모했어요. 그리고 그 메모를 붙여놓고 조리법을 보면서 음식을 만들었어요. 내가 힘들 때 도움이 되었던 사람들은 딸이 다니던 유치원 친구 엄마들이었어요. 지금도 연락하며 잘 지내고 있답니다. 그렇게 친해진 딸아이 친구 엄마가 친구도 소개해주고, 다문화가족지원센터도 같이 가고, 동주민센터도 함께 가서 도와주었어요. 그 지인에게 가장 많은 도움을 받았지요. 그리고 난 후에 다문화가족지원센터에서 한국어를 배울 수 있었죠.

내 경우에는 외모로 차별받은 경험은 많지 않았어요. 말하지 않으면 구분이 안 되니까요. 그런데 일단 말을 하면 이주민이라는 게 티가 나서 그 때부터 '말투가 왜 그래요?'라며 묻는 사람들이 많았어요. 어떤 사람은 '한국에는 왜 왔는지, 어떤 사람이랑 혼인했는지' 궁금해하기도 했어요. 무례한 질문을 하는 사람도 있었지요. '잘 못사니까 한국에 혼인하러 왔느냐'고 묻는 사람도 있어서 불쾌했어요. 내가 '중국에서 왔다'라는 걸 알게 된 후에는 제품이 좋지 않으면 모두 '메이드 인 차이나made in china'라며 내 앞에서 무안을 주기도 했어요.

광주는 역사와 문화 도시라고 생각해요. 살면서 5·18민주화운동에 대해서 조금이나마 알게 되었어요. 그리고 중국에서는 경제적으로 여유 있는 사람만 문화 혜택을 받을 수 있다고 생각했는데, 이곳 광주에서 문화를 많이 경험할 수 있었죠. 그래서 광주가 문화도시라고 느끼게 되었어요. 나는 서울보다 광주에서 사는 게 더 낫다고 생각합니다. 한국은 '항상 바쁘다'라는 빨리빨리 문화가 있잖아요. 그런데 광주는 서울과 비교해 볼 때 훨씬 더 여유가 있어요. 특히 대중교통이 편리하고 또 사람이 붐비지 않고 이용할 수 있어서 좋아요.

중국에서 고등학교 생활을 하며 무척 힘들었어요. 기숙사 생활도 어려웠고, 여러 가지 이유로 대학교 진학을 포기했었지요. 처음에는 회계를 배우는 직업고등학교에 진학하려고 했는데 부모님 반대로 일반 고등학교를 선택했어요. 내가 살던 지역에서 대학교에 입학하려면 다른 지역보다 상당히 높은 점수가 필요했어요. 결국 당시에 대학교 입학을 포기할 수밖에 없었고, 대학에 진학한 다른 친구가 부럽고, 나 자신 스스로에게 실망하기도 했답니다. 그런데 그 꿈을 한국에 와서 이루었죠. 사회복지학을 공부하려고 대학교에 입학했어요. 쉽지 않았지만 공부할 수 있다는 것 자체가 너무 좋고 재미있었어요. 아이들 모두 성장했고, 내가 대학교에 다닐 수 있었던 게 정말로 감사했죠. 여러 가지 어려움에 직면했지만, 내 꿈과 희망을 성취하려고 최선을 다해 노력했어요.

요즘 가장 힘든 일은 중국 본가에 갈 수 없다는 것이에요. 코로나19 팬데믹으로 부모님이 아파도, 고향에 무슨 일이 생겨도 갈 수 없는 처지가 가장 힘들고 어렵죠. 어머니가 재작년에 돌아가셨는데 그 곁을 지키지 못했어요. 오고 갈 수 없는 상황이라 너무도 힘들고 가슴이 아팠어요. 오빠가 어머니 곁에 있었지만, 어머니는 딸인 나와도 이야기 나누고 싶어 하셨어요. 코로나19로 그걸 해드리지 못해서 너무 속상하고 마음 아팠어요. 어머니가 '너는 언제 오냐?' 하고 물어보실 때 무엇이라 답변할 수 없어서 정말 마음이 아팠어요.

비록 고정적으로 모이는 공동체나 모임은 없지만, 속상한 일이 있거나 답답하고 어려울 때 찾아가는 친한 친구가 있어서 다행이에요. 광주에 사는 중국인 친구 몇몇은 어려울 때나 기쁠 때나 언제든 곁에 있어 줍니다. 정말 고마운 친구들이죠.

'평등'이라는 단어 강조하는 인권교육에 관심

인권교육을 받은 적이 몇 번 있어요. 다문화평화교육연구소 소장께서 강의하는 인권교육을 받았지요. 인권교육을 통해서 혼인이주민으로서 우리 또한 당연히 인권이 있으며, 말할 권리와 자신을 지킬 권리가 있다고 배웠어요. '말로 표현해야 상대방이 알 수 있다'라는 걸 깨닫고 많이 느끼고 공감했었지요. 이전에는 혼인이주민이라서 누군가 함부로 대해도 제대로 대응하지 못했는데 지금은 적절하게 말하고 표현할 수 있게 되었어요. 이렇게 되기까지 노력도 많이 했어요. 인권교육을 통해 다른 동료 이주민에게 알려줄 힘이 생겼고, 안내할 수도 있게 되었어요.

인권교육에 있어 중요한 것은 '같이 하는 교육'이라고 생각해요. 강사가 혼자 일방적으로 강의하는 방식은 어렵고, 쉽게 이해하기 힘들어요. 서로 같이 이야기하고, 소통하면서 더 많은 정보와 지식을 나누고 배울 수 있다고 생각해요. '같이 이야기할 수 있는 교육 공간'이 필요합니다. 박흥순 교수 덕분에 '같이 이야기하고 나누는 교육'을 알게 되었고, 그분을 만난 게 참 귀한 일입니다.

내가 만약 인권교육을 담당하는 강사라면 '평등이라는 단어를 강조하는 인권교육'에 초점을 맞출 겁니다. 중국에서는 남녀평등을 추구해왔거든요. 남성만 직업을 갖고 돈을 벌 수 있는 존재가 아니라 여성도 일하며 경제활동을 하는 게 가능하다고 이야기하고 싶어요. 그리고 남편이 해야 하는 일과 아내가 해야 하는 일이 정해진 게 아니라 같이 이야기를 나누면서 함께해야 한다고 생각해요. 아내는 남편 이야기를 따르는 사람이라는 사례가 많이 있어요. 이주여성이 평등하게 남편과 이야기할 수 있고, 집에서 무시당하지 않았으면 좋겠어요. 이주여성이 집에서 무시당하는 일이 아주 많거든요. '우리 인권은 우리 스스로 지켜야 한다'라고 말하고 싶어요. 인권을 지키려면 '우리도 배워야 한다'라고 말하고 싶어요. 왜냐하면 '아는 것'이 중요하니까요. 나는 동료 이주민 고민과 불만을 우선 들어주고 싶어요. 어떤 처지와 상황인지 제대로 알아야 어떻게 도울 수 있는지 판단할 수 있기 때문이죠. 그래서 동료 이주민에게 '서로 이야기를 나누고, 편하게 대해주는 사람을 친구로 만나라'라고 조언해주고 싶어요.

이주민과 함께 사는 선주민에게는 '편견 없이 이주민들을 바라보면 좋겠다'라고 말하고 싶어요. 무턱대고 편견으로 차별하는 사람도 있는데 그것이 상대방에게 얼마나 큰 상처를 주는지 생각하면 좋겠어요. '당신 나라가 못사는 나라니까 한국에 왔지'라며 무시하는 시선과 말은 삼가야 한다고 생각해요. 이주민이 한국어가 서툴고 잘 표현하지 못한다고 해서 아무것도 모른다고 생각하지 않았으면 해요. 코로나19 팬데믹 상황에서 가끔 사람들이 이런 질문을 하기도 했어요. '백신이 나오면 중국에서 맞나요? 한국에서 맞나요?' 나는 지금 한국에 살고 있고, 당연히 한국에서 백신을 접종하겠죠. 왜 이렇게 질문하는지 잘 모르겠어요. 궁금할 수 있겠지만, 상대방을 존중한다면 무례한 질문이 될 수 있다고 스스로 생각하면 좋겠어요. '이주여성이니까 무례한 질문을 해도 괜찮다고 생각하는 것인가?'라는 생각이 들면 더 괴롭거든요.

이주민이든, 선주민이든 모두 꾸준하게 인권교육을 받으면 좋겠어요. 이주민이 주도적이고 주체적으로 사는 지혜를 찾는 자조 모임도 필요해요. 여러 나라에서 온 이주민이 함께 모여서 대화하는 프로그램이 있으면 좋겠어요. 같이 밥도 먹고, 이야기를 나누는 시간과 공간이 있다면 더욱 좋겠지요. 이주민에게 널리 알려서 많은 이주민이 참석하도록 하는 게 중요하다고 생각해요. 서로 이야기와 생각을 나누며 배우는 통로로 활용한다면 정말 좋을 듯합니다.

나는 인권은 자유라고 생각해요. '내가 하고 싶은 일, 할 수 있는 일을 자유롭게 할 수 있는 것'은 누구에게나 주어진 마땅한 권리라고 생각해요. 중국에서는 하고 싶어도 할 수 없는 일이 있었는데, 지금 한국에서는 조금 더 자유롭게 할 수 있는 일이 있어서 좋아요.

언제나 당당하게 살아가는 것이 중요

일도 열심히 하고, 또 친구와 여유로운 시간을 보내는 10년 후를 상상해 봅니다. 베트남어나 프랑스어를 배우는 일, 즐기는 운동하면서 친구와 즐겁고 행복한 시간을 보내고 싶어요. 내가 할 수 있는 일이 있다면, 무엇이든 이주민과 함께하려고 합니다. 내 재능이 필요한 곳이 있다면 기부하며 살고 싶어요. 혼인 이주여성으로서 많은 혜택을 받은 만큼 이제 이주한 이주민을 돕는 일이 분명히 있을 테니 최선을 다해서 돕고 나누려고 합니다. 유용한 정보나 필요한 정책이 어떤 것인지 공유하는 일도 하렵니다.

'우선 한국어 공부를 열심히 하라'고 후배 이주민에게 말하고 싶어요. 한국어를 제대로 배우고 알아야 정확한 의사를 표현할 수 있으니까요. 이주 초기에는 한국어 배우는 일을 미루고 일을 먼저 했던 이주민이 자녀가 학교에 입학할 때 한국어 필요성을 깨닫고 늦게 찾아오는 분을 종종 만납니다. 그런데 한국에 적응하는 순간부터 한국어를 배우고 대화할 수 있다면 한국 사회에 훨씬 쉽게 적응하고 편하게 살 수 있다는 걸 알려주고 싶어요.

이야기할 기회를 제공해주셔서 감사해요. 나는 '언제나 당당하게 살아가는 것'이 가장 중요하다고 생각해요. 부모가 당당하게 살아가니까 자녀도 당당하게 살거든요. 나는 중국 아름다운 도시 위해威海에서 온 이주민 이진영입니다. 현재는 광주북구가족센터에서 이중언어코치 겸 중국어 통·번역 일을 하고 있어요.

베트남은 남녀가 평등한데 한국 사회는……

홍진아 · 베트남

남편 아침 식사를 챙기는 일이 특히 힘들어

나는 베트남 호찌민Hồ Chí Minh 근처에 있는 빈증성Bình Dương에서 이주해 온 홍진아입니다. 한국으로 이주한 지 15년 되었네요. 한국에 오기 전에는 직장생활을 하면서 엄마와 아빠, 오빠와 새언니랑 같이 살았어요. 베트남에 있는 한국 회사에서 평일 낮에는 일하고 야간에는 대학교에 다녔어요. 그런데 교대로 근무해야 해서 대학교에서 공부하는 게 힘들기도 했어요. 결국 직장 다니는 것과 대학교에 다니는 게 모두 힘들게 되었지요. 회사에서는 한국어 잘하는 사람과 그렇지 못한 사람을 평등하게 대우하지도 않았어요. 대학교 등록금을 준비할 수 없어서 학업을 중단했고,

그 후에 직장생활도 그만두었어요.

한국으로 혼인하러 온 계기는 지인 한 분이 추천해주셨기 때문이에요. '한국 사람과 혼인하면 대학교에서 공부도 할 수 있고, 삶도 여유로울 수 있다'라고 조언해줘서 혼인할 결심을 했지요. 베트남에서 혼인한 후 2개월 정도 기본적인 한국어를 배웠어요. 내가 살던 곳이 호찌민 시와 가까워서 그곳을 오가며 한국어를 배웠죠. 처음 남편을 만났을 때는 영어와 몸짓을 섞어가며 소통하거나 통역사에게 통역을 부탁하며 대화를 나눴어요. 베트남에서 혼인하고 남편과 여행도 함께하며 서로 알아가는 시간을 가졌어요. 소통이 되지 않을 때는 통역하는 지인에게 부탁해 대화했어요. 2개월이 조금 지난 후에 한국 입국비자와 출국에 관한 절차를 준비할 수 있었어요.

한국으로 이주하면서 사실 큰 기대는 하지 않았어요. '며느리 역할과 아내 역할을 잘해야 한다'라고 들었기 때문에 조금 걱정이 앞서기도 했지요. 베트남은 남녀가 평등한 관계인데 한국 사회는 그렇지 않다고 이해했지요. 그래서 일단 '한국어를 배워서 제대로 말하고 소통하는 것'을 목표로 세우고 왔어요. 처음에는 혼인해서 사는 게 쉽다고 생각했어요. 하지만 한국 문화가 생각보다 어려워서 적응하지 못했죠. 남편 아침 식사를 챙기는 일이 나에겐 특히 힘들었어요. 그건 한 번도 생각하지 않았던 일이라 조금 더 당황스러웠어요.

한국으로 이주하기 전에 한국에 대한 이해는 드라마 보는 게 전부였어요. 당시 〈대장금〉이란 드라마 인기가 대단해서 텔레비전에서 몇 번이고 반복해서 방영해주었거든요. 한국어 글자를 신기해하며 한국에 대한 궁금증이 생기기 시작했지요. 밑반찬이 풍성한 것도 신기하고 놀라웠어요. 그래서 한국은 '모두 부자다'라고 생각하기도 했어요.

내게 '가장 안전한 공동체'는 고향 친구들

2006년 5월에 한국에 입국했고, 인천공항에서 신랑을 만났어요. 버스를 타고 내려오는데 점점 도시와 멀어지고 산이 많이 보여서 '혹시 산속에서 사는 것이 아닐까?'라는 걱정이 들었어요. 광주에 가까워지자 도시가보이고 그때부터 안심이 되었지요. 한국 아파트가 좁고 낮고 해서 조금 답답한 느낌이 들기도 했어요.

한국어를 못하니까 소통이 안 돼서 너무 힘들었어요. 날씨에 적응이 안되고, 음식도 입에 맞지 않았어요. 베트남에서는 생선과 고기를 주로 먹었는데, 한국에서는 찌개나 국이나 탕을 주로 먹으니 익숙하지 않았던 거죠. 내가 한국으로 이주할 당시에 베트남 사람이 거의 없어서 친구 만나는일도 어려웠어요. 그래도 주변 사람들이 인사를 하며 배려해주니 그럭저럭 지낼 만했어요. 어차피 주변 사람들이 무슨 말을 하는지 당시에는 제대로 알아듣지 못했으니 한편으론 속이 편했죠.

어려울 때 손윗동서가 많이 도와주었어요. 한국어를 가르쳐주고 집안일도 알려주며 도움을 많이 주었어요. 거의 2년 동안 다문화가족지원센터가 있는지 전혀 모르고 있었는데, 2008년에 길에서 우연히 만난 베트남 친구로부터 다문화가족지원센터를 소개받았어요. 이후로 다문화가족지원센터에서 한국어를 배우고, 다양한 프로그램에 참여하며, 자격증도 취득했지요. 그리고 다문화이해교육 강사를 하면서 활동했어요.

다문화가족지원센터에서 일하다 보면 동료 베트남 이주민이 '자기 권리를 제대로 누리지 못하는 것'을 많이 봅니다. 시어머니와 갈등이 심한 이주민도 있어요. 가족들이 '다문화가족지원센터에 보내면 안 된다. 친구 잘못 사귀면 도망간다'라고 말하며 외출도 못 하게 하는 경우도 많더라고요. '자기 결정권'이 전혀 없는 거죠. 나는 대학교에 다니면서 한국 국적을 취득했기 때문에 이주민이라서 차별받은 경험은 거의 없어요. 하지만 동료 이주민이 차별받는 걸 보고 들으며 간접적으로 많이 경험했어요.

코로나19 팬데믹 상황으로 고향에 갈 수 없다는 게 가장 안타깝죠. 한국에서도 주말에 아이들과 활동할 수 없으니 힘들어요. 같은 고향 친구 만나서 고향 음식을 만들어 함께 나누고 소통할 수 있는 공간이 사라져서 정말 힘들어요. 코로나19 팬데믹으로 사람들이 많이 모이는 모임을 하지 못하거든요. 다른 사람들을 만나는 일도 자제하고 있어요. 고향 친구들이 함께 모여서 힘든 일을 나누고, 서로 공감하고, 격려했었는데 모임을 하지 못하니 아주 아쉬워요. 고향 친구들이 내게 '가장 안전한 공동체'거든요.

광주라는 도시를 생각하면 5·18민주화운동이 자연스럽게 떠올라요. 많은 사람이 희생당한 걸 생각하면 마음이 너무 아파요. 5·18민주화운동을 잘 몰랐을 때는 전쟁으로 희생당했다고 생각했는데, 그게 아니잖아요. 전쟁도 아닌데 무고한 시민이 많이 죽고, 다쳤다는 것을 알게 된 후에는 마음 아프고 안타까웠어요. 나이 많은 사람, 젊은 사람, 어린이도 예외 없이 희생되었는데, 그 죽음을 기억하며 깊이 애도하는 마음이 있어요. 광주는 좋은 도시라고 생각해요. 남편이 자주 '광주는 살기 좋은 도시'라고 말해요. 정말 그렇다고 생각해요. 생활도 편리하고, 공기도 좋고, 교통도 편리하고 살기에 적합한 도시라는 생각이 들어요. 금남로에 가면 유명한 국립아시아문화전당도 있고, 문화의 거리, 예술의 거리 등이 있어서 자부심이 있어요. 광주에 사는 이주민으로서 특히 5·18민주화운동으로 만든 민주주의에 대한 강한 자부심이 있어요.

부모교육 등 다양한 교육을 받으며 생긴 자신감

인권교육을 받았지만, 떠오르는 기억은 많지 않네요. 하지만 분명한 건 인권교육을 받으면서 '내 권리를 보장받는 것'이라는 생각을 했다는 것이에요. 자기 권리가 무엇인지 알고, 그 권리를 스스로 지켜야 한다는 거죠. 모든 걸 남편이나 다른 사람에게 의지하면 안 된다고 느꼈어요. 인권교육을 받고 난 후 '집안일을 혼자서 다 하는 것이 적절하지 않다'라고 생각해 남편과 이야기를 나눴지만, 아직 개선되지는 않았어요. 꾸준히 힘든 점이 무엇인지 서로 이야기하고 조율하는 시간을 가지려고 해요.

인권은 '사람이 마땅히 누려야 할 권리'라고 생각해요. 사람은 평등하다는 걸 인식하는 게 중요하다고 생각해요. 그래서 인권을 교육하는 강사라면 '사람은 모두 같은 권리가 있고 평등해요. 내가 할 수 있는 일을 당신도 할 수 있고, 당신이 할 수 있는 일을 나도 할 수 있어요. 자신감을 가지고 포기하지 말고 힘을 내어 노력하는 삶을 살아야 해요. 자신감을 가지면 포기하지 않을 수 있어요. 나는 베트남에 있을 때 힘들면 더 도전하지 않고 포기한 경우가 많았는데, 한국에서 부모교육 등 다양한 교육을 받으면서 자신감이 생겼고, 버티는 힘이 생겼어요. 나 자신이 중심이 잡혀 있으면 문제를 해결할 가능성이 높아진다는 걸 기억했으면 좋겠어요'라고 전하고 싶어요. 어떤 상황이든 무조건 포기하지 말고 참고 인내하는 힘을 키우면 좋겠어요. 문제를 회피하지 말고 해결하려는 자세를 가지면 좋겠어요. 혼자 어려울 때는 곁에 있는 사람에게 조언을 구하고 도움을 요청하면 좋겠어요.

'모든 사람은 평등해요'라고 인권에 대해 말을 많이 하지만 실천은 아직 부족하다고 느껴요. 행동까지 해주면 좋겠어요. 말과 행동이 일치하는 삶이었으면 좋겠어요. 많은 사람이 참여할 수 있는 시간에 프로그램을 진행하면 좋겠어요. 이주민이 인권에 대해서 잘 모르기 때문에 어떻게든 알려주고 싶어요. 어떤 교육이든 인권에 초점을 맞추어 진행하면 좋겠다고 생각해요. 특히 모국어로 이야기할 수 있는 인권프로그램을 제안하고 싶어요. 언어가 자유로울 때 좀 더 깊이 있게 이해하고, 이야기 나눌 수 있기 때문이죠. 어린이도 함께 참여할 수 있는 인권교육 프로그램이 있으면 좋겠어요.

인권은 사람이 마땅히 누려야 할 권리예요. 사람은 모두 같은 사람이니 누리는 권리도 같아야 해요. 교육받을 수 있는 권리, 놀 수 있는 권리, 일을 할 수 있는 권리 등 모든 권리를 누리며 살아야 한다 생각해요. 사람의 이러한 권리가 지켜지면 좋겠어요.

나중에 한국어 강사가 되고 싶어

10년 후에 내가 무엇을 할지는 잘 모르겠어요. 그러나 강사 일이나 센터나 사회복지 영역에서 내가 원하는 걸 하는 홍진아가 되리라 생각해요. 얼마 전까지 다문화가족지원센터에서 근무했기 때문에, 내가 할 수 있는 걸 했다고 생각해요. 이주민을 도와 통·번역, 상담, 소통, 문제해결과 같은 도움을 주곤 했죠. 가끔 자원봉사를 하고, 다문화의용소방대 자원봉사도 하고 있어요.

후배 이주민에게 꼭 해주고 싶은 말은 '우선 한국어를 잘 배우라'고 조언하고 싶어요. 다음에 여러 가지 교육받으면서 나에게 유익하고 좋은 정보를 얻으면 좋겠어요. 스스로가 알아야 무엇이든 할 수 있으니까요. 자기 이해 교육을 꼭 받으면 좋겠어요. 한국으로 이주해서 일만 하는 이주민이 있는데, 다문화가족지원센터를 이용하도록 추천하고 싶어요. 지식도 쌓고 여러 가지 정보도 얻을 수 있어요.

선주민은 이주민을 무시하지 않았으면 좋겠어요. 한국어를 잘 못한다고 무시하는 경우가 종종 있어요. 그러니까 어린이부터 어른까지 다문화이해교육을 더 활발하게 받아야 할 것 같아요. 특히 어린이는 자기 인권을 주장하지만 다른 사람 인권을 무시하는 경향이 있어요. 자기만 인권존중을 받아야 한다는 일방적 인식이 바뀌는 사회가 되었으면 좋겠어요.

처음에는 사회복지에 대해서 생각하지 않았었죠. 그런데 한국어 공부를 하고 다문화가족지원센터에 다니면서 사회복지를 공부하게 되었어요. 졸업한 지 3~4년 되었는데 아직 사회복지 분야에서 일하지 않아서 조금 아쉬워요. 이제는 배운 것을 활용해 보고 싶은 마음도 있어요. 한국어도 관심이 있어요. 한국어를 더 공부해서 나중에는 한국어 강사가 되고 싶어요. 이주민 자녀를 위한 교육이나 베트남어를 가르쳐주는 일을 하고 싶은 마음이 있어요. 이주민 자녀와 선주민 자녀가 다양한 언어를 배울 기회를 많이 제공했으면 좋겠어요. 지금까지 광주북구가족센터 베트남어 통·번역 지원사로 일했던 홍진아입니다.

내 이름은 메리암 디비나그라시아 마뉴엘

메리암 디비나그라시아 마뉴엘 · 필리핀

혹시 가정폭력이 있으면 어떡하지?

나는 메리암 리입니다. 아빠의 성과 엄마의 성을 따서 지은 이름이에요. 한국에는 1998년에 이주했어요. 한국에 온 지 벌써 23년 되었네요. 고향 필리핀 민다나오Mindanao 코로나달Koronadal에는 부모님과 형제자매가 살고 있어요. 나는 2남 2녀 중 셋째로 태어나, 평범한 어린 시절을 보냈어요. 내 꿈과 기대는 다른 나라에 가서 새로운 경험을 하는 것이었어요. 그래서 졸업하자마자 필리핀에서 6개월 정도 일하다가 친구 소개로 아랍에 있는 나라에 노동자로 가게 되었어요. 원래는 캐나다에 가고 싶었는데 다른 나라에서 일한 경험이 있어야 가능하다고 해서 친구랑 아랍에 있는 나라로 가게 되었죠. 그 후에는 홍콩에서 일하게 되었는데 주말마다 친구들이랑 놀러 다니고 나름 즐겁게 보냈어요.

홍콩에 있는 교회에서 지금 남편을 만났어요. 친구 네 명이 있었는데 한 명을 제외하고는 모두 혼인해 한국에서 또 다른 이주의 삶을 살고 있어요. 처음에는 혼인에 대해 생각하지 않았었는데, 어느 날 갑자기 국제결혼을 하게 된 내 모습을 발견했어요. 홍콩에서 바로 결혼식을 올렸어요. 혼인 후에 1년 더 홍콩에 있다가 한국에 오게 됐어요. 처음에는 남편과 편지나 전화로 소통했어요. 당시에는 핸드폰이 보편화되지 않아서 공중전화를 이용했죠. 사실 혼인한 후 홍콩에 1년 더 머무는 동안 고민이 참 많았어요. 한국에 처음 가는 것이라 걱정도 많고 두렵기도 했어요. 일하러 가는 노동자가 아니라 혼인으로 이주하는 것이라 두렵고 또한 낯설기도 했던 겁니다. 걱정과 두려움은 '혹시 가정폭력이 있으면 어떡하지?'라는 염려하는 마음으로 이어지기도 했지요. 그래도 같이 한국으로 이주하는 친구가 힘이 되었어요.

한국으로 이주하기 전에는 한국에 대한 정보나 지식이 전혀 없었어요. 남한과 북한으로 나눠진 분단국가라는 것만 알고 있었을 뿐이에요. 엄마에게 혼인 소식을 전했더니 '잘 생각해보아라. 그 나라에 가면 다시 필리핀으로 못 돌아올 수도 있다'라고 말하며 걱정하셨죠. 부모님 또한 한국에 대한 적절한 이해나 정보가 없었으니까요. 의사소통을 전혀 못 하는 상황이어서 교회에서 한국어를 조금씩 배웠어요. 완전히 낯선 땅에 오게 된 것이죠.

이름이 길다고 거부당한 인터넷 뱅킹과 계좌 개설

한국으로 이주할 때 김포공항으로 입국했어요. 인천공항이 아니라 김포공항으로 입국했으니 얼마나 오래되었는지 알겠죠. 비행기가 착륙하며 처음에 눈에 들어온 건 수많은 교회였어요. '어머 이게 무슨 일인가?'라며 놀랐어요. '교회뿐만 아니라 산도 아주 많구나'라는 생각이 제일 먼저 들었죠. 내가 살던 필리핀 민다나오는 평지였기에 산이 많은 게 더욱 신기했어요. 김포공항에서 광주로 오는 도로가 꼬불꼬불하고 끝이 없어서 상당히 두렵고, 긴장했던 기억이 나요.

이주한 후 한국에 살면서 어려웠던 일이 참 많았어요. 누군가에게 이런 말을 했던 기억이 있어요. '혼인하기 전에 남편이 어디에 사는지 주소를 잘 확인해 보라!'라고 말입니다. 한국으로 이주해 처음 살았던 곳은 시골이었어요. 시댁 식구와 같이 살았거든요. 물론 문화 차이로 인한 오해도 많았고, 고부 갈등이 심했지요. 한국어를 못하니 어려움이 많았는데, 거기에 시어머니와 함께 사는 것도 무척 힘들었지요. 시어머니는 강한 성품을 지니셨거든요. 홀로 아들 4형제를 키우셨으니 그럴 수밖에 없었던 것으로 생각해요. 내가 한번 밖에 나갔다 오면 '어디 갔다 왔냐, 무엇을 샀느냐?'라고 꼬치꼬치 물으셨어요. 물론 나에게 관심을 가진 것으로 생각하지만, 사람이 지닌 눈빛과 말투를 통해 어떤 감정인지 느낄 수 있잖아요. 그래서 이런 부분이 아주 힘들었죠. 이런 내 답답한 마음을 해소하려고 친구에게 전화라도 할라치면, '전화 요금이 많이 나온다'라고 타박하기도 해서 당시에 마음고생이 컸어요. 그런 어려움 가운데 도움이 되었던 건 가톨릭교회 공동체였어요. 또한 필리핀에서 한국으로 먼저 이주해 온 친구의 도움이 컸어요. 한국어가 서툴렀을 때는 시어머니가 나에게 무슨 말씀을 하셨는지 못 알아들었어요. 그래서 친구에게 물어보니 '욕'이라고 해서 속상했었죠. 더 속상했던 것은 고부 갈등이 생겼을 때 남편이 전혀 개입하지 않았다는 거예요.

이주민으로서 차별도 많이 받았어요. 외모가 다르니까 만나면 '어느 나라 사람이냐? 필리핀이 좋으냐? 한국이 좋으냐?'라고 자주 물어보기도 했고요. 택시 기사나 동네 사람들이 가장 많이 하는 질문이 있었는데, '한국에 돈 때문에 왔냐? 필리핀 사람들은 다 가난하냐?'는 것이었지요. 시장이나 백화점에 가면 돈 없는 사람처럼 취급했어요. 금남로 지하상가에 옷 사러 갔는데 다른 손님과 비교당하기 일쑤였어요. 한국어를 잘 모르니까 다른 사람이 뭐라고 해도 대답할 수 없었어요. 그래서 한국어 공부를 열심히 해야겠다고 생각했어요. 한국 드라마를 보고, 어학 테이프를 듣고, 책을 읽으며 한국어를 열심히 배웠어요. 한국 노래를 많이 듣고 배우기도 했어요. 지금 생각해보니 한국어 공부하는데 문법이 가장 어려웠어요.

이주 초기에는 차별당해도 그게 차별인지 잘 몰랐어요. 그러다가 시간이 지나고 한국어를 배워가면서 눈빛, 말투, 분위기로 파악할 수 있었어요. 주민등록부에 이름이 잘못 기재되어서 제약도 많았어요. 은행에서 계좌를 만든 후 인터넷 뱅킹을 하려고 오티피OTP 신청하러 갔어요. 그런데 '이름이 길다고 안 된다'라고 하더군요. 또 카카오뱅크 계좌를 만들려고 하니 이름 때문에 만들 수 없었어요. 그래서 상담을 신청해서 사정을 설명해도 '안 된다'라고만 하고 '개명하라'라고 말해서 기분이 상했어요. 얼마

전 가족등록부에 있는 이름대로 주민등록부에 이름을 기재하고 이제는 온전히 내 이름을 회복했어요. 그리고 자녀에게 '다문화'라고 말하며 곱지 않은 시선으로 바라보는 것이 가장 속상해요.

광주 하면 무등산이 유명하죠. 무등산 수박이 떠오르네요. 생태공원도 있고, 국립공원인 반디마을도 있는 참 좋은 도시인 것 같아요. 볼거리도 많고 음식도 맛있어요. 다른 지역 음식이 맛없어 보일 정도로 광주는 음식이 참 맛있어요. 또 광주는 살기에 참으로 적당한 도시라 생각해요. 다른 큰 도시와 비교해서 사람도 적당하고, 여유가 있어서 좋아요. 광주는 또한 5·18민주화운동이 떠올라요. 필리핀에 있을 때 어렴풋이 듣기는 했지만, 자세하게는 몰랐어요. 그래서 광주에 온 후 남편에게 물었더니 '시민이 독재 정권에 맞선 일'이라고 했어요. 나는 광주 시민으로 사는 게 자랑스러워요. 여기가 내 삶의 터전이고, 이곳에서 아이도 낳아서 길렀고, 특히 나에게 고향이 되어준 곳이 '광주'니까요. 자연환경도 좋고, 공기도 맑고, 음식도 맛있어서 참 좋아요. 도시발전도 빠른 것 같고, 여러 가지 행사도 많고, 유니버시아드 대회도 개최해 유명한 연예인이 많이 와서 공연하는 걸 보며 이곳이 문화 혜택을 누릴 수 있어서 참 좋은 도시라고 생각했어요.

혼인해서 한국에 처음 왔을 당시에 나는 이미 서른이 넘은 나이였어요. 나이 서른둘에 아이를 낳고 보니 아무래도 나이가 가장 큰 어려움과 한계였어요. 한국에 조금 더 일찍 왔으면 '할 수 있는 게 더 많았겠다'라는 생각이 들기도 합니다. 한국에서 직장을 구하려면 대학교를 졸업해야 했어요. 그래서 대학에서 공부하며 직장 일도 하고 집안일도 해야 하니까 힘들었죠. 또 나이가 들어서 공부하니 수업을 따라가는 게 쉽지 않아서 안타깝고 아쉬웠어요. 그래도 대학에서 공부할 수 있고, 직장에서 일도 할 수 있다는 게 얼마나 감사한 일인지 몰라요. 내가 할 수 있는 일이 있고, 좋아하는 일을 할 수 있다는 것이 그 자체로 감사하죠.

코로나19 팬데믹 시국인 요즘 가장 힘든 건 '대면해서 할 수 있는 것이 거의 없다'라는 겁니다. 나 자신도 그렇지만 이주민이 어려울 때 이야기하거나 도움을 청할 사람이 많지 않다는 게 아마도 가장 힘든 부분일 겁니다. 이전처럼 일상생활을 영위할 수 없으니까요. 경제적인 문제도 있고, 해야 할 일도 많은데 못하니까 어려운 거죠. 특히 고향에 방문할 수 없다는 사실이 더욱 안타깝고 속상해요. 엄마 연세가 많으셔서 살아계실 때 가서 뵙고 싶거든요. 그런데 현재는 갈 수 없는 상황이니까 힘들죠. 코로나19 팬데믹 상황 전에는 필리핀에 한 번씩 다녀왔어요.

직장에 다니기 전에는 가톨릭교회 공동체가 있어서 좋았죠. 요즘은 직장에서 함께 일하는 선생님과 이야기를 나누는 공동체가 있어서 감사해요. 서로 마음을 나눌 수 있는 직장 동료, 또래 친구 모임, 필리핀 친구 모임도 있어서 든든해요. 말바우 시장에서 필리핀 가게를 하는 친구가 있는데 그곳에서 도란도란 이야기를 나누는 친구들이 있어요. 지금은 코로나19 팬데믹 상황이라 만나지 못하는 게 아쉬워요.

무례한 질문, 돈 때문에 시집 왔지?

내가 일하는 광주북구가족센터에서 인권교육을 받았고, 또한 다문화평화교육연구소에서도 받았어요. 나를 위한 인권이 무엇인지 배웠고 알게 되었어요. 인권교육을 받으면서 내 권리뿐만 아니라 자녀들의 권리와 상대방의 권리도 깨닫게 되었어요. 그래서 '엄마로서 내가 주장하는 게 맞지 않을 수도 있다'라고 생각하게 되었죠. 내 관점에서 생각하는 것처럼, 다른 사람 관점에서 생각하며 그들 권리도 배려할 수 있게 되었어요. 인권교육을 받은 후 행동과 말을 더 조심하게 되고, 많은 사람과 일하는 부분에서도 스스로 변화하며 성찰했어요. 아직도 인권은 어려워요. 그래도 여러 가지 교육받으면서 좀 더 알게 되고 깨닫게 되어서 좋아요. 대한민국은 인권에 대해 많은 교육이 있고, 인권에 대해서 많이 알려줘서 좋아요. 희망컨대 어려서부터 인권교육이 잘 된다면 조금 더 괜찮은 사회가 되겠죠.

인권교육에 있어서 아쉬운 건 교육받지만, 생활 속에서 배우고 구체적으로 실천할 기회가 많지 않다는 것이에요. 인권교육 후에 구체적으로 경험하고 체험하는 프로그램이 있었으면 좋겠어요. 예를 들어서 롤 플레이 role-play 같은 걸 시도해보는 것도 좋다고 생각해요.

내가 만약 인권교육을 담당하는 강사라면 '내 권리도 중요하지만, 상대방 권리도 중요하다는 것'을 가르치고 싶어요. 또한 모든 사람이 다 같이 실천하는 인권교육을 하고 싶어요. 보통 사람들은 상대방을 향해서 '이 사람이 이렇게 하면 좋겠다'라고 생각하는데, '나부터 나 자신을 볼 수 있는 눈을 가져야 한다'라고 말하고 싶어요. 인권에 대해 서로 배우는 게 어려운 과정이지만, 같이 이야기하면서 서로에게 이바지하는 인권교육이 무엇일지 고민해보고 싶어요. 동료 이주민에게 당부하고 싶은 말은 '이주민이라도 일하면서 당당하게 생활할 수 있다는 것'이에요. 자신이 무시당하지 않으려면 내 권리를 자신 있게 말해야 하고, 그렇게 하려고 나 스스로 노력해야 해요. 내가 당당해지고 내 정체성을 지켜야 해요. 무엇보다 중요한 건 한국어를 제대로 배워야 한다는 거예요. 한국어를 알아야 상대방의 의중을 제대로 알 수 있을 뿐 아니라 일도 시작할 수 있으니까요.

선주민에게 바라는 바는 이주민이라고 이상하게 바라보지 말고 '우리도 같은 사람'이라는 걸 기억해주면 좋겠어요. 한국에 살고 있고 또 사람이 사는 방식은 사실 거의 비슷하다고 생각해요. 언어만 다를 뿐이지 다른 사람이 아니거든요. 그저 이웃으로 같이 생활하고, 차별 없이 평화롭게 공존했으면 좋겠어요. '돈 때문에 시집왔지?'라고 아무렇지 않게 던지는 말에 상대방이 굉장히 상처받는다는 걸 인식하고, 이상한 눈빛으로 바라보지 않았으면 좋겠어요. 특히나 겉모습만 보고 판단하지 말고 심리적으로 거리두기를 멈추면 좋겠어요. 우리는 무서운 사람이 아니거든요. 그래서 한국 사회가 인권교육을 많이 하면 좋겠다고 생각해요. 지자체나 지원기관, 학교뿐만 아니라 지역센터나 마을회관 등에서 여러 가지 모임을 할 때 인권교육 프로그램을 활성화하면 좋겠어요. 모두가 보편적으로 인권교육에 참여할 기회가 있으면 좋겠다고 생각해요.

나는 인권이란 내 권리를 말할 수 있고, 주장할 수 있고, 지킬 수 있는 것이라고 생각해요. 인권은 삶에서 제일 중요한 부분인 거죠. 인권이 있어야 사람이 사람답게 살 수 있기 때문이죠. 인권에 관해 제대로 알지 못하면 남이 나를 함부로 대해도 뭐라고 할 힘이 없잖아요. 그래서 인권을 제대로 알고 있어야 한다고 생각해요. 단순하고 얕은 수준의 인권에 대한 이해를 넘어서 진정으로 인권이 무엇인지 깊게 고민하고 이해할 수 있어야 한다고 생각해요. 내 인권만 주장하는 게 아니라 상대방 인권도 존중하려는 태도가 중요해요. 다 같이 함께 살아야 하는 사회니까요.

'인생은 쉽지 않고, 공짜도 없다'

10년 후에는 지금보다 더 나아지지 않을까요? 더 바르게 살아야겠죠. 봉사도 더 많이 하고, 내가 받은 만큼 더 나누는 삶을 살고 있을 겁니다. 인생은 짧아요. 좋은 것만 보면서 살아야죠. 지역사회에서 할 수 있는 일이 있다면 무엇이든지 내가 할 수 있는 영역에서 최선을 다할 거예요. 도움을 줄 수 있는 일이 있다면 무엇이든지 할 의지가 있어요. 통역과 번역하는 일을 하며, 한국에 적응하지 못해서 힘들어하는 이주민을 함께 돌보고 있겠죠.

후배 이주민에게 하고 싶은 말은 '인생은 쉽지 않고, 공짜도 없다'라는 거예요. 예를 들어 씨앗을 심고, 어렵고 힘든 과정을 견뎌내고 가꾸어야 나무로 자라듯이, 어려움이 있어도 쉽게 포기하지 않았으면 좋겠어요. 조금 힘들다고 바로 포기하면 인생에 정말로 어려운 일이 있을 때 헤쳐 나가지 못하니까요. 갈등은 우리 인생과 함께 사는 존재인 것 같아요. 어떻게 생각하느냐에 따라 내 인생은 달라져요. 어떤 일이 있어도 같이 힘을 내요!

나는 필리핀에서 온 메리암입니다. 한국에서 23년 동안 살고 있어요. 딸 둘을 낳았고, 큰딸은 대학교를 졸업하고 취직했어요. 둘째 딸도 고등학교 졸업하고 취업했어요. 지금 직장인 광주북구가족센터에서 2009년부터 일하고 있어요. 일하면서 어려움도 있었고, 모르는 것도 많았지만 배우면서 차근차근 생활해 왔어요. 그래서 힘들지만 일하면서 얻은 보람도 큽니다. 여러 가지 교육받으면서 많은 걸 배웠거든요. 지금은 통·번역지원사, 영어와 필리핀 통역, 법원과 경찰서와 학교 등에서 통역과 번역 일을 하고 있어요. 상담 통역도 담당하고 있어요. 23년 동안 충효동 반디마을에서 살고 있는 광주시민이에요.

글로벌 시민으로 사는 게 목표

다나한 · 벨라루스

아시아에서도 살아보고 싶어서

'내가 누구이며, 내 삶은 무엇일까?'라고 제목을 붙인다면, '역설'이라는 단어가 내 인생에 자주 등장해요. 어렸을 때는 '이것이 나쁘다거나 이것이 옳다'라고 판단하기 쉬웠어요. 하지만 지금은 참 어려워요. 그래서 사진이나 그림으로 표현한다면 '물음표'라고 말하겠어요. '돋보기'와 같기도 합니다. 먼저 질문하고 깊이 들어가면서 '이유가 무엇일까?', '이 행동은 무엇일까?', '이 말의 이익은 무엇일까?' 연속해서 질문하는 게 내 삶인 듯합니다. 내가 태어났던 곳은 지도를 보면 찾을 수 있지만, 나라는 데는 찾을 수 없어요. 그래서 내게 어디서 왔는지 묻는다면 이렇게 정리할 수 있어요.

'나는 내 경험에서 왔다. 내가 어떤 사람인지 내 경험이 나를 만들었다. 또한 나라가 나를 만들었다. 같은 나라에서 살지만, 문화는 사람들의 습관으로 만들어졌다고 생각한다. 그리고 문화도 계속 바뀌니 내가 지내왔던 모든 게 나를 만들었다'라고 말이에요. 그래서 나는 글로벌 시민으로 살고 싶고, 글로벌 시민으로 사는 것이 목표예요.

내가 한국에 오게 된 계기는 신앙의 이유도 있었고, 남편도 만나러 왔어요. 유럽과 북미에서만 살았던 나는 아시아에서 살아본 적이 없어서 다른 문화를 경험해보고 싶었죠. 다양한 문화 안에서 '나'란 사람을 더 녹이고, 나를 더 알기 위해서 광주로 이주하게 되었어요. 한국으로 이주하기 전 주변에 알고 지냈던 한국 사람이 몇몇 있었어요. 그래서 나이 차이에 대해 예민한 문화가 있다는 걸 알고 있었어요. 그래서 상대에 따라 반말과 존칭어로 바뀐다는 정도는 알고 있었죠. 역사에 있어서도 일본에 대한 분노와 아픔이 있다는 것을 알고 있었고, 분단국가라는 비극에 대해 어느 정도 지식이 있었어요. 독일에 갔을 때 한국도 분단의 아픔을 회복할 수 있을까 생각해 보기도 했었거든요.

이주민 차별보다는 사람 차별에 대해 더 생각

나는 2000년도에 한국에 도착했는데, 그때 여름이 참으로 더웠던 기억이 납니다. 나는 활동가나 봉사와 교육을 담당하는 사람이 되겠다는 마음을 가지고 왔었어요. 처음에는 '여기에서 무엇을 할까?'라는 생각을 거듭하면서 내 자리를 찾으려고 했어요. 여기에서 '의미 있는 삶을 어떻게 살아야 하는가'를 많이 고민했어요. 하지만 한국어를 잘 모르니까 아주 어려웠죠. '누구랑 무엇을 할 수 있을까?'를 질문하고 고민하면서 사람들을 찾았어요. 덕분에 지금은 내가 해야 할 일을 하고 있어요.

아쉽고 어려웠던 점은 한국에 도착하자마자 한국어를 제대로 배우지 못했던 것이에요. 내가 아는 사람들은 대학교 정규과정으로 한국어를 배웠는데 나는 혼자서 스스로 공부했거든요. 그 점이 아주 아쉬워요. 그래도 그 당시 상황에서 가능했던 걸 선택했기에 후회는 없어요. 나는 내 선택으로 이곳에 왔기 때문에 어려움을 각오하고 있었어요. 어렵고 힘들다고 누구한테 말하면 '너 스스로 선택했고, 너 스스로 왔잖아!'라고 하겠죠. 그래서 나는 명상하면서 나를 돌아보고 돌보는 것을 잘요. 가끔은 함께 한국에 왔던 친구 몇몇과 소통하면서 서로 위로하고 위로받기도 해요. 스스로 선택해도 어려움이 있는 것은 모두 마찬가지이기에 서로 격려하고 위로하는 것도 필요하다고 생각해요.

이주민으로서 차별보다는 사람으로서 차별에 대해 더 생각해요. 사람들은 자기 의견과 다르거나 자기와 다를 때 항상 어떤 이유를 찾아요. 본인이 '옳다'라고 생각하기 때문에 이유를 찾아 자기 의견을 계속 유지하고 싶어 하죠. 그래서 이주민이라기보다 달라서 오는 편견에서 차별이 있다고 생각해요. 체형, 외모, 얼굴이 다르니까 쉽게 눈에 띄겠죠. 그래서 나는 늘 내 마음과 몸을 살펴보면서 어떤 고정관념으로 살고 있는지 관찰하고, 성찰하고, 발견하고, 바꾸려고 해요. 나는 새로운 것을 배우는 걸 즐거워해요. 그래서 다른 의견을 가진 사람을 찾으려 하고, 그 사람을 통해 '내가 가진 어떤 고정관념이 깨질까?' 고민해 보면 재미있어요.

나와 비슷하게 생각하는 사람을 찾는 게 어려워요. 모임이나 학부모 회의 등 많은 만남이 있을 때 반갑고 좋죠. 그러나 그냥 그것으로 끝나니 아쉬워요. 생각을 공유하고 연대할 수 있는 사람을 찾는 게 어려웠어요. 그래도 내가 할 수 있는 것을 하다 보니 도와 주는 사람이 생기더라고요. 우리 아이가 고등학교 다닐 때 담임선생님을 만나러 갔었고, 선생님께 내 생각과 의견을 제안했어요. 내가 제안한 프로그램을 학교에서 할 수 있는지 여쭤봤는데 그것이 인연이 되어서 고등학교에서 내가 하고 싶은 일을 하게 되었어요. 어렵더라도 일단은 내가 할 수 있는 일을 적극적으로 제안하는 게 필요하다고 생각해요.

'글로벌'하게 생각하며 살고 싶어

코로나19로 인해 힘든 부분도 있지만, 개인적으로 코로나 덕분에 혜택을 보고 있기도 해요. 요즘에는 온라인으로 하는 활동을 많이 활용하니까 전 세계로 모임과 활동을 펼칠 수 있어서 좋아요. 그러나 아쉬운 점은 대면으로 활동하지 않으니까 통·번역 활동을 할 상황이 아니라는 점과 봉사할 수 없다는 점이 아쉬워요. 정기적으로 모이는 모임이나 공동체로 내가 만든 '공감 카페'가 있어요. 사람들이 서로 공감하는 지혜를 나눌 공간을 만들고 싶어요. 비폭력 대화를 배우고, 훈련할 교육과정을 만드는 중이에요. 온라인으로 전 세계 사람들과 나눌 수 있는 안전한 공간이 많아서 감사하죠.

5·18민주화운동에 대해 많은 사람이 자부심을 가지는 것 같은데, 나는

오히려 슬픈 마음이 더 커요. '왜 사람들이 죽어야만 역사 속에 남을까?', '싸움이나 죽음이 아닌 다른 방법이 있었으면 얼마나 좋았을까?', '지금도 세계 곳곳에서 비슷한 일이 일어나는 걸 보면서 이러한 양상은 끝이 있을까?'라는 생각을 합니다. 우리는 역사에서 배워야 하는데 그러지 않거든요. 직접 경험하지 않으면 배울 수 없는데 말이죠. 그래서 '자부심'이라는 단어보다는 '나라를 사랑한다'라는 표현이 좋아요. 자부심을 품고 싶지는 않아요. 자부심이 커지면 우월감이 생길 수도 있다고 생각하거든요. 한 나라나 한 도시로 함축해 생각하는 것보다 '글로벌'하게 생각하며 살고 싶어요. 사는 곳이 비록 '지역'일지라도 생각은 '글로벌'로 산다면 좋지 않을까요. 그저 내가 사는 곳에서 지금 어떤 것에 최선을 다할 수 있는지 생각하면서 사는 게 좋아요.

인권교육에서 중요한 점은 '서로 이해하기'

인권에 관한 인식과 경험을 나눈 적이 있어요. 광주에서 매년 열리는 세계인권도시포럼에 참여하고 발표도 했어요. 다른 사람 말을 들으면서 개인마다 상황이나 처지가 다르다는 걸 알게 되었고, 인권 또한 역설적인 측면이 있다고 생각하게 되었어요. 교육받는 것과 학교에 가는 게 모두 인권이지만, 그것을 자유롭게 선택할 상황이 존재하지 않아요. 목소리가 들려지지 않는 거죠. 예를 들면, 학교 수업 과목을 선택할 수 있는 권리가 있어야 한다고 생각하지만, 그 권리는 주어지지 않잖아요.

내 목소리가 들려졌을 때와 억울함을 당할 때도 인권을 생각하는 거 같지만 그렇지 않은 측면이 있어요. 지인 한 명이 이런 이야기를 했어요. '여자가 이것을 해야 한다. 한국 여자는 이래야 한다'라는 발언을 듣는데 이것을 가부장적인 측면에서 살펴보아야 하는지 아니면 인권의 측면으로 바라보아야 하는지 묻더군요. 복잡한 측면이 있다는 말이에요. 그래서 인권교육에서 가장 중요한 점은 '서로 이해하기'라고 생각해요. 서로 이해하지 않으면 배우기가 가능할까요? 우리는 모두 다른 존재이기 때문에 다름을 인정하는 순간, '얼마나 다를까? 무엇이 다를까?'를 생각하고 그것이 서로를 이해하는 시작점이라고 봅니다. 중요한 건 대화할 때 '누가 옳다거나 누가 그르다'라는 생각을 바꿔서 '있는 그대로 보는 것'을 실천하는 거예요. 그러므로 나는 한 발 뒤로 물러나 호기심을 갖고 지켜보는 태도가 필요하다고 생각해요. 호기심이 없으면 이해하는 게 어려울 수 있기 때문이에요. 그래서 나는 그런 훈련을 계속 받고 있고, 다른 사람 목소리에 귀를 기울이려고 해요. 이 모든 것은 정말 훈련으로 얻을 수 있어요. 나는 계속 이런 훈련을 하고 함께 나누고 있어요. 선주민과 이주민을 떠나서 사람으로서 대화하는 것이 중요하다고 생각해요. 설득하지 말고 대화를 하는 게 중요해요.

내가 만약 '인권교육을 담당하는 강사'라면 '서로 대화하기 서로 듣기'를 교육할 거예요. 어떤 문제든 듣는 것으로부터 시작해야 하거든요. 문제나 갈등이 있으면 사람들은 일반적으로 해결점부터 찾으려 하는데, 서로 이해하지 못하면 그것도 비극이지요. 그래서 계속 갈등이 생기고 갈등의 골은 깊어지죠. 처음부터 깊이 이해하면 해결할 수 있는 여러 가지 방법을 쉽게 찾을 수 있어요.

인권교육 프로그램으로 비폭력 대화, 갈등의 대화, 젠더 평등, 문화 다양성에 대한 워크숍을 제안해요. 나는 인권은 사람의 바람이라고 생각해요. 사람마다 기준이 모두 다르죠. 스웨덴 사람과 북한 사람은 인권에 대한 인식이 다르겠죠. 그래서 나는 '각자가 바라는 게 자신의 인권이 되는 것'이라 생각해요.

동료 이주민에게 무슨 말을 해야 할지 모르겠어요. 여러 사람을 만나봤는데 각자 목표가 다르거든요. 모두가 스스로 자신의 길을 걸어온 것 같아요. 한 가지 하고 싶은 말은 살아남기 위해서는 가능하다면 한국에 오자마자 한국어부터 배우는 걸 추천해요. 나머지는 각자 길이 다 다르니까 '행운을 빌어요!'

한국 사람을 위해서 무엇을 할 수 있을까?

선주민에게는 '행운을 빌어요! 관심을 가져 주세요'라고 말할 수 없어요. 왜냐면 가질 수도 있고 갖지 않을 수도 있기 때문이죠. 관심이 자연스럽게 생기거나 신비롭게 생기면 좋은 일이죠. 생기지 않으면 우리가 무슨 말을 하든 듣지 않을 거예요. 그래서 '나에 대해 관심을 가져달라!'는 말보다는 내가 먼저 관심을 보여주는 걸 나는 선택해요. '내가 한국에 살면서 한국 사람들을 위해서 무엇을 할 수 있을까?'라고 고민해요. 그래서 나는 한국 학부모, 선생님, 아이들을 만나고 있어요.

나는 지금 내 삶에 대한 신뢰가 있어요. 어떤 모습이어도 나를 반갑게 볼 수 있어요. 그래서 예상하고 상상하고 싶지 않아요. 호기심만 가지고 살아갈 거예요. '십 년 후나 앞으로 어떻게 될까? 어떻게 되겠지? 내 길은 이렇게 하면 좋겠다! 이렇게 하고 싶지 않다' 등 제한하지 않고 열린 마음과 몸으로 내 삶의 지혜를 따라갈 거예요. 부모를 위한 대화의 공간을 지원할 수 있어요. '아이들이랑 어떻게 이야기하면 우리 아이들도 우리를 믿고 우리와 자연스럽게 대화하고 살아갈 수 있을까?'를 함께 고민하고 나누는 일을 할 수 있어요. 후배 이주민에게 하고 싶은 말은 '나랑 비슷한 관심이 있다면 연락하세요. 비슷하지 않아도 되고, 이야기 나누고 싶을 때 언제든지 연락하세요'라는 거예요. 나는 돋보기를 들고 질문을 하고, 호기심을 갖는 사람이에요.

엄마가 어느 나라에서 왔니?

한신애 · 몽골

실을 길게 빼면 멀리 시집간다

나는 몽골에서 한국으로 이주한 한신애입니다. 어렸을 때부터 '다른 나라 사람과 혼인하고 싶다'라고 생각했어요. '실을 길게 빼면 멀리 시집간다'라는 할머니 말씀에 뜨개질할 때도 길게 하려고 했던 기억이 납니다. 머무는 것보다 이동하면서 살고 여행하는 걸 좋아하는 내 성향과 관계가 있는지도 모르겠어요. 한국에 관해서는 드라마를 보면서 흥미를 갖게 되었어요. 이주하기 전에는 몽골에서 식당 아르바이트도 하고, 미용 학원에 다니면서 배우기도 하고, 피부 관리사로 일하기도 했어요. 활동적인 걸 좋아해서 여러 가지 일을 많이 했어요.

몽골에서는 보통 스무 살 언저리에 혼인하는데 그에 비하면 나는 조금 늦은 편에 속했어요. 2009년 1월에 지금 남편을 만났어요. 처음에 만나보니까 괜찮다는 느낌이 들었거든요. 그래서 바로 다음 날 혼인신고 하고, 남편은 며칠 후에 한국으로 돌아갔어요. 남편이 한국에서 초청장을 보냈고, 대사관에 서류를 신청하고 기다렸는데 다행히 빨리 통과되어서 한국으로 이주하게 되었죠. 지금 돌이켜 생각해 보면 사실 무서운 일이었어요. 남편 한 사람만 믿고 낯선 땅에 왔다는 게 신기해요. 젊은 시절이라 무모했던 거지요. 현재 몽골에 부모님이 살고 계시고 여동생이 아이들을 돌봐주러 한국에 왔다가 코로나19로 돌아가지 못하고 있어요. 코로나19 이전에는 세 번 정도 고향에 방문했어요. 우리 아이들도 엄마 나라에 방문하는 걸 굉장히 좋아했어요.

어린 시절 몽골에서 한국교회를 다니면서 한국 사람과 교제도 했지만, 한국에 대한 이해는 사실 드라마 본 것이 전부였어요. 정작 한국에 와보니 '드라마에 속았다'라는 생각이 들기도 했어요. 드라마에 나오는 사모님처럼 우아한 생활을 하며 살 것이라는 환상을 가졌거든요. 하지만 현실과 드라마는 다르잖아요. 조금 실망스러웠어요. 그래도 괜찮아요. 노력하면서 사는 것으로 만족해요. 삶은 내가 만들어가는 과정이니까 내려놓게 되었죠. 당시에는 인터넷이 활성화되지도 않았어요. 그래서 순수한 어린 마음으로 드라마를 보며 꿈꿔왔던 삶은 현실이 아니라는 걸 쉽게 받아들일 수 있었어요. 아마 나처럼 환상을 가지고 온 이주여성도 있지 않을까 싶어요.

내가 생각했을 때 그래도 한국은 살기 좋은 나라예요. 사계절이 있어서 겨울에는 눈이 내리고, 여름에는 바다에 갈 수 있고, 가을에는 단풍을 볼 수 있고, 봄에는 시들었던 모든 것이 초록색으로 변하는 과정을 지켜볼 수 있어요. 몽골은 계절 개념이 없어서 한국 사계절이 더 신기하고 좋았어요. 제철 과일도 때마다 먹을 수 있다는 게 얼마나 좋은지 몰라요.

한국에 와서 신기했던 건 바다

한국으로 이주한 날은 2009년 4월 10일이에요. 한국에 온 지 조금 지난 5월에 처음으로 동물원 갔던 게 가장 기억에 남아요. 다양한 동물을 봐서 신기하고 좋았죠. 원가족에게도 보여주고 싶다는 생각이 많이 들었어요. 신기한 걸 보거나 맛있는 걸 먹을 때 가족 생각이 많이 나거든요. 그렇지만 이주 초기에는 한국어를 잘 모르니까 답답했어요. 습하고 더운 공기도 숨막히게 했어요. 탁 트이고 공기 맑은 몽골에서 살다가 낯선 환경에 처하자 더 답답하게 느껴졌던 것 같아요. 한번은 작은 아빠한테 인사드리러 간다고 서울에 갔었는데 너무 크고 복잡했어요. 한국에 살면서 신기했던 건 바다였어요. 인천대교를 지나는데 물이 하늘과 맞닿아 있는 것 같았어요. 바다를 본 적이 없었으니까 무엇이냐고 신기해서 물어보았어요. 처음 한국에 왔을 때 느낌은 그래서 신기하기도 하고 답답하기도 했어요.

한국에 살면서 가장 어려웠던 점은 언어였어요. 그리고 가족이 곁에 없고 오롯이 혼자서 아이들을 돌봐야 하는 일이 힘들었죠. 그래도 나는 어렵지만 참고, 다른 것으로 스트레스를 풀며 살았어요. 어려움을 극복하려고 더 부지런히 살았죠. 상당수 이주민이 부부 관계가 좋지 않아서 이혼하기도 하는데 난 그런 점 때문에 마음이 아팠어요.

외모가 크게 다르지 않으니까 말하지 않고 있으면 사람들이 이주민인지 잘 몰랐어요. 그래서 겉모습 때문에 차별받은 적은 거의 없었어요. 한국어를 하면 경상도에서 온 줄 알더라고요. 그래도 차별은 존재했어요. 예전에는 주민등록등본에 이름이 올라오지 않아서 서류 때문에 어려움을 겪었어요. 한국어로 소통할 수 있어도 행정 서류상 신분이 이주민이라 식당 같은 곳에서 일하려고 해도 잘 받아주지 않더라고요. 그래서 아이들이 학교 가기 전에 빨리 한국으로 귀화해야지 하는 생각을 많이 했어요. 나중에 주민등록등본에 이름을 올리니 아이들의 엄마라고 증명이 되더라고요. 그때 안심하기도 했지만 불편하기도 했어요. '주민등록등본에 이름이 올라가지 않으면 가족이 아닌가?'라는 생각이 들어서 마음이 그랬죠. 엄마가 이주민이라는 이유로 아이들이 따돌림당하거나 놀림당한다는 이야기를 많이 들어서 걱정도 많이 했어요.

광주는 조용하고 살기 좋은 곳이라고 생각해요. 상대적으로 사람들이 살아가는데 복잡하지 않아서 좋아요. 광주 음식은 최고예요. 또한 광주는 문화도시니까 문화 혜택도 받을 수 있는 곳이라고 생각해요. 내가 광주라는 도시에 사는 게 자랑스러워요. 요즘은 광주에 사는 선주민도 이주민을 잘 받아주고 도움도 많이 주는 것 같아요. 특히 나는 광주북구가족센터가 마음에 들어요. 여러 방면에서 지원도 많이 해주고 아이들이 교육받을 기회와 혜택도 다양해요. 울산에 사는 언니는 다문화센터를 이용하지 않아서 그와 같은 혜택과 지원에 대해서 모르더군요. 광주는 이주민으로서 살기 좋은 환경을 만들어주는 것 같아요. 일 년에 한 번씩이라도 몽골어 통역을 해서 자신감도 생겨요. 내가 가진 능력으로 누군가를 도울 수 있다는 게 자부심이 생겨요. 봉사할 기회가 있다는 게 자랑스럽죠.

꿈과 희망을 이루는데 가장 어려운 점은 재정적 측면이에요. 대학교와 대학원에 다니고 싶었는데 아이들이 자라고 있으니까 나보다는 아이들에게 먼저 쓰게 되죠. 그러다 보니 내 꿈은 나중으로 미루게 되었어요. 현재는 화장품 사업을 하고 있는데, 그것으로 일단 꿈을 키워봐야죠. 이것저것 경험이 많이 쌓이면 언젠가 사용할 날이 오리라 기대해요.

요즘 가장 힘든 건 고향에 갈 수 없다는 거예요. 아이들에게 몽골이라는 나라, 몽골 사람에 대해 알려주고 싶은데 코로나 상황 때문에 갈 수 없으니까 안타깝죠. 부모님이 아파도 갈 수 없고, 부모님도 올 수 없는 상황이 가장 마음 아파요. 가족과 함께 자유롭게 밥을 먹고 싶어도 그럴 수 없으니 힘들죠. 그런데도 정기적으로 모이는 모임이나 공동체가 없어요. 예전에는 몽골 모임이 있었는데 지금은 거의 없어졌어요. 사람 만나는 걸 좋아해요. 그래서 믿을만한 사람이라고 생각하면 마음속 깊은 이야기를 털어놓을 수 있는 것 같아요. 내 주변에 있는 사람들이 안전한 공동체라고 생각해요.

하지 말아야 할 질문, 엄마가 어느 나라에서 왔니?

다문화 코디네이터로 활동하면서 광주북구가족센터에서 인권에 대해 배웠어요. 인권교육을 통해 내 언어가 바뀌는 걸 발견했어요. 다문화 코디네이터를 하면서 이주 배경 아이들에게 '엄마가 어느 나라에서 왔니'라고 묻는 것이 예의가 아닐 수도 있겠다는 생각이 들었어요. 그래서 지금은 아이들이 먼저 말하기 전에 물어보지 않아요. 상대방이 어떤 상황에 있는지 정확히 모르면서 함부로 질문하면 상대방을 당황스럽게 한다는 걸 알게 되었어요. 많은 도움이 되었어요. '다문화'라는 개념에 대한 인식의 폭도 넓어졌어요.

인권교육에서 중요한 것은 '피부색이 달라도, 언어가 달라도, 모두가 똑같은 사람이고 인권을 누릴 수 있는 권리가 있다'라고 알려주는 것이라 생각해요. 피부색이 달라 불안해하고 우울해하는 사람들이 많은 것 같아요. 모든 사람이 똑같이 소중한데 피부색, 언어가 다르다고 사람으로서 누릴 수 있는 권리인 인권이 없는 게 아니잖아요. 교육받은 후에도 생각을 많이 했어요. 전에는 나도 다름에 대해 거리두기를 했었는데 지금은 다름에 대해 인정하고 먼저 다른 사람에게 더 다가가려고 노력해요. 나와 다른 사람과 있는 걸 사람들이 이상한 시선으로 바라볼까 봐 불안해하기도 했어요. 그런데 지금은 다양한 다른 친구들이 있다는 게 굉장히 자랑스러워요. 다름이 우리 삶을 더 다양하게 해주고, 풍성하게 만든다는 걸 알게 되었어요.

내가 만약 '인권교육을 담당하는 강사'라면 제일 먼저 선주민과 선주민 부모를 대상으로 강의하고 싶어요. 그들 인식이 바뀌어야 한다고 생각해요. 몇몇 선주민 부모가 극성으로 자녀들을 돌보는 태도도 바뀌어야 한다고 생각해요. 자녀들이 힘든 상황에서 스스로 극복할 힘을 키워야 하는데, 부모가 모든 걸 다 해주는 것처럼 보여요. 모든 걸 간섭하는 부모도 많아요. 학부모 공동체에서 이런 이야기를 들은 적도 있어요. '저 가정은 다

문화가정이라서 엄마가 아이들한테 관심이 없어요. 엄마가 돈만 밝혀요.'
그런 말을 들을 때 정말 속상했어요. 제대로 알지도 못하면서 함부로 하는
말이 상대방에게 얼마나 큰 상처가 되는지 생각하지 않는 것 같아요. 한국
은 살기 좋은 나라인데 말이 많은 학부모들 때문에 가끔 힘들 때가 있어
요. 후배 이주민에게는 '이주민으로서 잘하고 있어요'라고 말하고 싶어
요. 다들 최선을 다해 노력하며 살고 있으니까 '힘내라. 응원한다'라고 말
하고 싶어요. 선주민에게는 '다르다고 차별하지 않았으면 좋겠어요'라고
말하겠어요. 인권에 대한 인식을 키우고 갖추면 좋겠어요. '역지사지'라
고 처지를 바꿔서 생각해주면 좋겠어요.

인권을 증진하는 프로그램을 제안한다면, 나는 부모교육을 제안하고
싶어요. 엄마와 아빠 위주로 인권교육이 진행되면 좋겠어요. 인권교육을
받은 2014년 이후로 좋아지고 있는 것 같지만 아직도 부족한 부분이 있
는 것 같아요. 다문화사회를 준비하며 인식이 바뀌어 가는 건 긍정적인 부
분이라고 봐요. 그래서 나는 인권은 인식의 전환이고 소통이라고 생각해
요. 소통하지 않으면 서로를 이해할 수 없으니까 소통이 꼭 필요하다고 생
각해요.

여러 사람과 소통하는 공동체 만들고 싶어

10년 후에는 아이들이 성장하고 나는 나이가 들었겠죠. 우리 아이들도
자기 삶을 살며 나라에 필요한 사람이 되면 좋겠어요. 나는 지금보다 더
여유가 있을 것 같아요. 나를 돌아보고 나를 사랑하고 나를 위한 시간을

누리며 살겠죠. 아이들은 멋진 사람으로 성장하고, 나는 남편과 둘만의 시간을 많이 가지겠죠. 제2의 신혼을 보내지 않을까 싶어요. 10년 전보다 지금 내 삶이 많이 달라졌으니까, 10년 이후도 정말 기대가 되고 좋아요. 나를 돌아보면서 '내가 이렇게 살았구나'라고 성찰할 수 있을 것 같아요.

그래서 뭐든 할 수 있는 건 다 하고 싶어요. 뭐든 할 수 있는 활동, 공간, 자리만 있다면 언제든지 달려갈 수 있어요. 내가 할 수 있는 일에 최선을 다할 거예요. 후배 이주민에게는 '열심히 살다 보면 좋은 일이 생길 거예요. 힘내세요!'라고 말하고 싶어요.

인터뷰를 통해서 나를 돌아보고 이주민에 대해서도 더 생각해 보는 시간이었어요. 함께 이렇게 이야기 나눌 수 있다는 게 나에게는 참 여유로운 시간이기도 했고요. 질문에 대해 생각하고, 이야기하면서 많은 걸 돌아보는 시간이라 참 좋고, 감사해요. 나는 활동적이고 도전적인 사람이에요. 한번 시작하면 끝을 봐야 하는 성향이죠. 나만의 사회생활을 할 공간을 갖고, 그 안에서 여러 사람과 소통하는 공동체를 만들고 싶은 사람이에요. 나만의 일을 꿈꾸며 나만의 공간을 만들어가고 싶어요.

한국도 이제는 다민족국가?

김완서 · 베트남

내 꿈은 최고 미용사가 되는 것

나는 베트남에서 이주해 온 김완서입니다. 베트남 남쪽 지방인 끼엔장이라는 곳이 제 고향이에요. 끼엔장은 한국 농촌 마을과 비슷하게 주로 벼농사를 지으며 생활하는 곳이지요. 나도 어렸을 때 집안일과 농사일을 도우며 학교에 다녔어요. 오빠 한 명과 남동생 한 명이 있어요. 베트남에서 그리 넉넉한 생활은 아니었지만, 아버지와 어머니 그리고 삼 남매가 나름 행복하게 살았어요. 내 꿈은 최고의 미용사가 되는 것이었어요. 그래서 꿈을 이루려고 열심히 미용 공부하고, 지인이 운영하는 미용실에서 기술도 배웠어요. TV에서 한국이라는 나라를 알게 되었고 한국 드라마에 등장하는 연예인 머리 모양을 보면서 '한국에 가보면 좋겠다'라고 생각했지요. 그러던 중 고모 소개로 남편을 만나 한국으로 이주하게 되었죠. 남편을 처음 만난 곳은 공항이었어요. 첫 만남이니까 많이 긴장했어요. 고모가 보내주신 사진과 조금 달라서 처음에는 두렵기도 했어요. 그래도 첫인상이 나쁘지 않았어요. 부부의 연을 맺고 같이 살아야겠다는 생각이 들었어요. 남편도 나를 처음 봤을 때 마음에 들었다고 했어요. 고모가 '남편이 직장도 잘 다니고 성격도 좋다'라고 말했거든요.

한국에 대해서는 대중 매체를 통해서 어렴풋이 알았고 유교문화에 대해 조금 이해하고 있었어요. 부모를 공경하고 예의범절이 있는 나라로 이해했어요. 베트남도 중국의 영향을 받아 불교와 유교문화가 있거든요. 이러한 이유로 한국문화를 이해하고 받아들이는 데 큰 어려움이 없었던 것 같아요.

어른, 남자 중심의 가부장문화가 힘들어

처음 한국 땅을 밟은 것은 2013년 11월 9일이에요. 오전 8시 인천국제공항에 도착해서 남편 차로 광주에 왔어요. 광주에 도착하니 오후 1시쯤 되었어요. 광주로 오면서 조금 걱정이 되기도 했어요. 산과 밭만 보여서 시골로 가나 싶었어요. 다행히 광주 거의 도착하니 고층빌딩도 보이고 해서 마음이 좀 놓였어요. 그리고 남편 집 앞에 도착했을 때 행복했어요. 한국 드라마에서 보던 그런 집 앞에 내가 서 있다는 것이 벅찼어요. 도착해서 부모님께 걱정하지 마시라고 전화를 드렸어요.

이주민으로 살면서 가장 어려웠던 것은 언어였어요. 문법이 완전히 달라서 힘들었어요. 한국어도 어려웠지만, 문화 차이도 처음에는 정말 힘들었어요. 비슷한 단어들이 너무 많아서 처음에 많이 헷갈렸어요. 어른들에게 존댓말을 해야 하는데 잘 모르니까 실수해도 실수한 줄 몰랐어요. 언어에 대한 오해로 시부모님이랑도 갈등이 있었어요. 베트남에서는 식사할 때 국이 있으면 큰 그릇에 담아, 각자 먹고 싶은 만큼 떠서 먹었어요. 그런데 여기서는 각자 따로 담아 먹는 것도 처음에는 적응이 되지 않았어요. 가정마다 다르겠지만 식사할 때 말하면 안 되고, 어른 먼저 먹어야 하고, 남자를 높여줘야 하는 가부장 문화가 어려웠어요. 오래전 베트남에서도 그렇게 했지만, 현대사회가 된 후에는 남녀평등을 많이 추구하거든요. 가부장 문화가 제일 힘들었어요.

한국어를 공부하러 다문화센터에 다녔었어요. 처음에 남편이 데려다준 후 다음부터 나 혼자서 버스를 타고 그곳에 찾아가야 하는 상황이었어요. 그런데 버스 타는 것이 쉽지 않았어요. 한국어를 잘 모르니까 내릴 정류장을 지나치는 일도 있었고, 벨을 누르지 않았을 때 한 소리 하는 버스기사도 있었죠. 그래도 어려운 순간에 가장 도움이 되었던 사람은 남편이었어요. 남편을 소개해주신 고모도 많은 도움을 주었어요. 광주북구가족센터도 나에게 큰 도움이 되었죠. 여러 교육도 받았어요. 또한 엄마처럼 챙겨주시는 분도 계셨어요. 베트남 문화강연 하면서 만난 선생님이 있었는데 그분이 나를 참 많이 챙겨주셨어요. 감사하죠.

버스 타고 갈 때 모르는 경우가 있잖아요. 그럴 때 친절하게 알려줬으면 좋겠어요. 병원에서도 그런 경험을 한 적이 있어요. 간호사가 이름이 무엇이냐고 물어봐서 대답했는데 '알았다'라고 퉁명스럽게 대하고, 반말도 했어요. 무시하는 느낌이 들어서 기분이 안 좋았어요. 아파서 병원에 왔는데 그런 태도와 말을 들으니 빨리 집에 가고 싶다는 마음이 들었어요. 남편에게 사정을 말하니 다시 병원에 가자고 그러기도 했어요. 나 스스로 한국어를 제대로 하지 못하고 자신감도 없으니 더 그런 생각이 들었던 것 같아요. 내가 더 잘해야겠다고 생각했어요. 나뿐만 아니라 동료 이주민도 그런 대접받은 경우가 있더라고요. 택시를 이용한 후 카드로 계산하려고 했더니 안 된다고 하면서 현금을 내라고 했대요. 그래서 그 친구한테 우리가 무시 받지 않으려면 한국어를 먼저 잘 배우자고 이야기했던 기억이 납니다. 우리도 한국에서 사는 사람이라는 걸 보여주자고 친구나 동생들에게 이야기했어요. 마음속에 불편함이 있을 때 표현할 수 있으려면 한국어를 잘해야 하니까요.

광주는 남편이 태어나서 자라고 지금도 사는 도시예요. 남편을 통해서 많은 이야기를 들었어요. 임진왜란 때 의병을 일으켜 나라를 지킨 사람을 기리는 포충사, 1980년 독재에 항거했던 광주 시민 투쟁인 5·18민주화운동을 기억해요. 먼 옛날엔 무진주武珍州란 지명을 사용하였고 이후에 광주라는 이름을 갖게 되었다고 들었어요. 그리고 광주는 김치 맛이 최고이며, 무등산 수박도 있어요.

광주에 사는 이주민으로서 자부심을 갖게 하는 것 중 하나는 '정情문화'가 아닐까 생각이 들어요. 전통시장에 가면 작은 물건을 사더라도 덤으로 주는 따뜻한 마음을 광주에서 느껴요. 5·18민주화운동이 일어났을 때 서로가 어려운 환경에서도 주먹밥을 나누었고, 그 혼란스러운 상황에서도 도둑도 없고 이웃이 서로 도왔다고 해요. 그런 정이 있는 곳이 광주라는 생각이 들어서 자랑스러워요.

지금은 아이를 키우는 엄마이지만 그래도 틈틈이 공부해서 네일아트 국가공인자격증을 취득했어요. 다음으로 내가 좋아하는 미용사 국가자격증을 따려고 준비하고 있어요. 자격증 공부하는 데 어려운 점이 있는데 바로 법률·법규 부분이에요. 남편 도움으로 많이 해결하고 있지만 법률·법규에 나오는 전문용어가 너무 생소하고 한자를 기반으로 하는 단어가 많아서 더 어렵게 느껴져요. 코로나19 상황에서 가장 힘든 점은 아무래도 베트남에 계신 부모님 걱정이죠. 한국은 그나마 방역도 잘 되고 백신도 준비되어 있어 큰 걱정 없지만, 베트남은 상황이 그렇지 않아서 많이 걱정되는 게 사실이에요.

안전한 공간이나 마음속 깊은 이야기를 나눌 수 있는 공동체나 모임은 생각하기 나름인 것 같아요. 개인적으로 내 주변에 사는 베트남 이주여성 가족과 함께 한 달에 한두 번 집에서 음식을 만들어 먹으면서 교제하고 있어요. 단체에서 모임을 주관하는 것도 좋겠지만, 가까운 곳에 사는 각 나라 이주여성들이 모여서 모임을 만드는 것도 좋다고 생각해요. 문화센터나 구청 주변에 사는 이주민과 함께 자조 모임을 만든다면 좋을 것 같아요. 그런 만남을 통해 좋은 관계를 형성한다면 좋겠죠.

한국도 이제는 단일민족 국가가 아니라 다민족국가

베트남에서 인권교육을 받은 적은 없어요. 한국에 온 후 구체적으로 인권에 대해 알게 되었고, 다문화센터에서 교육받기도 했어요. 모르거나 궁금한 것이 있으면 남편에게 물어보거나 인터넷으로 검색해서 이해하려고 해요. 인터넷으로 법에 관한 걸 배웠어요. 문제가 생겼을 때 어떻게 해결해야 하는지 알 수 있겠더라고요. 중요한 어떤 사람에게나 인권은 평등하게 적용되어야 한다는 것이에요. 그래서 나는 가족과 딸에게 인권이 중요하다고 이야기하고 있고, 서로의 의견을 나누기도 해요.

베트남에 살았을 때는 인권교육의 중요성을 잘 몰랐어요. 한국에서 교육받으면서 그 중요성을 알게 되었죠. 하지만 다문화센터에서 하는 주입식 교육을 이주민이 얼마나 이해했는지는 알 수 없어요. 사례를 제시하며 설명한다면 이해하는 데 좀 더 수월하지 않을까 생각해요. 많은 걸 가르쳐주려 하기보다 하나씩 이야기해주고 이해했는지 점검해주면 더 좋겠다고 생각했어요. 정해진 시간 안에 준비한 걸 다해야 한다는 생각에서 벗어나 모든 사람 목소리를 들을 수 있는 시간을 주면 좋겠어요. 일방적인 강의보다는 서로 이야기를 나눌 수 있는 강의가 더 좋다고 생각해요. 또 한 가지는 어려운 단어를 사용하지 말고 이해하기 쉬운 단어로 풀어서 강의해주면 한국어에 익숙하지 않은 이주민도 이해하는 데 도움이 될 것 같아요. 단계를 나눠서 강의한다면 더 좋겠죠.

한국은 유교문화가 있어서 어른을 공경하는 사회예요. 하지만 어른이라 하여 타인의 인권을 침해하는 언어와 행동을 함부로 해도 되는 건 아니에요. 인권을 무시하는 행동을 하는 어른을 만났을 때 무조건 참지 말고, 예의를 갖춰 바르게 이야기해 줄 필요가 있어요. 이주여성이라고 해서 반말과 욕을 들으면서도 참아야 하는 건 아니에요. 누군가가 예의와 인권에 벗어나는 행동을 한다면 피하지만 말고 한 인간으로서 마땅히 누려야 할 권리를 빼앗기지 않도록 행동하면 좋겠어요. 한국도 이제는 단일민족 국가가 아니라 다민족국가예요. 내가 만약 '인권교육을 담당하는 강사'라면 다른 나라처럼 피부색과 언어를 떠나서 사람과 사람으로 마주해야 한다고 강의하고 싶어요.

동료 이주민에게는 '한국 사람과 혼인했고 한국 국적이 있다면 당신도 한국 사람이에요. 한국문화를 받아들이고 그 문화를 한국 사람처럼 즐기면서 살았으면 좋겠어요. 항상 자신감을 가지고 무서워하지 말고 우리도 무엇이든 다 할 수 있다고 생각해요. 용기를 가지세요!'라고 말하고 싶어요. 또한 선주민에게는 '모든 사람이 다 자기와 잘 맞는 것은 아니에요. 같은 엄마 배 속에서 태어난 형제자매도 성격이 잘 맞지 않는 경우가 많죠. 한국에 사는 사람으로서 서로 배려하고 서로 인권을 지켜주면서 살았으면 좋겠어요. 피부색과 언어로 분리하는 것이 아니라 한국에서 살고 있으니 서로 같이 이해하면서 이웃으로 살아가면 좋겠어요'라고 말하겠어요.

인권교육 프로그램에 참여할 인원을 파악한 후 인권이 무엇인지 적절하게 강의할 강사를 섭외하고 수강생 나이와 교육 수준을 고려해서 적절한 프로그램을 진행하면 좋겠어요. 내가 생각하는 인권은 사람으로서 받아야 할 권리예요. 개인 또는 국가 구성원으로서 마땅히 누리고 행사하는 기본적인 자유와 권리이죠. 인종, 피부색, 나이 등을 떠나 한 인간이 인간으로서 받아야 할 권리라고 생각해요.

네일아트, 미용실 원장 하고파

10년 후 내 모습은 미용실과 네일아트를 겸한 원장으로 활동하겠죠. 미용 국가자격증 취득과 기타 실무 작업에 더 노력해서 꼭 원장이 될 거예요. 더불어 남편과 딸과 함께 행복한 삶을 살고 있겠죠. 자본주의 국가에서 원동력은 자본이라고 생각해요. 네일아트와 미용실을 운영하여 돈을 벌게 된다면 세금을 더 내게 되고, 지역사회에 도움이 되리라 생각해요. 어려운 사람들에게, 도움이 필요한 사람들에게 무료 봉사하고 싶어요. 미용 기술을 배우고 싶은 사람에게 가르칠 수도 있고요. 내 재능을 기부할 수 있어요.

후배 이주민에게는 '한국 국적을 취득하는 순간부터 당신은 한국 사람이에요. 기죽을 필요도 없고 눈치 볼 일도 없어요. 한국 사람과 함께 노력해서 꼭 더 나은 삶을 살았으면 좋겠어요. 서로 배려하고 서로 사이좋게 지냈으면 좋겠어요. 가족과 함께 행복하게 살면서 열심히 꿈을 이루면 좋겠어요'라고 말하겠어요.

항상 성실하게 노력하는 사람이 되어요! 나도 열심히 살겠어요. 나는 베트남 이주여성 김완서입니다. 한국으로 이주한 지 약 8년 되었어요. 현재 딸 한 명이 있고 남편이랑 행복하게 살고 있어요. 나는 항상 열심히 살고 있고 내 꿈을 향해 나아가는 사람이에요.

월급 차별받는 게 가장 힘들어

이〇〇 · 베트남

부모님 도와주려고 한국으로 이주

나는 베트남에서 온 이〇〇입니다. 어렸을 때 베트남 껀터Cần Thơ시에서 평범하고 즐겁게 살았고, 사랑도 많이 받으면서 자랐어요. 마을 근처에 친척이 모여 살아서 처음 한국으로 이주했을 때는 많이 외로웠어요. 부모님이 장사하다 어려워서 그만두다 보니 빚이 생겼어요. 그래서 나는 고등학교 졸업하고 바로 아르바이트를 시작했지요. 남동생이 학교도 다녀야 하고 돈이 많이 들어가니까 부모님을 돕고 싶은 마음에 혼인을 생각하게 되었어요. 내가 사는 마을에서 대만이나 한국 사람과 혼인한 사람이 많았어요. 나 역시 아르바이트만으로 먹고사는 게 나아질 수 없다 판단하니 혼인을 결심하게 되었어요. 혼인을 결정하고 부모님께 말씀드렸더니 마음 아파하셨어요.

2005년에 혼인하고 2006년에 한국으로 이주했어요. 당시에는 다문화센터도 없어서 혼자 한국어를 공부했어요. EBS방송 보면서 공부하다가 혼자 하는 것이 어려워 가톨릭에서 운영하는 센터에서 수녀님께 한국어를 배웠어요. 남편은 일찍 출근하고 늦게 퇴근해서 들어오니까 처음에 많이 외로웠지요. 그래서 친구들이 사는 곳이 멀어도 버스 타고 만나러 가서 함께 놀다 오곤 했어요. 이주 초기엔 버스 타는 것도 두려웠고, 반대편에서 타기도 했던 기억이 나네요. 힘들었지만 친구들과 함께한 그 시간이 소중한 추억으로 남아 있어요.

부모님을 도와주려고 한국으로 이주했는데 직장 다니고 싶어도 한국어를 못하니까 다닐 수 없었죠. 당시에 남편과도 갈등이 생기고 많이 힘들었어요. 그때는 그렇게 일하고 싶었는데 지금은 오히려 쉬고 싶어요. 요즘 사람은 만족이 없다는 생각이 들어요.

이주하기 전에는 한국에 대해 잘 몰랐어요. 인천공항에 도착해서 광주로 오는 길이 멀고, 산이 많은 걸 보고 집이 너무 멀다고 생각했어요. '시골로 가는 것은 아닌가? 산에서 사는 것은 아닌가?' 별별 생각을 하면서 왔던 기억이 나요. 엄청난 기대는 하지 않았지만, 광주에 도착해서 집에 들어가 보니 집도 작았어요. 베트남은 가난해도 집은 크거든요. 처음 남편과 신혼을 시작할 때 집이 14평 정도 했어요. 그래도 남편이 다정하게 대해주는 걸로 만족했어요. 같이 벌어서 삶을 가꾸어 가면 되니까 큰 문제가 되지 않았어요.

이주민은 토픽 증명서 2년마다 갱신해야

처음에 광주가 큰 도시가 아니라 실망했는데 지금은 정말 좋아요. 직장도 있고, 살기 편한 도시라고 생각해요. 교육받으려고 서울에 여러 번 방문했는데 길도 복잡하고 삶도 복잡했어요. 이주민으로서 사는 어려운 점은 취업하는 부분이에요. 한국 사람이라면 어떤 기관에도 지원할 수 있는데, 이주민으로서 지원할 수 있는 분야는 좁고 월급 차이도 나요. 똑같은 일을 하지만, 업무 분야 예산에 따라 차이가 있어요. 여성가족부에 의견을 내기도 했지만 아직은 큰 변화가 없어요. 이런 점은 분명 차별이라고 생각해요. 귀화도 했고 근무한 지 오래되었어도 이주민이라는 이유로 월급이 적은 것은 부당하다고 생각해요.

사실 입사할 때는 정말 행복했어요. 다른 사람을 도와줄 수 있다는 게 감사했고, 일하는 것도 보람찼어요. 그런데 수당도 거의 없고, 호봉제도 아니고, 최저임금으로 계속 일하는 것 자체가 인권침해라는 생각이 들어요. 10년 동안 월급 변동이 거의 없이 최저임금만 받고 일하는 걸 받아들일 사람이 얼마나 있을까요? 물론 일할 수 있는 것, 월급 받는 것 그 자체는 정말 감사해요. 하지만 우리도 사람인지라 서운한 마음이 들 때가 많아요. 같이 일하는 분들이 좋고, 다양한 교육을 받을 수 있어서 월급 액수에 상관없이 일하고 있어요. 하지만 가끔은 이주민이라서 무시당한다는 생각이 들기도 하죠. 그리고 2년마다 토픽을 갱신해야 하는 부분도 힘든 점이에요. 일하면 할수록 언어능력이 더 좋아진다고 생각해요. 그런데 굳이 토픽 증명서를 2년마다 갱신해서 제출해야 하는지 이해할 수 없어요. 물론 서류상 필요한 부분이라고 하지만 2년마다 시험을 보면서 심리적 부담감이 높아지고, 개인 자부담으로 시험을 봐야 해서 경제적인 부담도 있어서 불편해요.

아이를 키우다 보니 힘든 점이 많았어요. 시어머니와 사이가 좋지만, 갈등도 있었어요. 어려울 때 다문화센터 상담 선생님과 이야기하면서 도움을 많이 받았어요. 일하면서 힘든 건 괜찮은데 인간관계가 어려울 때는 상담 받는 게 도움이 많이 되었어요. '내가 무엇을 잘못했는지? 정확히 내 문제를 알려달라'라고 상담하기도 했었죠. 주변 사람들, 가족, 센터 동료들에게 도움을 많이 받았어요. 이러한 경험을 통해 나도 이주민에게 많은 도움을 줄 수 있었어요.

월급 차별을 받는 것 외에 다른 부분에서는 특별히 차별받은 경험은 없어요. 다른 이주민에게 차별 이야기를 많이 들었어요. 나도 가끔 외출할 때 사람들이 겉모습으로 이주민이라 알아보고 '남편은 나이가 어떻게 되는지? 무엇을 하는지?'를 물어보는 경우가 있어요. 나에 대한 호기심으로 생각하고 대답해주죠. 그런데 내가 그들에게 똑같이 질문하면 대답하지 않더라고요. 버스나 목욕탕에서 비슷한 경험이 있는데요. 나와 친구가 이야기하면 그렇게 시끄럽다고 핀잔을 줘요. 같은 상황에서 한국 사람들이 이야기하면 아무도 핀잔을 주지 않더라고요. 그런 부분은 당황스러울 때가 많죠. 아마도 알아듣지 못하는 언어로 말하니까 더 시끄럽다고 여겼겠죠?!

생각해보니 차별 경험이 많네요. 코로나19 팬데믹 때문에 직원을 모두 채용할 수 없으니까 몇몇은 그만두게 했대요. 그런데 가장 먼저 그만두게 한 대상이 이주민이었죠. 사람들이 그렇게 이야기하더라고요. '차별이 맞지만, 한국 사람이 일을 더 잘하는 것도 사실이다. 그리고 자국민을 지킬 수밖에 없다'라고 말이에요. 이런 상황을 보면서 아무리 노력해봤자 '차별은 끝이 없구나'라고 생각했어요. 백 퍼센트 한국 사람이 될 수 없겠지만, 그래도 좀 슬프기는 해요.

'광주'를 생각하면 떠오르는 단어는 5·18민주화운동과 무등산이에요. 절도 많아서 여행하러 자주 다녔어요. 5·18민주화운동을 이끌고 함께한 분들이 참 대단하다는 생각이 들어요. '만약 나라면 똑같이 할 수 있을까?'라고 생각해 보기도 했어요. 5·18민주화운동 정신이 광주의 자부심이라고 생각해요. 그 외 광주에 관해서는 잘 모르겠어요. 여행할 곳도 별로 없고요. 그래도 광주라는 도시는 참 편안한 느낌을 줘요.

한국에 온 지 3년 된 해에 한국어교육 방문 서비스를 받은 적이 있어요. 그때 '한국어 강사가 되고 싶다'라고 생각했어요. 그래서 자격증에 도전하고 꿈을 이루기 위해 노력하고 있어요. 물론 아직 한국어 강사로 활동하기엔 부담되지만 먼저 자원봉사하고, 강사로서 자질을 키우고 싶어요. 나중에 베트남에서 한국어 강사로 활동하고 싶어요. 필요하다면 무료 봉사도 할 마음이 있어요. 이런 꿈을 이루려면 아무래도 경제적 부담이 어려운 점이겠죠.

코로나19로 인해 가장 힘든 건 아무래도 아이들을 돌보는 일이었어요. 나는 직장에 나가야 하는데 아이들은 학교에 갈 수 없는 상황이었으니 챙겨줘야 하는 점이 힘들었죠. 온라인으로 수업하니 아이들이 스마트폰을 보고, 집중도 못 하는 것 같아서 걱정이기도 하고요. 그리고 베트남에 가고 싶어도 갈 수 없다는 게 큰 어려움이죠. 코로나로 일자리가 없어서 어려움을 호소하는 이주민도 있어요. 청소 업체에서도 베트남 사람이라고 뽑지 않는다는 소식을 들을 때마다 마음이 아파요.

정기적으로 모이는 모임이나 공동체가 있어요. 안전한 공동체라고 하면 나와 맞는 사람이 모이는 공동체라고 생각해요. 그렇지 않으면 이야기가 겉돌기 때문이죠. 상대를 진심으로 대하고, 비밀 보장이 되는 곳이 안전한 공동체라고 생각해요. 현재 베트남 이주여성 7명이 함께 모여서 자녀에게 베트남 언어, 문화, 역사에 관해서 교육하고 있어요. 엄마들이 직접 강사가 되어 본인의 재능을 기부하고, 그룹을 이뤄 비대면으로 1주일에 두 번씩 자녀교육을 함께 하고 있어요. 이주 배경 자녀는 이중언어가 큰 장점이 될 수 있어서 우리 자녀들이 글로벌 인재로 성장하기를 기대하고 있어요.

사회적 지위 높은 사람이 인권교육 먼저 받았으면

다문화센터와 다른 기관에서 인권교육을 받았어요. 인권교육을 받은 후 차별 부분에 더 민감성을 갖게 되었어요. 일하면서 차별받는 부분이 있다는 걸 알게 되었죠. 처음에는 이주민이라 급여를 이렇게 받아도 된다고 생각하고 스스로 위로했었지만, 지금은 적극적으로 이야기하고 제안하고 있어요. 같은 처지에 있는 사람이 한마음으로 뭉치면 좋겠는데 쉽지 않아요. '코로나19로 어디를 가든 비슷하니 참자'라는 사람도 있어요. 또 한편으로는 자신이 불리해질까 봐 대놓고 이야기하지 못하는 측면도 있어요. 연대하는 사람이 있으면 좋겠어요.

우리는 모두 인권교육을 받아야 해요. 그런데 공무원, 기관장, 고용주 등 사회적 지위가 높은 사람들이 인권교육을 먼저 받았으면 좋겠어요. 내가 만약 '인권교육을 담당하는 강사'라면 인권에 대한 개념이나 다양한 사례에 관해 이야기하고 싶어요. 익숙해지면 차별인지도 모르거든요. 반드시 알아야 할 정보에 대해 많이 가르쳐주고 싶어요. 인권침해를 받았다면 어디에서 도움을 받아야 하는지, 노조를 결성해야 한다면 어디에서 어떻게 해야 하는지 이런 부분에 대해 알려주고 싶어요.

동료 이주민에게 '힘든 것이 있으면 절망하지 말고 기관이나 센터에 도움을 요청했으면 좋겠어요. 그리고 용기를 내세요. 과연 사람들이 나를 이해하고 도와줄지 생각하지 말고 일단 도움을 요청하면 도와줄 사람이 분명히 있을 거예요'라고 말하고 싶어요. 또한 선주민에게는 '서로 배려하고 존중해주고 나누면서 살았으면 좋겠어요. 본인 자신도 중요하지만, 같이 살아가는 사람들도 중요하게 생각하면 좋겠어요. 선주민이 아무 생각 없이 던지는 말에 상처받기도 해요. 이주민인 우리도 열심히 공부하고 한국에서 적응하면서 잘 사는 사람이 많아요. 그래서 이주민에게 편견을 갖지 말고 긍정적으로 바라보면 좋겠어요'라고 말하고 싶어요. 그래서 내가 생각하는 인권은 사람으로서 보장받을 권리예요. 나와 다른 사람이 불편하지 않으면서 평등하게 살아야 한다고 생각해요.

스터디카페 오픈해 이주민 소통 공간 만들 계획

10년 후 내 모습을 상상해 본다면 스터디카페를 오픈해 이주민과 소통하는 공간을 만들 거예요. 이주민에게는 한국어를 가르쳐주고, 선주민에게 베트남어를 가르쳐주는 꿈을 갖고 있어요. 다른 사람들을 도우면서 살고 싶어요. 내가 가치 있다고 생각하는 일과 좋아하는 일을 하면서 살고 있겠죠.

지금 일하는 것처럼, 센터에서 자원봉사 할 기관을 소개하면 참여해 일을 할 수 있어요. 우리 지역 아이들도 잘 키우고 싶고, 한국어 자원봉사도 하고 싶어요. 후배 이주민에게 '한국에 오는 것은 좋은데 마음먹고 와야 해요. 다 좋은 환경은 아니에요. 너무 드라마처럼 생각하지 않았으면 좋겠어요. 혼인을 결정했다면 가정환경과 남편 성격이나 여러 측면을 잘 알아보고 왔으면 좋겠어요'라고 말해주겠어요. 나는 항상 노력하고 공부하는 사람이에요. 때로는 지치기도 하지만 무엇이든 경험하고 무엇이든지 알아야 한다고 생각하며 열심히 사는 사람이에요.

중국을 무조건 비판하는 태도 삼갔으면

김OO · 중국

자매결연한 대학교에 교환학생으로

나는 외동딸로 태어나 사랑을 듬뿍 받고 자랐어요. 중국 시골에서는 첫째가 딸이면 둘째를 낳을 수 있었어요. 노동력이 부족하니까 당국에서 허락했어요. 그러나 우리 가족은 도시에서 살았기에 부모님께서 나 하나만 낳아 키우셨어요. 나는 중국에서 고등학교까지 다니고, 2008년에 광주여대로 유학을 오게 되었어요. 딸 하나밖에 없으니까 부모님이 처음에 유학 보내는 걸 걱정했어요. 나도 딱히 유학 갈 생각이 없다가 늘 부모님 밑에서 살다 보니 다른 환경에서 살고 싶다는 생각이 들어서 유학을 선택하게 되었어요. 원래는 일본에 유학 가고 싶었는데 나이 제한이 있어서 한국을 선택하게 됐어요. 한국과 일본이 그래도 비교적 중국이랑 가까우니 부모님도 다니기 편할 것 같아서 가까운 나라를 선택했어요. 엄마가 한국 드라마를 즐겨 보셨는데, 그 드라마에 나오는 사람들과 패션이 멋있어 보였어요. 중국과 사는 방식이 다르니 체험해보고 싶은 마음이 생겼어요. 그래서 중국에서 전문대를 다니다가 자매결연한 대학교에 교환학생으로 오게 되었죠. 처음에 8명이 같이 왔는데, 졸업한 후 5명은 한국에 남았고 3명은 다시 중국으로 돌아갔어요. 한국에 대해 아는 것은 드라마와 음악으로 이해하고 있던 게 전부였어요. 드라마를 보면서 한국에서는 어떻게 생활하는지, 가족 문화는 어떤지 이해했어요. 그러나 한국에 살면서 드라마와 현실은 아주 다르다는 걸 알게 되었지요.

다른 나라 사람에게 왜 투표권 주냐?

2008년 2월 명절을 보내고 개학하기 전에 한국에 왔어요. 처음 광주에 왔을 때 솔직히 실망했어요. 밤에 도착했는데 당시 하남 2지구가 개발되지 않은 상태여서 캄캄하고 인적도 없었어요. 홈플러스를 알리는 불빛만 보였고 주변에 아무것도 없었어요. 시골 같은 느낌이 들었어요. 유학생들은 기숙사에 들어가지 못하고 따로 빌라에 숙소를 배치해줬는데 환경이 별로였어요. 바퀴벌레도 있고 무서워서 잠을 잘 수 없었어요. 그 후 숙소 문제로 학교와 갈등이 있었죠. 기숙사 환경을 개선해주라고 의견을 낸 후 학교 측에서 조율을 해줬어요. 처음 비행기 타고 낯선 곳에 온다는 기대가 있어서 즐겁게 왔지만, 이런저런 문제 때문에 마음이 조금은 불편하기도 했어요. 한국에 도착 후 일주일이 지나서 엄마에게 전화를 걸었는데 엄마가 너무 보고 싶었어요.

이주민으로 산다는 건 쉬운 일이 아니었어요. 외국인을 환대하는 사람도 있지만 싫어하는 사람도 있었어요. 특히나 중국에 대해 오해가 많더군요. 또한 이주민으로 사는 불편한 점이 한둘이 아니었어요. 은행에서 카드와 함께 후불교통 카드를 만들고 싶었는데 외국인이라 할 수 없다는 답변을 들었어요. 그리고 코로나 백신 접종, 질병 치료와 같은 이슈에 대한 댓글이 마음을 상하게 할 때가 많아요. '한국 사람도 어려운데 외국인들에게 왜 그리 잘해주느냐'라는 댓글을 볼 때 마음이 아팠죠. 또한 지방자치단체 투표를 할 때 '다른 나라 사람에게 왜 투표권을 주느냐'라는 말을 들을 때 사실 속상해요. 우리도 같은 시민이며 주민으로서 광주 땅에 사는데 인정해주지 않는 것이 힘들죠. 택시를 탔을 때 택시 기사가 중국인이라고 하면 무시하는 경향도 아주 많아요.

내가 외동딸이라 나중에 부모부양에 대해 생각하는데 부모를 초대하는 일이 참 어려워요. 단기 비자를 받아서 오고 가는데 지금은 코로나 때문에 그마저도 어려워요. 아이를 가진 후 부모님을 초청할 수 있게 되었어요. 그런데 아이가 초등학교 들어가기 전까지만 비자를 받을 수 있어요. 나 같은 외동딸이 외국에서 살고 있을 때 부모부양을 할 수 없다는 게 힘든 부분이죠. 한국 정부에서도 내가 자녀로서 부모님께 효도할 기회를 주면 좋겠어요. 비자 정책이 바뀌어서 부모님이 머물 수 있는 기간이 조금 더 연장될 수 있으면 좋겠어요. 친구와 단톡방에서 이 같은 비자 제도에 관해서 이야기 많이 해요. 코로나 시대에 특히 더 그런 것 같아요.

가장 어려울 때 힘이 되었던 곳은 다문화센터였어요. 센터를 통해서 많은 정보를 알게 되었고, 중국에서 온 친구도 알게 됐어요. 센터가 많은 역할을 해주었죠. 한국에 살며 특별히 차별받은 경험은 없지만, 직장을 다니면서 차별대우를 받고 있어요. 지금 다니는 직장 직원들과 이주민의 급여 차이가 크게 나거든요. 직원들은 예산과 상관없이 급여가 보장되지만, 이주민은 특성화 사업이라 한정된 예산으로 집행해 늘 부족하게 편성해요. 그러다 보니 급여가 오르지 않고 정체되어 있어요. 다른 직원들은 호봉제이지만 이주민인 우리는 그런 것도 없어요. 센터에서는 통·번역 역할이 중요해요. 여러 활동과 행사가 있으면 이주민인 우리를 통해서 홍보해야 하거든요. 비슷한 일을 하고 있지만 이주민은 이에 합당하게 대우받지 못하는 건 분명히 차별이라는 생각이 들어요. 이전에 아르바이트할 때도 한국 직원들과 외국 직원들 사이에 이 같은 차별이 존재했거든요. 똑같은 일을 하는데 한국 직원들을 더 챙기는 일이 아주 많았어요.

광주에 살아 보니 민주화운동 역사를 언급해야 하겠죠. 광주로 유학을 오면서 광주가 어떤 도시인지 찾아봤어요. '문화의 도시', '5·18민주화운동 도시'라고 소개하더군요. 나중에 남편에게 자세한 이야기를 들었어요. 남편이 초등학생 때 장성에 살았는데 광주에서 출퇴근하시는 선생님이 오지 못했다고 하더라고요. 남편도 그 시기를 살아온 사람이에요.

광주에 대한 자부심이 있다기보다 광주에 사는 것이 좋아요. 또 내 성향이 빠르게 사는 것보다는 느긋하게 사는 걸 좋아해서 여유 있는 도시 광주가 좋아요. 서울과 같이 큰 도시는 답답하고 정신없어 보이는데 광주는 편한 도시예요. 광주 근교 또한 여행하기 좋은 곳이 많아서 참 좋지요.

지금 직업이 적성에 잘 맞아요. 사회복지학을 전공했고, 사람들을 돕는 일이 좋거든요. 사람을 많이 만나는 일을 좋아하니 지금 하는 일에 만족하고 있어요. 그래서 특별히 어려움은 없어요. 사회복지사로서 장애인 복지, 노인 복지 관련해서 일하고 싶은 마음이 있어요. 사람을 돕는 일을 많이 하는 것이 내 꿈이에요. 요즘 가장 힘든 건 아무래도 고향에 못 가는 일이죠. 아이 출산 후에 부모님이 오셔서 엄청 좋은데 중국에도 가고 싶어요.

정기적으로 모이는 모임이나 공동체는 없어요. 가끔 친구들과 만나는데 코로나19 때문에 그마저도 어려워서 힘들어요. 사실 마음속 깊은 이야기를 할 수 있는 공간이 없거든요. 남편과도 나눌 수 없는 깊은 이야기를 나눌 공간이 필요해요. 이제 엄마가 되었으니까 중국 엄마들끼리 정보를 나눌 수 있는 공동체가 있으면 좋겠어요. 몇 명 모이지 않더라도 친한 친구들이랑 수다를 떨 공동체가 있으면 좋겠다고 생각해요. 물론 중국 친구뿐만 아니라 한국 친구들과도 어울리고 싶은데 서로에게 장벽이 있는 것 같은 느낌이 들어요. 사실 한국 사람들 공간이나 공동체에 들어가는 것이 굉장히 어려워요. '나를 좋아할까? 어떻게 생각할까?'라는 생각이 앞서기도 해요.

정말 아무 조건 없이 만날 수 있는 친구들을 사귀고 싶은데 그것이 쉽지 않더군요. 나에게서 무언가를 얻으려고만 하는 느낌을 받은 적이 있었어요. 안전한 공동체는 어떠한 조건이나 이유 없이 서로 지지하고 격려해 주는 친구라고 생각해요. 출신 국가와 상관없이 '나를 어떻게 생각할까?'라는 이런 걱정도 없이 편하게 이야기할 수 있는 공동체가 있으면 좋겠어요.

중국을 무조건 비판하는 태도 삼갔으면

센터에서 인권교육을 받은 경험이 있어요. 내가 생각하는 인권은 생각과 말을 자유롭게 표현할 권리라고 생각해요. 내가 먹고 싶은 것 보고 싶은 것이 권리이죠. 정치적인 이슈로 한국과 중국을 비교하고 비판하는 사례도 많아요. 그런데 해결책 없이 무조건 비판하는 태도는 삼갔으면 좋겠어요. 정치적 성향이 다르고, 사람이 느끼는 인권의 척도가 다르다 보니 서로 비교하는 건 좋지 않은 것 같아요. 다문화교육과 인권교육을 선주민 또한 이주민과 같이 받으면 좋겠어요. 센터에서는 항상 이주민에게만 인권교육과 다문화교육을 하는데, 차별은 어디서든지 일어나기에 선주민도 배울 수 있었으면 좋겠어요.

인권교육은 내용이 중요하다고 생각해요. 인권이라는 개념을 깊고 자세하게 가르쳐주면 좋겠어요. 사람마다 생각하는 것이 다르고 관점 차이가 있겠지만 너무 자기 처지만 내세우지 말고 양면성을 고려하면 좋겠어요. 나만 생각하는 인권이 아니라 상대방도 생각하는 인권이면 좋겠어요.

내가 만약 '인권교육을 담당하는 강사'라면 서로의 문화를 이해할 수 있도록 강의하고 싶어요. 성장 과정이 다르고, 살아온 환경이 달라서 생각하는 것도 다를 수 있어요. 다른 부분을 서로 나누고 이해하는 교육을 진행하고 싶어요. 나만 생각하는 인권교육이 아니라 다른 이들도 생각할 수 있는 공간과 시간을 주면 좋겠죠. 책에서 배우는 인권교육을 하는 것이 아니라 사례들을 공유하고 같이 이야기하면서 배울 수 있는 교육이면 좋겠어요. 전에 어떤 강사가 그랬어요. '인권교육은 먼저 이주민에게 해야 한다'라고 말이죠. 나는 도무지 이해가 가지 않았어요. 소수자 교육만이 아니라 다수자 교육이 필요하다고 생각하기 때문이죠.

동료 이주민에게 '한국어를 열심히 배우고 한국이라는 사회를 잘 이해하면 좋겠어요. 같이 힘내서 잘 살았으면 좋겠어요. 한국에 적응하려면 가장 중요한 건 언어예요. 언어를 열심히 공부해야 해요. 그리고 여러 매체를 통해서 듣고 이해하는 한국의 모습이 있겠지만, 직접 경험하고 체험하면 좋겠어요'라고 말하겠어요. 선주민에게는 '이주민을 나쁘게만 생각하지 않았으면 좋겠어요. 똑같은 사람이고 누구나 잘하는 부분과 못하는 부분이 있으니 포용해주면 좋겠어요. 한 사람 잘못으로 그 나라에서 온 모든 이주민을 획일적으로 판단하지 않았으면 좋겠어요'라고 말하겠어요. 그래서 서로 문화를 알아보는 기회가 있으면 좋겠어요. 선주민과 이주민이 함께하는 워크숍에서 서로 이해하고 알아갈 기회가 있다면 좋겠죠. 선주민과 이주민이 각각 인권교육을 받는 대신에 선주민과 이주민이 서로 이야기를 나누는 프로그램을 만들면 좋겠어요.

내가 생각하는 인권은 서로 존중하는 것이에요. 서로 문화와 생활하는 방식을 존중하면서 자신이 원하는 걸 자유롭게 하는 게 인권이라고 생각해요. 제재나 통제받지 않는 것을 말하는 거예요. 물론 사회는 규칙이 있어서 그 규칙 안에서 서로 존중하고 선을 지키며 살아가야 한다고 생각해요.

어려운 사람을 챙기는 일이 제일 자신 있어

10년 후 내 모습을 상상하니 지금처럼 좋아하는 직장 다니면서 살 것 같아요. 부모님과 같이 생활할 수 있으면 좋겠어요. 솔직히 내 힘은 약하지만, 주변 사람들과 이웃을 챙길 수 있어요. 어려운 사람들을 챙기는 일이 제일 자신 있어요. 후배 이주민에게 '한국에 왔다면 한국이라는 나라에 적응하면서 자기 선택을 포기하지 않고 잘 지냈으면 좋겠어요'라고 말하고 싶어요. 나는 현재 내 삶에 만족해요. 더 큰 바람은 없지만, 엄마로서 아이가 잘 자라고, 직장일도 잘 정리할 수 있으면 좋겠어요. 한국에서 좋은 친구를 만나고 사귈 기회가 있길 기대해요. 중국에서 이주해 온 이주민입니다. 사람 만나는 걸 좋아하고, 어려운 일이 있는 사람들을 도와주는 걸 좋아해요. 복지에 관심이 많아요.

한국이 분단국가라는 것조차 몰랐다

홈테아라 · 캄보디아

'전쟁 위험이 있는 나라니 가지 말라'

나는 캄보디아 씨엠립Siem Reap에서 2남 3녀 중 둘째로 태어났어요. 캄보디아에서 선생님이 되고 싶어서 대학교에 다니다가 남편을 만나 한국으로 이주했어요. 언니 소개로 남편을 만나서, 처음에는 화상으로 통화했고, 나중에 남편이 캄보디아로 와서 데이트하면서 서로를 알아갔어요. 6개월 정도 만나는 동안 남편이 캄보디아에 두 번 방문했어요. 정말 잘해주고 자상해서 좋았어요. 사실 나에게 아빠라는 존재에 대한 기억이 좋지 않거든요. 엄마에게 미안한 마음이 있지만, 더 나은 삶을 살기 위해서 이주를 선택했어요. 그런데 혼인 3년 만에 남편이 심장마비로 사망했어요.

너무 힘들어서 캄보디아로 돌아가려고 했지만, 어린 딸을 생각해서 한국에 남기로 결심했어요.

대학교 다닐 때 케이팝K-pop으로 한국을 알게 됐어요. 아이돌 샤이니 콘서트에도 가본 적 있어요. 당시에는 가난하기도 했고, 인터넷 보급이 제대로 되지 않아서 한국이 어떤 나라인지 거의 몰랐어요. 분단국가라는 것조차 몰랐으니까요. 그 사실도 친구들이 알려줘서 알았어요. 친구들도 한국에 대해서 자세히 알지 못하니 '전쟁 위험이 있는 나라니 가지 말라'라고 했지요. 하지만 언니를 통해서 한국이 안전한 나라라는 걸 알게 되었어요.

고향 캄보디아로 돌아가고 싶은 마음 들기도

2011년 4월 5일에 한국에 입국했어요. 한국은 완전히 다른 세상이더군요. 고층빌딩과 많은 자동차를 포함해서 모든 것이 신기했어요. 내가 살던 세상과는 전혀 다른 느낌이었지요. '우물 안 개구리가 세상 밖으로 나온 것 같다'라고 생각했어요. 해외에 나가 본 적이 한 번도 없었기에 이곳이 천국 같았죠. 그런데 시간이 지나면서 정말 많이 외로웠어요. 언니를 믿고 한국으로 이주했지만, 언니가 사는 지역이 나와 다르다 보니 자주 만날 수 없었거든요.

한국 생활에 적응하는 게 매우 힘들었어요. 한국어도 모르고, 음식도 입에 맞지 않았는데, 한국 날씨에 적응할 수 없어서 더 고생하기도 했어요. 겨울이 되면 입술에 피가 날 정도로 트고 갈라지곤 했어요. 10년 넘게 살다 보니 적응돼서 지금은 괜찮아졌어요. 그런데 한국 생활은 아직도 낯선 점이 많아요. 나는 사람들과 금방 사귀곤 했어요. 그런데 한국에서는 사람들과 친해지려고 노력해도 다가가기 어려워 만남이 쉽지 않다고 느꼈어요. 캄보디아에서는 마을 사람들 모두 알고 지냈고, 어떤 행사가 있으면 동네잔치처럼 익숙하고 편했거든요. 하지만 내가 살아갈 이곳 환경은 무척 달랐어요. 그래서 이주민으로서 산다는 게 그렇게 쉬운 일이 아니었죠. 아직도 한국에서 사는 게 낯설어요. 그래도 내가 어려울 때 기댈 사람이 있어서 감사했어요. 광주북구가족센터에 다니며 여러 사람에게 많은 도움을 받았어요. 한국어 공부하러 다니며 알게 된 선생님이 많이 챙겨주고 돌봐줘서 광주가 두 번째 고향 같은 느낌이 들었어요. 개인적으로 일이 있어서 전화하면 자기 일처럼 해결해줬어요. 센터장님도 잘 돌봐주셨어요.

이주민으로 살며 차별받은 경험이 참 많아요. 나를 바라보는 눈빛에서 느낄 때가 많았어요. 내가 외모가 다르고, 낯선 언어를 사용한다는 이유로 나를 쳐다보고 훑어보는 시선이 너무 차갑게 느껴졌어요. 버스 안에서 친구와 이야기하면 시끄럽다고 핀잔을 들을 때도 많았어요. 버스 안에서 최대한 예의 갖춰 대화를 나눠도 그런 핀잔과 대접을 받으니 진짜 속상하죠. 피부색 때문에 무시와 차별받은 경험도 있어요. 한번은 목욕탕에 갔더니 그곳에 있던 사람들이 내 피부가 검다고 수군거리는 소리도 들었어요. 캄보디아에서 이주해왔다고 하면 '가난한 나라에서 돈 때문에 혼인하러 왔나'라고 묻기도 하고, '어떻게 남편을 몇 번 만나고 혼인할 수 있었나'라고 무례하게 묻는 사람도 있었어요. 아직도 이렇게 묻는 사람들이 있으니 많이 달라졌다고 할 수 없겠죠.

이주민 관련해서 문제가 생기면 '우리 세금으로 너희들이 혜택받는다. 그러니 너희 나라로 가라'라고 말할 때 마음이 불편하고 힘들어요. 이주민 개인 일탈을 이주민 전체로 확대해서 욕할 때도 기분이 나쁘죠. 한번은 이런 일도 있었어요. 어린 딸과 함께 외출할 때 다소 짧은 옷을 입고 나간 적이 있었어요. 그런데 나를 전혀 모르는 사람이 '아줌마가 무슨 이런 옷을 입느냐?'라며 핀잔을 주기도 했어요.

딸이 '왜 자기 피부는 검은색이냐?'며 물을 때도 참 속상해요. 매일같이 설명해줘도 아이는 다른 친구와 다르다는 걸 받아들이기 힘든가 봐요. 그래서 학교 다니는 학생들이 서로 다름과 차이를 이해하도록 다문화이해교육을 진행하면 좋겠어요. 가끔 이곳에서 도저히 살기 싫어서 고향 캄보디아로 돌아가고 싶은 마음이 들기도 해요. 그래서 딸이 성장하고 자리를 잡으면 다시 캄보디아로 돌아갈 것 같아요.

광주를 생각하면 가장 먼저 5·18민주화운동이 떠올라요. 처음에 광주에 왔을 때는 몰랐는데 광주에 살면서 알게 되었지요. 민주주의를 위해 투쟁했던 사람들과 그 역사로 인해서 마음이 아프지만 고마운 마음이 들어요. 전일빌딩과 5·18민주묘지도 다녀왔어요. 5·18민주화운동을 이해하고 배우려고 했어요.

이주 초기에 정말 열심히 공부했어요. 내게 꿈과 희망이 있어서 그랬다기보다 한국에서 살고, 생존하고, 적응하려고 한국어를 배워야겠다고 생각했어요. 조금 더 나은 직장에 다녀야겠다는 생각에 열심히 공부했고, 지금도 열심히 배우는 중이에요. 그런데 이주민이 직장을 얻는 게 쉬운 일이 아니더군요. 컴퓨터 사용법도 미숙하고, 한국어 수준도 꾸준히 향상해야 하는 어려움이 있는 게 사실이에요. 그리고 코로나19 상황에서 가장 힘든 점은 캄보디아에 가지 못하는 것이에요.

정기적으로 모이는 모임이나 공동체가 지금은 없어요. 코로나19 이전에는 부모교육과 자조 모임이 있었어요. 한국어로 소통하는 어려움이 있지만 각자 이야기를 할 수 있도록 기다려주고, 들어주고, 공감해주는 모임이었죠. 부모교육과 자조 모임처럼 자기 이야기를 터놓을 수 있는 공간이 필요해요. 사실 우리 이야기를 나누고, 들어주고, 공감해주는 사람이 별로 없거든요. 나에게 안전한 공동체란 내 이야기를 할 수 있는 공간이에요.

나도 한국 사람이고, 나도 광주 시민이에요!

인권교육을 받은 경험이 있어요. 다문화평화교육연구소에서 진행하는 프로그램에서 인권교육을 받았어요. 가장 기억나는 건 '사람은 누구나 똑같이 평등하다. 피부색이 달라도, 부유한 사람이든 가난한 사람들이든 상관없이 사람은 다 똑같다'라는 말이었어요. 인권교육을 받은 후 '나를 지켜야겠다'라고 생각했어요. 그래서 누군가 무심코 '어디서 왔어? 남편 월급이 얼마야?'라고 물어볼 때 단호하게 말할 힘을 갖게 되었어요. 무례하거나 불편한 질문에 대답하지 않고 거절할 용기가 생겼어요. 피부색에 관해 말할 때도 '나도 한국 사람이고, 나도 광주 시민이에요!'라고 자신 있게 말해요. 나도 모르게 그렇게 대답하고 있더라고요. 인권교육을 받기 전에는 기분이 상하면 싸우거나 같이 욕하고 울기도 했었는데, 교육받은 후 다른 태도를 보이게 되었죠. 이전에는 두렵기만 했는데 이제는 어떻게 대응해야 할지 알게 됐어요.

인권교육에서 중요한 건 '답이 하나가 아니라는 걸 스스로 알도록 하는 일'이라고 생각해요. 그래서 강의를 담당하는 강사가 중요하다고 봐요. 인권교육에 참여하는 사람들과 함께 공감하고, 서로 이야기 나누도록 기회를 주는 강의가 필요하다고 생각해요. 내 인권이 무시당할 때 어떻게 대처해야 하는지, 어떻게 자기 권리를 지켜야 하는지 알려줄 수 있는 강의가 중요하다고 봐요.

내가 만약 '인권교육을 담당하는 강사'라면 '각자 경험했던 이야기를 나누는 시간'으로 강의하고 싶어요. 이주민인 우리도 '싫은 걸 싫다고 말할 수 있는 권리가 있다'라고 알려주고 싶어요. 이주민이 무시당해도 꾹꾹 참고 있는데, '우리도 사람이기에 상처받는다'라고 말하는 용기를 나누고 싶어요. 이주민으로서 살아가며 듣기 싫은 말을 들었을 때, 무시당할 때 어떻게 대응해야 하는지 각자 경험을 나누면 좋겠어요.

동료 이주민에게 '자신이 해야 할 말, 하고 싶은 말을 하세요. 무조건 참지 말고요. 여러분 속마음을 털어놓을 수 있는 공간이나 모임이 하나쯤은 있으면 좋겠어요. 사실 우리는 부모와 친척이 가까이에 없으니, 의지하고 마음을 나눌 사람이 없잖아요. 그러니 가까운 다문화센터에 방문하고 이용해보세요'라고 말하겠어요. 선주민에게는 '우리 이주민도 사람으로서 존중받고 싶어요. 그냥 같은 사람으로 대해줬으면 좋겠어요. 다른 건 바라지 않아요. 이주 배경 자녀로 살아가는 아이가 어떻게 살아갈지 무척 걱정이 많아요'라고 말하겠어요. 그래서 초등학교와 중학교와 고등학교에서 모든 사람이 함께 사는 세상을 가르치는 다문화교육과 인권교육이 있으면 좋겠어요. 내가 생각하는 인권은 모든 사람은 소중하다라는 거예요. 우리 모두 말할 권리가 있고 목소리를 낼 권리가 있으며 모두 그 권리를 누릴 자격이 있어요.

캄보디아에서 교사로 살고 싶어

10년 후 나는 캄보디아에 살며 어린 시절 꿈꾸었던 선생님으로 살고 있겠죠. 캄보디아에서 살든 한국에서 지내든 지역사회를 위해 내 경험을 바탕으로 인권 이야기를 나누고 싶어요. 다른 사람에게 인권침해를 받을 때 대응하고 대처하는 방법을 알리고 나누고 싶어요.

후배 이주민에게는 '한국어를 열심히 배우세요. 한국에서 이주민으로 살고 있지만 나도 마땅히 누려야 할 권리가 있어요. 이것을 꼭 기억하시고 스스로 당당해지세요'라고 말하고 싶어요. 내 이야기를 나누면서 한 단계 성장했다고 생각했어요. 내가 살아온 이야기를 나눌 때마다 늘 울어서 말을 제대로 하지 못했거든요. 그런데 오늘은 10년 동안 내가 살아온 이야기를 차분하게 나누었다는 게 스스로 얼마나 대견하고 뿌듯한지 몰라요.

나는 모든 사람이 소중하다고 생각하는 사람입니다. 모든 사람이 자기 목소리를 내고 존중받으며, 더 나은 사회를 같이 만들었으면 좋겠어요. 이러한 꿈과 희망을 품는 홈테아라입니다.

쉬운 단어로 쉽게 설명하는 인권 강사가 좋아

기따미 노리꼬 · 일본

일본에선 한국이 어떤 나라인지 전혀 몰라

일본 가나가와현 요코하마시橫浜市에서 스물네 살까지 살다가 남편과 혼인한 후 한국으로 이주한 기따미 노리꼬입니다. 중산층 가정에서 3남매 중 큰딸로 태어났어요. 1992년 8월 25일 통일교회에서 3만 쌍이 합동 결혼식을 했는데 그중 한 사람이에요. 행복한 가정을 이루고 싶었고 세계 평화를 위해서 혼인을 선택하게 되었어요. 처음에 부모님께서 반대하셨지만, 지금은 좋아하세요. 아이들을 모두 친정에서 출산해서 부모님께서 덜 걱정하세요. 한국으로 이주하기 전에는 유치원에서 일했어요. 짧은 기간 한 일이었지만, 아이들을 너무 좋아했어요. 그래서 나중에 자녀도 잘 키우고 싶은 욕심이 생겼어요.

혼인 후 시부모님을 모시고 살았어요. 남편이 7남매 중 여섯째인데 우리가 모셨어요. 시부모 부양이 쉽지 않은 일이었지만 가족으로 함께 살았어요. 감사하게도 시부모님과 시아주버님께서 나에게 잘해주셨어요. 내가 한국에 처음 왔을 때 남편은 3년 정도 군 복무로 떨어져 있었죠. 그동안 나는 경기도 의정부시에서 한국어를 공부했어요. 문화와 요리를 포함해서 한국을 이해하려고 공부하며 지냈어요. 군을 제대한 남편이 광주로 이주해서 함께 왔어요. 남편 시댁이 화순이라서 화순에서 같이 살다가 광주로 이주했지요. 그야말로 연속해서 이주하는 삶이었어요. 일본에서는 집을 짓고 살고, 혼인하면 부부가 빚을 내서라도 자기 집을 소유하거든요. 그런데 한국에서는 이사를 많이 하더군요. 이것이 일본과 한국 문화 차이라고 생각했어요.

일본에서 살 때는 한국이 어떤 나라인지 전혀 몰랐어요. 한국과 일본이 지닌 복잡한 역사 때문인지 당시에는 일본에서 한국에 관한 뉴스가 거의 없었어요. 오히려 북한에 대한 부정적인 뉴스만 전했거든요. 그래서 처음에 부모님도 한국으로 이주하는 걸 걱정했었죠. 한국과 일본의 복잡한 관계도 잘 몰랐어요. 한국과 일본 관계에 대해서 역사교육을 하지 않았어요. 일본인이 저지른 만행을 한국에 와서 알게 되었어요. 교회에서 한국과 일본 관계에 대한 역사를 가르쳐줬어요. 그 후 '한국과 일본 사이에 내가 할 수 있는 일이 무엇일까?'라고 고민했어요. '자녀도 한국과 일본 사이에서 다리 역할을 할 수 있으면 좋겠다'라고 생각해요. 시아버지께서 일본어로 말하는 걸 들으며, 이것도 역사의 아픔이라고 생각해 마음이 아팠어요. 또한 일본인으로서 한국인에게 죄스러운 마음이 있었어요. 한국에 온 후 일본에서 생각하지 않았던 여러 가지 주제를 생각하게 되었어요.

다문화가족을 도우려고 다문화센터에서 시행하는 산모 도우미 회장 역할을 감당하고 있어요. 내가 처음 한국으로 이주했을 때는 다문화센터가 거의 없었죠. 아이가 초등학교에 입학할 때쯤 다문화센터가 있는 걸 알게 됐어요. 그 후 광주북구가족센터에서 산모 도우미 프로젝트를 시행할 때 참여했어요. 내가 산모 도우미 일을 하면서 많은 이주민에게 센터를 알리기도 했어요.

일본 사람이라 하면 친절해지는 택시 기사

1995년도에 광주로 이주했어요. 서울 근교에서 살면서 한국에 대해 어느 정도 배우고 이해했다고 생각했어요. 그런데 광주 사람들이 사용하는 말과 분위기가 사뭇 다르더라고요. 광주가 지닌 정情문화를 느낄 수 있었지만, 광주가 겪었던 고통과 아픔 때문인지 사람들이 마음을 잘 열지 않는 느낌도 받았어요. 그래서 처음에 친구를 사귀는 것이 어려웠어요. 광주로 이주한 후 경기도로 다시 돌아가고 싶다는 생각이 들 정도로 외롭고 쓸쓸했어요. 경기도에서는 교회 활동하며 교회 사람들과 형제자매가 되어 가족처럼 지냈어요. 그런데 광주에서는 그렇지 않아서 어려움이 있었죠. 내가 했던 경험을 토대로 광주에 처음 오시는 사람이 나처럼 외로움을 느끼지 않도록 그들 이야기를 들어주려고 해요. 광주의 역사를 알고 난 후 조금씩 광주를 이해하게 되었고 그 역사가 내 역사가 되었다는 생각이 들었어요. 이제는 광주에 많은 지인이 생겼지요.

한국으로 이주한 후 가장 힘든 건 한국어를 배우는 거였죠. 처음에 한국어를 배울 때 간단한 단어만 배우니 쉬웠는데 점점 어려운 단어를 접하니 힘들었어요. 다른 사람과 대화할 때 알아듣지 못하니까 속상하기도 했어요. 내가 표현하고 전달할 수 있는 말이 너무 제한적이어서 힘들었죠. 당시에는 통역도 거의 찾아볼 수 없었고, 한국어를 배울 수 있는 곳도 많지 않아서 더 힘들었던 것 같아요. 힘들고 어려웠을 때 교회 사람들의 도움을 많이 받았어요. 매일 교회에 나가는 게 아니어서 가족과 산모 도우미의 도움도 참 많이 받았어요. 다문화센터나 주변 한국 사람들도 나를 많이 도와주셨어요. 밥도 같이 먹고, 위로도 해주셔서 참 감사했죠. 그 사람들 도움을 받으면서 나도 나중에 남을 돕는 사람이 되고 싶다고 생각했어요. 한국에 대해 정보나 이해가 전혀 없었고, 한국어를 몰랐던 이주 초기 시절은 정말로 힘들었거든요.

살면서 차별받았던 경험이 있었는데 시간이 흘러서 거의 다 잊어버렸어요. 아무런 정보나 지식도 없고 한국어를 제대로 알아듣지 못하는데 계속해서 한국과 일본의 좋지 않은 역사를 이야기하는 사람들 기억이 나네요. 분명히 그 사람이 하고 싶은 말이 있었겠지만, 내가 전혀 모르는 일이라고 해도 거듭해서 말하니까 무서웠어요. 그 사람들이 했던 말을 전부 알아들을 수는 없었으나 그 분위기가 나를 두렵게 했어요. 그런데 택시 기사는 의외로 일본 사람에게 친절했어요. 어투나 말투로 한국 사람이 아니라고 생각하면 '필리핀? 동남아시아?'라고 반말로 물었죠. 내가 일본에서 왔다고 말하니까 반말을 쓰던 태도를 바꿔서 존칭을 사용했거든요. 나는 일본 사람으로 존중받고 있지만, 다른 나라에서 이주한 이주민이 차별당하지 않았으면 좋겠어요.

자녀들이 성장하면서 학교에서 배운 5·18민주화운동에 대해 이야기했어요. 다문화 관련 행사에 초대받았을 때 그곳에서 5·18민주화운동 관련 영화도 보고, 노래도 배웠어요. 금남로 시내 전일빌딩에 있는 총탄 자국을 보면서 당시에 처참했던 상황을 더 생생하게 느낄 수 있었어요. 내가 사는 계림동 근처에 4·19혁명기념관도 있어요. 광주가 역사적으로 특별한 도시라는 걸 체감하며 살고 있어요. 서울과 다른 지역에 사는 친구들에게 기회가 있을 때마다 광주에 대해서 알려주고 있어요.

20대 초반에 아무것도 모른 채 한국으로 이주했지만, 한국어를 배우고 한국 문화를 이해하며 진정한 가족이 되려고 노력하며 살았어요. 일본 태생이고 원가족과 지인이 모두 일본에 살고 있어서 '내가 한국과 일본 사이에서 좋은 영향력을 발휘하면 좋겠다'라는 기대를 갖고 살았어요. 물론 쉬운 일이 아니지만, 나뿐만 아니라 우리 자녀도 그런 역할을 하며 살았으면 좋겠어요. 자녀 모두 한국에서 교육받았으니 나보다는 한국 정서에 더 가깝지 않을까 걱정이 되기도 합니다. 또한 남편은 일본에 관해 잘 모르니까 내가 남편과 자녀 사이에서 다리 역할을 하는 어려움이 있거든요.

코로나19로 매우 힘들어요. 지금까지 한국 생활이 그렇게 어렵다고 생각하지 않는데, 코로나19로 일본에 다녀오는 일이 너무 어려워져서 그것이 가장 힘들어요. 일 년에 한 번은 일본 친정에 다녀왔었는데, 코로나19로 인해서 자녀가 할아버지와 할머니를 보고 싶다고 해도 갈 수가 없거든요. 또 딸아이가 이중국적 절차를 밟는 중인데 필요한 서류를 주고받는 일도 몹시 어려워요. 코로나19로 인해서 일본으로 물건을 보내는 것도 복잡해지고 어려워졌더라고요. 코로나19 이전으로 과연 돌아갈 수 있을지 불안해요. 그래도 교회에서 정기적으로 모이는 모임이나 공동체가 있어요. 그곳에서 일본 사람이 함께 모여요. 약 30~50명 정도 사람들이 함께 모여 교제하고 소통하고 있어요. 물론 코로나19로 다 모이지 못하지만 언제든지 연락을 주고받을 수 있는 친밀한 사람들이에요. 단체 카톡방을 활용해서 안부도 묻고, 이야기도 나누며 소통해요. 서로 말이 통하고, 마음도 통하고, 환경도 비슷하니까 서로에게 위로가 되죠.

어려운 단어 사용해 빨리 말하는 강의는 힘들어

다문화센터에서 인권교육을 받은 적이 있어요. 교육받을 때마다 어렵다고 생각해요. 강사가 쉽게 강의하면 좋겠는데 말도 빠르고 어려운 단어를 사용하니 이해하기 쉽지 않아요. 이주민이 한국어를 잘해도 어려운 단어에는 익숙하지 않거든요. 그런데 어떤 강사는 이주민과 함께하는 강의라는 걸 생각하지 않고 강의하는 것 같더군요. 물론 이해하기 쉽게 잘 가르치는 강사도 있어요. 인권교육을 받을 때마다 강사가 이해하기 쉽게 전달하면 좋겠다고 생각해요. 인권교육을 받는 것이 어렵기는 하지만, 배울 때마다 하나씩 인식이 넓어지는 것 같아요. 인권교육을 몇 번 받다 보니 역사와 인권에 관심을 두는 게 사실이에요. 인권교육을 받기 이전에는 인권이란 주제에 별로 관심도 없었고 생각해본 적도 없었거든요.

그래서 인권교육은 듣는 사람의 수준에 맞게 쉬운 단어로 천천히 강의하는 게 좋다고 생각해요. 인권이 매우 중요한 내용이라는 걸 알지만, 용어나 개념이 어려워 이해하기 힘든 부분이 있어요. 인권교육에 참여하는 사람마다 상황이 다르니 먼저 그 사람들 수준을 파악한 후 누구나 이해할 수 있는 언어와 방식으로 진행하면 좋겠어요. 그래서 내가 만약 '인권교육을 담당하는 강사'라면 인권이 지닌 뜻을 설명하고 어떻게 생각하고 받아들여야 하는지 나누고 싶어요. 인권이라는 단어가 일반 생활과 동떨어진 것이라 느끼기도 하니까 그 틈을 좁힐 수 있는 인권강의를 하고 싶어요.

동료 이주민에게는 '내가 함께할 일이 있으면 언제든지 돕고 싶어요. 도움이 필요하면 언제든지 도움을 요청하세요. 친구 중에 남편이 먼저 돌아가셔서 혼자 아이 일곱을 키우는 친구가 있어요. 다문화센터에 연결해서 긴급 지원을 받을 수 있도록 도운 적이 있어요. 아이들 심리 상담이나 언어 상담도 언제든지 받을 수 있으니까 도움이 필요하면 언제든지 요청하면 좋겠어요. 친구 한 명은 남편 병원비로 고생한 적이 있었는데, 몇몇 친구가 돈을 모아서 병원비에 보태기도 했어요. 어려움이 있을 때 혼자서 마음 졸이지 말고 도움을 요청하면 어떻게든 도움의 손길이 있을 거예요'라고 말하겠어요. 선주민에게는 '나와 같은 이주민을 따뜻한 마음으로 이해해주고 품어줘서 감사한 마음을 전하고 싶어요. 처음 만난 사람도 따뜻한 밥 한 끼 사주고 친근하게 대하고 도와주는 사람이 많아요. 그런 사람을 만날 때마다 힘이 나요. 한국에 와서 도움을 많이 받았기 때문에 나 또한 누군가에 도움이 되는 삶을 살도록 힘써요'라고 말하겠어요.

많은 사람이 이해하기 쉽게 인권을 접하는 교육이 있으면 좋겠어요. 귀로 듣는 것보다 함께하는 활동을 제안해요. 사람들이 직접 체험하는 인권 교육이 있으면 좋겠어요. 지난 모임에서 전일빌딩 현장을 방문해 눈으로 보고, 들었던 게 기억에 많이 남았어요. 그래서 사람들이 직접 체험하거나 서로 이야기 나누는 참여 프로그램이 가장 좋다고 생각해요. 일방적으로 듣는 건 어렵고 한계가 있거든요. 내가 생각하는 인권은 나를 지키는 거예요. 스스로 자존감을 느끼도록 하는 것이 인권이죠.

혼자가 아니라는 것을 알았으면

10년 후엔 자녀가 성인이 되어 있겠군요. 아마도 그들이 혼인해 손자와 손녀가 생기면 내가 한국에서 살며 배웠던 마음을 나누겠어요. 자녀와 손주에게 '내가 이런 사람으로 살았다'라는 좋은 모습을 보여주고 싶어요. 다문화센터에서 이주여성에게 강의한 적도 있고, 교육대학에서 20분 정도 학생들 멘토 역할도 했었지요. 광주에서 열렸던 세계수영선수권대회에서 통역사 역할을 한 적도 있어요. 지금처럼 내가 할 수 있는 일이 있으면 계속해서 최선을 다해서 할 거예요. 후배 이주민에게는 '혼자가 아니라는 것을 알았으면 좋겠어요. 마음을 열면 도움을 주려고 하는 사람들이 많다는 걸 알게 될 거예요. 도움을 요청하면 좋겠어요'라고 말하겠어요. 나는 한국에서 30년째 이주민으로 사는 기따미 노리꼬입니다.

베트남에서는 내가 빠른 편인데

응우엔 투이 흐엉 · 베트남

잃어버린 핸드폰 찾아준 친절한 시민들

나는 베트남 천년 수도인 하노이Hà Nội에서 살다가 한국으로 이주해 온 흐엉입니다. 네 살 터울 오빠 한 명이 있어요. 부모님은 독일로 일하러 갔다가 그곳에서 만나서 혼인하셨어요. 부모님도 이주민의 삶을 사셨지요. 부모님 영향으로 어렸을 때부터 서양 문화를 접하면서 좀 더 자유롭게 살았어요. 대학교를 졸업하고 4년 동안 방송국 기자로 일했어요. 그러다가 하노이에서 남편을 만나 연애를 시작했고 혼인한 후 이렇게 한국에 오게 됐어요. 남편이 베트남 여행을 왔다가 만나서 우리는 장거리 연애를 했어요. 일 년에 몇 번밖에 만날 수 없는 장거리 연애하다가 혼인하자는 말이 나왔지요. 처음에는 혼인하는 게 쉽지 않았어요. 그러나 다른 낯선 곳에서 살아보고 싶은 마음이 들었고, 한국에서 좋은 기회가 올 거라는 믿음으로 큰 결정을 하게 됐어요. 좋은 결정이었다고 생각해요. 한국에서 사는 게 재밌어요. 이제껏 경험하지 못했던 걸 해보고 많은 사람을 만나니 좋아요. 현재는 영어 강사로 일하고 있는데 오전 시간을 여유롭게 사용할 수 있어서 좋아요. 기자로 살 때는 쉴 수 없었거든요. 명절에도 쉬지 못하고 소식을 업데이트해야 했고, 스트레스도 많아서 힘들었어요. 이제는 기자로 사는 삶에 대한 미련은 없어요. 강사로 일하면서 이 분야에 더 관심을 두고 있었거든요. 코로나19 이전에는 다문화센터에서 베트남어 강의도 했어요. 강사로 일하는 게 나에게 잘 맞는 것 같아요.

　한국에 온 많은 사람처럼 나 또한 한국이라는 나라를 드라마로 알게 되었어요. 엄마와 오빠가 〈겨울연가〉, 〈가을동화〉를 보면서 '와! 한국은 정말 화려하고 너무 멋있다'라며 감탄했어요. 중학교 시절 친구들도 한류스타를 좋아했고, '한국에 꼭 방문하고 싶다'라는 말을 자주 했거든요. 어느 순간 나도 한국에 관심을 두게 되었지요. 다시 말하면 한류가 발전하면서 나도 함께 성장한 것이지요. 나중에 성인이 된 후 드라마뿐만 아니라 책과 미디어를 통해 한국이 첨단 기술 분야에서 훌륭한 나라이며 경제 강국이라는 걸 알게 되었어요. 나에게 한국은 IT 강국과 첨단 기술로 유명하고, 아시아에서 경제 규모가 큰 나라로 인식되었지요. 게다가 한국은 아름다운 경치뿐만 아니라 소프트 파워, 즉 한류로 매력적인 문화를 전 세계에 알린 나라예요. 다행히 이주하기 전에 나는 이러한 멋있는 점을 직접 목격할 기회가 있었어요.

혼인하기 전에 나는 한국을 세 번 여행했어요. 두 번은 친구하고, 한 번은 남편과 여행했지요. 최신시설과 편리함을 우선하는 한국 사회를 보고 깜짝 놀랐어요. 무엇보다 내가 만난 한국 사람은 정직하고 친절했어요. 한번은 여행하러 왔다가 을지로3가역에서 핸드폰을 두고 나왔어요. 핸드폰을 다시 찾으러 을지로3가역으로 갔더니 그곳에 없더군요. 그 상황에서 나 같은 관광객이 얼마나 놀랐을까요? 그때 아주머니 세 명이 먼저 내게 다가와서 도와주셨어요. 그분들과 의사소통이 원활하지 않았지만, 그분들이 내 핸드폰에 전화를 걸어 지하철역 사무실에 보관되어 있다고 알려주셨어요. 심지어 나를 사무실까지 안내해 주셨고, 그분들 덕분에 핸드폰을 찾았을 수 있었어요. 내 친구도 강릉 버스 안에 두고 내린 핸드폰을 찾은 경험이 있어요. 이런 상황을 종합해 보면 한국 사람이 가진 정직함과 친절함을 진심으로 느낄 수 있어요.

내가 베트남에서는 빠른 편인데, 시어머니는 느리다고 해

광주로 이주할 때가 2018년 4월 말이었어요. 베트남에서 인천공항까지 비행기로 4시간 반 걸렸고, 다시 버스를 타고 3시간 반이 걸려 광주에 도착했더니 많이 피곤했어요. 남편과 시어머니께서 딸기 스무디랑 김밥을 준비해주셨는데 정말 감사하고 좋았어요. 남편 가족이 베트남으로 오셔서 베트남에서 결혼식을 했고, 한국에서는 따로 하지 않았어요. 혼인 후 한국에서 한 달 정도 살았어요. 그러다가 비자 발급 때문에 다시 베트남으로 돌아갔다가 혼인 비자를 받은 후 정식으로 광주에 이주해왔죠. 부모님과 떨어지는 게 조금 힘들었어요. 부모님, 친구, 고향을 그리워하는 마음은 여전히 있어요. 문화나 풍습이 다르고, 음식도 달라 낯설고 힘이 들기도 했어요. 처음에는 된장찌개 같은 한국 음식을 잘 먹지 못했어요.

이주민으로 살며 가장 어려운 건 언어였죠. 아무리 열심히 한국어를 배워도 처음엔 의사소통을 제대로 할 수 없었어요. 광주로 이주했을 때 처음에는 시어머니와 함께 살기로 했어요. 왜냐하면, 한국에 대해서 아무것도 모르니 한국 요리도 배우고 한국문화도 배워야 해서 당분간 같이 살기로 했지요. 그런데 시어머니와 대화를 거의 못 했어요. 아무리 노력해도 하고 싶은 말을 표현하거나 전달하지 못해서 몹시 답답했어요. 그래도 시어머니께서 천천히 들어주셨지요. 내가 혼자서 적응하는 게 힘든 걸 아시고 더 많이 챙겨주시고 아껴주셨어요. 지금은 시어머니로부터 독립해 살고 있지만 남편이 일하는 동안에는 시어머니와 함께 보내는 시간이 많아요. 시어머니께서는 여전히 맛있는 걸 챙겨주셔요. 남편 가족 덕분에 잘 적응하고 있어요.

베트남에 있을 땐 가족, 친구, 동료와 활동적으로 살다가 갑자기 일을 그만두고 집에만 있는 게 처음이어서 무척 힘들었어요. 남편 가족이 잘 챙기고 보살펴 주셨지만, 친구도 없고, 일을 그만두고 혼자 있을 때 몹시 외롭고 힘들었어요. '나에게 이 생활이 맞나? 내가 과연 무엇을 할 수 있을까?'라는 의구심이 들며 더 외로웠죠. 다행히 사회통합프로그램에 참여해서 다양한 친구를 만나면서 활기를 찾을 수 있었어요. 또 한국어 공부를 열심히 해서 토픽 6급을 땄고, 이제 직장도 다니면서 자신감을 가지게 됐어요. '결심하고 열심히 하면 할 수 있구나'라는 생각이 들면서 뿌듯했어요. 가장 힘들 때 힘이 되어준 사람은 역시 남편과 남편 가족이에요. 다른 이주민도 비슷하겠지만, 내가 아무리 힘들어도 부모님께 말씀을 드리지 못할 거예요. 부모님께 힘들다고 말하면 속상해하실 게 분명하니까 힘들었던 이야기를 하지 못했어요. 대신에 베트남에 있는 친구나 이전 직장 동료와 SNS로 힘든 점을 나누고 소통했어요. 광주북구가족센터에서 유용한 정보를 많이 받기도 했어요. 다양한 활동이나 프로그램에 참여하도록 해주었고, 그곳에서 다양한 사람들을 만나게 되었어요.

개인적으로 차별받은 적은 없어요. 시어머니께서 나는 한국인과 생김새가 비슷하니까 외모 때문에 차별받지 않을 것이라고 하셨어요. 그런데 주변 이주민 상황은 다른 거 같더군요. 베트남 친구가 일하는 공장 직원은 대부분 한국 사람들인데, 한국인 동료들이 자신과 대화하기를 꺼린다고 했어요. 지금은 상황이 조금 나아졌지만, 여전히 차가운 느낌을 받는다고 했어요. 방글라데시에서 유학하러 온 친구도 버스나 지하철을 탈 때 그 친구 옆자리가 비었어도 앉지 않는 사람이 있다고 했어요. 지금은 코로나19로 이주민이 더 차별받는 것 같기도 해요. 이주민이 차별받을 때 몹시 속상해요. 겉모습과 외모와 피부색으로 인해서 차별받는다는 그 자체가 속상한 일이죠. 분명히 한국 사람들도 다른 나라에 갔을 때 차별받고 싶지 않을 거예요. 서로 처지를 바꿔서 생각하면 좋겠어요.

광주로 이주하기 전에 내가 살아야 할 도시에 대해서 검색해 봤어요. 가장 먼저 소개되는 것은 '광주는 민주주의 도시다'라는 문구였어요. 5·18 민주화운동을 알게 되었고, 많은 학생과 시민 희생으로 만들어진 도시라는 걸 알게 되었죠. 시어머니와 함께 5·18민주화운동 기록관을 방문하기도 했어요. 광주는 또한 음식이 훌륭하죠. 시어머니께서는 '전라도 음식은 한국에서 가장 훌륭한 음식'이라고 하셨어요. 광주에 사는 이주민으로서 음식에 대한 자부심이 있어요. 베트남 친구와 이야기하며 '한국에 오면 광주에 꼭 오라'고 해요. 음식이 얼마나 맛있는지 맛보게 해주고 싶어요.

경치도 정말 아름다워요. 하노이는 사람도 많고 빌딩도 많아 자연환경을 쉽게 볼 수 없었어요. 광주는 경치도 아름답고, 자연 속에서 사는 느낌이 참 좋아요. 좋은 환경에서 살고 맛있는 것을 마음껏 먹는 인생이 최고인 것 같아요. 하노이에서 살 때는 직장에 출근하고 집으로 퇴근하는 생활을 반복하다 보니 자연을 느낄 시간이 없어서 아쉬웠거든요. 하노이에서 산에 가려면 다른 지역으로 이동해야 했어요. 호수가 여러 곳에 있지만, 집에서 너무 멀어서 한 번 다녀오기도 쉽지 않았어요. 하노이에서는 자연환경을 쉽게 보거나 찾아갈 수 없어서 답답했는데, 광주에선 근교에 자연을 만끽할 곳이 많아서 좋아요.

한국과 베트남 문화 차이는 확실히 있는 것 같아요. 내가 베트남에서는 빠른 편인데, 시어머니께서는 내가 느리다고 말씀하셨어요. 언젠가 베트남에서 동료 언니들이 광주로 놀러 와서 우리 집에 며칠 지냈었어요. 그런데 언니들이 음식 먹는 모습을 보더니 시어머니께서 '베트남 사람들은 다 느리다'라고 말씀하시기도 하셨거든요. 베트남 음식문화는 서로 대화를 나누면서 천천히 먹거든요.

이주민으로 살면서 가장 어려운 건 한국어를 배우는 거예요. 언어를 잘해야 무엇이든지 할 수 있다고 생각해요. 그래서 한국어를 배우는데 많은 시간을 투자했어요. 상당수 이주여성이 한국에서 빨리 직장을 구해야 한다는 생각에 간단한 의사소통만 배우는 경우가 종종 있어요. 아마도 경제적 이유가 있겠지만, 나중에 한국어를 배울 기회를 놓쳐서 불편함을 호소하는 이주민이 아주 많거든요. 아무래도 한국말이 서툴다 보면 소통이 어려워 무시당하고 차별당할 수 있어요. 나는 베트남에서 직장생활 했던 것처럼 한국에서도 비슷하게 살고 싶어요. 주부로만 사는 건 내 적성에 맞지도 않아요. 내가 할 수 있는 일을 하면서 무엇이든 도전하며 포기하지 않으려 해요. 많은 사람과 좋은 관계를 맺고 사회관계망을 넓히고 싶어요. 코로나19로 인해서 나도 학원에 출근하지 못해서 경제적으로 힘들었어요. 학생과 학부모 가운데 코로나 확진자가 생기면서 두 번 학원을 닫아야 했거든요.

정기적으로 모이는 공동체는 없지만, 가끔 사람들과 만나는 모임은 있어요. 베트남 친구들과 단체 카톡방을 만들었어요. 힘들 때 그곳에서 서로 이야기를 함께 나눠요. 누군가 힘들 때 친구와 함께 모여서 이야기를 나누고 베트남 음식을 만들어 함께 먹는 것이 큰 도움이 되거든요. 요즘은 코로나19로 자주 만나지 못해서 답답해요. 하지만 마음속 이야기를 터놓을 수 있는 친구가 있는 게 감사해요.

'인권침해에 대응하는 방법' 배우고 싶어

나는 제대로 인권교육을 받아본 경험이 없어요. 직장에 다니면서 여러 사람을 만나며 스스로 인권 의식을 갖게 되었어요. 인권이란 개념보다는 인권침해가 어떤 것인지 먼저 체득했거든요. 인권교육은 강의 내용이나 강사 수준도 중요하겠지만, 교육받은 후 얼마나 그 정보를 활용할 수 있는 가가 중요하다고 생각해요. 대부분 교육받은 후 쉽게 잊어버리는 경우가 많아요. 그래서 딱딱한 방식으로 강의를 진행하는 대신에 쉽고 구체적인 방식으로 강의가 이루어지면 좋겠어요.

내가 만약 '인권교육을 담당하는 강사'라면 '인권은 이것이야!'라고 정의하기보다 인권침해가 어떤 것이라는 걸 구체적으로 알려주고 싶어요. 인권침해를 받았을 때 어디서 도움을 받을 수 있는지, 어떻게 대응해야 하는지 알려주고 싶어요. 베트남에서 온 이주민이라면 대부분 이 속담을 아실 거예요. 'Một điều nhịn bằng chín điều lành.' 한국어로 번역하면 '참을 인忍자 셋이면 살인도 피한다'라는 의미예요. '무슨 일이 있어도 계속 참으면 다 지나가고 좋은 일이 오게 될 것이다'라는 옛말이죠. 베트남 사람들은 어렸을 때부터 이렇게 교육받아 왔기 때문에 문제가 생기면 대부분 그냥 참는 것을 선택해요. 하지만 '때로는 참지 않아도 된다'라는 말을 꼭 좀 전하고 싶어요. 계속 참으면 마음속에 슬픔과 불만이 쌓이고, 자신에게 좋은 게 하나도 없어요. 건강에도 좋지 않고 정신적으로도 스트레스 받지요. 심지어 극단적 선택을 하는 사람도 있어요. 그래서 가족이나 친구한테 도움을 요청하거나 이야기 나누면 좋겠어요. 혹시 자기 권리가 침해당할 때는 관련된 기관을 찾아서 꼭 도움을 요청하세요. 자기 권리는 언제나 자기가 지켜야 해요.

이주민과 함께 사는 선주민에게는 '문화나 외모 등 다름에 대해 편견을 갖거나 오해할 수 있는데, 그 시각이 틀릴 수도 있어요. 서 있는 위치가 다르면 보이는 것도 달라져요. 편견이 아닌 다른 시각으로 봤으면 좋겠어요. 피부색과 겉모습으로 판단하지 말고 다양한 모습을 바라보고, 열린 마음으로 대해주면 좋겠어요. 서로 존중하고 이해하고 다 같이 평화롭게 지내면 좋지 않을까요?'라고 말하고 싶어요. 그리고 인권교육에서 '인권침해에 대응하는 방법'을 배우고 싶어요. 여러 가지 인권침해 사례를 구체적으로 보여주고 당신이 이런 경우에 처하면 어떻게 대처해야 하는지, 어디에서 도움을 받아야 하는지 구체적으로 알려주면 좋겠어요. 내가 생각하는 인권은 모든 사람이 피부색, 겉모습, 종교, 출신 나라, 문화, 학력, 직업 등과 관계없이 사람답게 대우받을 권리가 있다는 거예요. 모든 사람은 존엄하기 때문이에요. 이주민이든 선주민이든 행복을 추구할 권리는 다 똑같다고 생각해요.

올해 목표는 운전면허증 따는 일

10년 후까지는 아직 생각하지 못하겠어요. 나는 장기 계획을 세우는 것보다 단기 계획을 세우는 편이에요. 내년에 무슨 일이 생길지 모르는데, 누가 먼 미래를 알겠어요. 일 년 계획을 세우고 무엇을 배워야 할지, 무엇을 해야 할지 생각하는 편이에요. 올해 목표는 운전면허증 따는 일, 내년 목표는 더 나은 일자리 구하는 것이에요. 다른 분야에서 일하는 걸 도전해보려고요. 얼마 전부터 다문화이해교육 강사로 활동하고 있어요. 유치원, 초등학교, 기관과 센터에서 다문화에 대한 인식개선을 담당하는 역할을 하고 싶어요. 민주주의 도시인 광주는 특히 다문화에 대한 인식을 확장하고 시선을 넓히는 일이 중요하다고 생각해요.

　후배 이주민에게 하고 싶은 말은 '한국으로 이주하기 전에 어느 정도 의사소통할 수 있도록 한국어를 잘 배우고 오세요. 의사소통이 잘 안되면, 오해도 생기고 답답할 수 있기 때문이에요. 한국문화, 생활 습관 등을 알아보고 오면 도움이 될 거예요'라고 말하겠어요. 오늘 인터뷰에서 내 마음속 이야기를 꺼내 놓은 것 같아서 후련하네요. 나는 한국에 온 지 3년 된 응우엔 투이 흐엉입니다. 현재 영어학원 강사와 다문화이해교육 강사로 활동하고 있어요.

한국어가 미숙하다고 사람 자체가 미숙할까?

서영숙 · 중국

나를 '동포'가 아니라 '이주여성'으로만 대우

나는 중국에서 이주해 온 서영숙입니다. 처음 한국으로 이주할 때는 특별히 기대하지 않았어요. 먼저 혼인하여 한국에서 살던 친구 소개로 남편을 만났고, 스물일곱 살에 한국으로 이주했어요. 친정엄마는 내가 국제결혼 하는 걸 반대했어요. 그런데 남편을 만나며 '저 사람이면 마음고생하지 않고 살 수 있겠다'라는 생각이 들었어요. 남편에 대한 첫인상은 지금까지 이어져 둘이서 잘살고 있어요.

중국에 있는 원가족은 중국으로 이주한 지 100년이 넘었어요. 어떻게 이주하게 되었는지 정확히 모르겠지만 아마도 한국으로 돌아오는 게 꿈이었을 거예요. 그래서 나는 '대한민국은 내 고국이다'라고 생각하고 살았어요. 그리고 이렇게 혼인해서 한국으로 이주하게 되었어요. 그런데 한국 사회는 나를 '동포'가 아니라 '이주여성'으로만 대우하더군요. 말 그대로 '이주여성 서영숙'이었어요. 지금까지 한 번도 한국을 낯선 외국 땅이라고 생각하지 않고 고국이라고 느꼈는데, 정작 한국에 오니 내 위치는 '이주여성'이었어요.

중국에 살 때 한국에 대한 이미지는 잘 사는 나라였으나 부정적 이미지도 많았어요. 국제결혼을 한 후 피해를 본 사례가 많다는 소식을 들었어요. 아시아나 항공사에서 일하던 친구가 있었는데 별의별 한국 사람을 만난 이야기를 들려주었어요. 긍정적 이야기보다는 부정적 이야기가 훨씬 많았어요.

이주민 당사자 목소리 낼 조직의 필요성 느껴

1999년에 한국으로 이주했어요. 전라북도에서 사업을 하던 남편이 광주로 옮겨서 나도 같이 이주했지요. 남편이 시외 출장을 자주 가다 보니 자연스럽게 나는 집에 혼자 있는 날이 많았어요. 집에서 지나다니는 사람들을 내려다보거나 혼자서 버스를 타고 무등산 종점까지 다녀오기도 했어요. 그렇게 길을 익히며 적응했어요. 첫째 아이를 낳을 당시에 생활 형편이 썩 좋지 않아서 다소 힘들었어요. 그래도 다행이었던 건 한국어로 소통할 수 있어 생활하는 불편함은 없었죠. 큰아이가 친구를 통해 월곡동 영천초등학교 근처 있는 외국인근로자선교회와 인연이 닿아서 선교단체 간사로 일했어요. 한국에서 시작한 첫 직장생활이었어요. 2005년 4월부터 일하기 시작해서 6년간 일했어요. 그러다가 건강이 좋지 않아서 직장을 그만두게 되었지요. 한번은 실업급여를 받으러 갔다가 심층 면접부서에 자리가 있다는 소식을 알게 되었어요. 그리고 신청해서 채용되었지만, 조직 생활에 제대로 적응하지 못하고 그만두었어요. 그 후 중학교 상담실에서 일할 기회가 생겨서 취직했지만, 폐쇄적 학교 분위기에 적응하기 힘들었어요. 얼마 있다가 광주여성장애인단체에 속해 있는 장애인성폭력상담소로 이직해서 5년 동안 근무했어요. 상담소에서 일하면서 성폭력, 장애인, 여성주의, 페미니즘, 젠더에 관해서 공부하는 계기가 됐어요.

이주민으로서 인식은 박사과정에서 공부하는 동시에 일하는 현장에서 체득한 경험이 쌓이면서 더 깊어졌어요. 한번은 이주 관련 학술 세미나에 참여했어요. 세미나 중에 발표자가 '이주민 관련 정책을 말하는 대통령 후보자가 한 사람도 없다'라고 비판하는 걸 듣고 충격을 받았어요. 그래서 나는 '이주민 당사자 목소리를 내지 않는데 누가 이주민을 대변해줄까?'라고 생각했어요. 그래서 지금까지 알고 지냈던 이주여성과 함께 이주민 당사자 목소리를 낼 조직의 필요성을 이야기했어요. '우리가 우리 목소리를 냅시다. 우리가 연대해서 우리를 위한 조직을 만듭시다!'라고 의견을 모은 후 국제이주연구소를 설립하게 된 것이에요.

사람들이 광주에 대해 말할 때 인권과 문화를 언급해요. 그런데 이주민으로서 광주에 대한 자부심을 느끼려면 광주시가 더 노력해야 한다고 생각해요. 광주에서 인권과 민주주의를 말하지만, 이주민으로서 인권과 민주주의 도시라는 느낌이 거의 없어요. 이 부분에 대해서 광주시는 반성해야 한다고 생각해요. 내 개인적으로 광주에 대한 자부심이 거의 없어요. 특별히 꿈과 희망을 실현하려고 어떤 목표를 가져 본 적은 없어요. 지금 내가 하는 일도 다른 이주여성과 비교해서 한국어 소통이 원활하여서 주어진 기회라고 생각해요. 그러니까 한국어가 어눌하다고 생각이나 관점이 어눌한 것이 아니라고 말하고 싶어요.

코로나19 상황에서 단체에서 할 수 있는 일이 있어서 감사해요. 마스크가 부족한 당시에 우리 단체에 마스크를 보내주셔서 이주노동자와 미등록이주민에게 나눌 수 있었어요. 이런 일을 계기로 이주노동자와 연결된 점은 감사한 일이죠. 코로나19로 이주민 자녀가 학교에 갈 수 없는 상황에서 이 단체에서 프로그램을 진행할 수 있어서 다행이었어요. 이주민 자녀가 이 공간이 안전하다고 생각하니까 또한 감사했죠. 사람이 힘들 때 마음을 나눌 사람이 없다는 생각이 들었어요. 개인적으로 털어놓고 이야기할 지인은 있지만, 서로 마음을 나누는 공동체나 모임은 없어요.

한국어 미숙하다고 사람 자체가 미숙한 것 아냐

여성장애인연대에서 일하다 보니 자연스럽게 인권교육을 기본적으로 받았어요. 현장에서 활동했기 때문에 내 인권도 소중하지만 다른 사람 인권도 중요하다는 걸 알게 되었어요. 현장에서 실질적으로 피부로 느낄 수 있는 인권교육이 필요하다고 생각해요. 그래서 모든 사람이 인권 감수성을 갖도록 꾸준히 교육하는 환경이 필요하죠.

내가 만약 '인권교육을 담당하는 강사'라면 앞에서 이야기한 것처럼

'내 인권이 중요한 것처럼, 상대방 인권도 중요하다'라는 내용을 가르치고 싶어요. 문화 다양성, 사회의식, 인권의 우선순위로 고려해서 지금 누가 가장 사회적 약자인지 볼 수 있는 눈을 키워주고 싶어요.

동료 이주민에게 '당신이 아무리 무시당하고 자존심 상하고 화나더라도 절대로 타협할 수 없는 건 양심이에요. 자기를 지키는 선을 알고 살면 좋겠어요'라고 말하겠어요. 선주민에게는 '한국어가 미숙한 이주민이라도 사람 자체가 미숙한 게 아니라는 걸 알았으면 좋겠어요'라고 말하겠어요. 그래서 인권교육은 일회성 교육이 아니라 지속적인 교육과 프로그램으로 진행하면 좋겠어요. 내가 생각하는 인권은 사람이 인간답게 사는 거예요. '어떻게 살아야 사람답게 사는 것인가?'라는 질문도 할 수 있겠죠. 어떤 삶이든 존중받고, 스스로 선택할 수 있고, 자기 가치를 중요하게 여기며 사람답게 사는 게 가치 있는 삶을 사는 것이죠.

전에는 10년 후 삶을 생각하고 계획했어요. 그런데 요즘은 하루하루가 소중해요. 예쁘게 늙는 것, 어른답게 사는 것이 중요하다고 생각해요. 내가 단체를 설립한 이유와 비전은 헌신적인 이주여성 리더를 만들려는 거예요. 자신을 위한 삶을 살 뿐 아니라 사회에 이바지할 사람이 많이 생겼으면 좋겠어요.

이주민으로 산다는 건 큰 변화예요. 자기 삶을 열심히 살면서 가끔은 자기를 양보하고 손해도 보면서 사는 사람이 되면 좋겠어요. 자신에게 이익이 없으면 연대하지 않거나 참여하지 않는 모습에 안타까운 마음이 들어요.

중국에서 한국어 강사로 일하고 싶어

진○○ · 중국

조용해서 살기 좋은 광주

나는 중국 무순抚顺시에서 태어났어요. 대학교를 졸업하고 3년 정도 교직에 있다가 우연한 기회로 남편을 알게 되었어요. 처음에는 혼인할 생각이 없었어요. 당시 내 주변에서는 일본으로 유학하는 게 붐이었는데, 나또한 유학하고 싶은 마음에 일본 유학 절차를 몇 번 시도했지만 성사하지 못했어요. 우연한 기회로 만난 후 남편은 한국으로 돌아와서도 내게 계속 연락했어요. 지인은 남편이 좋은 사람이라고 전해주었지요. 그리고 남편을 중국에서 몇 번 더 만났는데 성실한 사람이라는 생각이 들어서 혼인을 결심했어요. 혼인 후 광주로 이주해 광산구 수완지구에 살아요. 처음 이곳에 왔을 때 수완지구는 허허벌판이었어요. 3년쯤 지나니까 이 지역에도 학원, 슈퍼를 비롯해 고층 빌딩이 하나둘씩 생기기 시작했고, 지금은 편의시설도 잘 갖춰져 살기 좋은 곳이 되었죠. 가끔 서울에 가면 문화시설을 즐길 수 있는 게 많아서 좋지만, 광주는 조용해서 살기 좋아요.

2000년 3월 12일에 한국으로 이주했어요. 매일 혼자서 집에만 있으니까 시누이가 금남로에 있는 중국어학원에 내 이력서를 제출했더군요. 그래서 4월 1일부터 중국어학원으로 출근했는데 한국어가 서툴러 좌충우돌하면서 일했어요. 자녀가 태어나면서 육아와 양육을 위해서 잠시 학원 일을 쉬었어요. 둘째가 세 살 되었을 때 학원에서 다시 전임강사로 일했어요. 그때 강사비가 많지 않아서 자녀 놀이방 비용을 지급하면 남는 것이 거의 없더라고요. 그래도 경험을 쌓는다고 생각하며 다녔어요. 한국과 중국이 문화도 다르고, 가르치는 방법도 달라서 배워야 할 게 많았거든요. 그리고 학원에 출강하며 인맥을 쌓게 되었어요. 그러다가 학원 원장과 갈등이 생겼는데 나는 그걸 차별이라고 느꼈어요. 내게 주말 강의를 맡으라고 하면서 강사비는 지급할 수 없다고 했거든요. 최선을 다해서 학원에서 가르치고 일했지만, 결국 불미스러운 갈등으로 학원 강사직을 그만두었어요. 그 후에 광주에 있는 한 고등학교에서 학부모 요청으로 개설한 중국어 수업 강사로 일하게 되었죠. 이후에 중국어 개인교습소를 개소하고 2년간 운영하기도 했어요. 2018년에 관광통역안내사 자격증 취득을 위해서 공부했고, 2019년부터 다문화센터에서 일하고 있어요.

한국으로 이주하기 전에는 한국이 어떤 나라인지 구체적으로 알지 못했어요. 중국에서 뉴스로 들은 지식과 정보가 전부였어요. 경기도 광주와 전라도 광주가 있다는 걸 몰랐어요. 가사에 도시 이름을 붙여서 부르는 노래로 서울, 부산, 대전 등 몇 개 도시 이름 정도만 알고 있었어요. 친구 부모님이 친척방문으로 한국에 체류했는데, 여러 차례 화장품이나 옷을 사오셨어요. 동네 친구를 통해서 한국 화장품이나 패션에 눈을 뜨게 되었고, 드라마나 음악을 접하면서 한국을 알게 됐어요. 한국에서 만든 건 모든 게 다 좋아 보였어요. 이렇게 한국에 대한 로망이 커졌지요. 한국에 살면서 지형이나 지리를 살피는 걸 좋아해서 남편과 함께 이곳저곳 함께 많이 다니고 있어요. 그리고 통역사 자격증을 준비하면서 역사에 대해서도 많이 알게 됐어요.

광주 출신 중국 혁명 음악가 정율성 알게 돼 뿌듯

중국이란 큰 대륙에서 살다가 처음 광주로 왔을 때 집들이 촘촘하고, 음식도 조금 나와서 깍쟁이 같다는 느낌이 들었어요. 살아 보니 오히려 중국이 불필요하게 낭비한다는 생각이 들더군요. 문화가 다르고 생각에 차이가 컸어요. 특히 가부장 문화가 강하다는 걸 많이 느꼈어요. 처음에 엄마는 혼인해서 한국에 가는 걸 매우 반대했어요. '직업도 있고 중국에서도 잘살고 있는데, 왜 혼인해서 한국으로 이주하려고 하느냐?'라고 했어요. 그런데 나는 다른 사람이 해보지 않았던 걸 하려는 도전정신이 있거든요. 엄마가 내 고집을 못 이기고 혼인을 허락하셨죠. 지금도 가끔 '혼인한 걸 후회하지 않냐?'고 물어보셔요. 나는 혼인한 걸 후회하지 않고, 나름 만족한 이주 생활을 하고 있어요.

이주민으로 살면서 힘든 부분은 한국어 소통이었어요. 한국어가 서툴다 보니까 자녀가 아프거나 행정 서류를 요청할 때 미흡하고 힘들었어요. 처음엔 시댁과 문화차이로 인한 갈등도 있었어요. 시누이가 직설적인 성향이라 마음이 여린 나는 쉽게 상처받기도 했어요. 한국어가 익숙해지고 문화도 알게 되면서 조금씩 나아졌어요. 때로는 사람들이 의식하지 않고 내뱉은 말 한마디에 '내가 한국 사람이 아니라서 무시하나?'라는 생각이 들 때도 있었어요. 그래서 한국 사회 모든 사람이 다문화 민감성 교육을 받아야 한다고 생각했어요.

　내가 힘들었을 때 도움을 받았던 기관은 없었어요. 당시에는 다문화센터가 있다는 걸 몰랐거든요. 요즘은 인터넷이나 SNS가 발달해서 홍보하기 좋아요. 나도 다양한 프로그램이나 정책을 이주민에게 적극적으로 홍보하고 있어요. 이주민이 많이 참여하고 이용하면 좋겠다는 마음이 있어요. 나는 당시에 정보가 없어서 모든 걸 혼자서 해결해왔지만, 다른 이주민은 도움을 받을 게 많다는 생각에 적극적으로 소개하고 있거든요. 나도 이주민으로서 차별받은 경우가 있죠. 최근에는 직장에서 이주민이라서 선주민에 비해 급여에서 차별받고 있다고 느껴요. 직장에서 직원을 채용할 때도 경력이나 강의 실력이 좋은 이주민을 선발하지 않는 경우도 봤어요. 내가 사는 동네에서 중국 사람이란 걸 알고는 '중국에는 이런 게 있느냐? 이런 것도 먹어 봤느냐?'라는 무례한 질문을 하는 사례도 허다했어요.

　광주에는 무등산이 있고, 5·18민주화운동 역사가 있죠. 또한 정율성국제음악회 관련 통·번역 일에 참여하면서 정율성이란 인물을 알게 되었어요. 광주 양림동 출신으로 중국 혁명 음악의 대부가 된 음악가 정율성을 알게 되어서 뿌듯했어요. 관광통역사 자격증을 따려고 공부하면서 광주 역사와 음식에 대해서 더 알 수 있었어요. 광주에 사는 불편함은 서울보다 정보 전달이 늦다는 거예요. 관광지 답사를 하며 한 달 정도 서울에 머물렀던 적이 있어요. 그때 경험했던 서울은 편리한 교통과 다양한 문화가 있는 곳이라 사람들이 살기 좋은 곳이라 생각했어요. 그런데 서울은 인구밀도가 높아서 여유가 없어 보였고, 긴장하며 산다는 느낌을 받았어요. 반면에 광주는 편안하고 여유가 있고, 차도 붐비지 않아서 좋고요. 광주는 정情문화가 더 살아있는 것 같아요.

광주에서 이루고 싶은 꿈은 관광 가이드를 하는 거예요. 코로나19로 할 수 없게 되었지만, 나중에 꼭 해보려고 해요. 그리고 이주민에게 한국어 가르치는 일도 하고 싶어요. 이주민이라는 이유로 한국어 강사가 못 되는 경우도 보았어요. 그래서 한국어가 서툰 이주민이 한국어 능력을 향상하도록 돕고 싶어요. 이주민이 먼저 한국어를 배운 후 경제활동을 하는 게 좋거든요. 그런데 한국어로 소통이 제대로 되지 않는데 먼저 경제활동부터 하는 이주민이 아주 많아요. 한국어가 어눌하면 생활하면서 차별받는 일이 많이 생길 수 있다고 생각하니 안타까워요.

코로나19로 힘든 건 사람과 만나는 게 자유롭지 못한 것이죠. 이전에는 자주 만나던 지인도 코로나19로 만나지 못하고 활동이나 교육도 위축되어 힘들어요. 그래도 정기적으로 모이는 중국어 강사 모임이 있어서 다행이에요. 한 달에 한 번씩 모여서 함께 공연을 관람하고, 밥도 먹고, 정보도 교류하는 모임이에요. 관심사가 같아서 서로 소통하고, 서로 의지하니 좋아요.

다문화이해교육을 인권에 접목해서 강의했으면

직장에서 의무적으로 인권교육을 받고 있어요. 매년 한 번씩 정기적으로 인권교육을 받아요. 코로나19 상황에서는 영상강의로 진행했어요. 그런데 강의를 들을 때뿐이란 생각이 들어요. 사람들이 차별하는 걸 어떻게 멈추게 할 수 있을까를 생각하면 답답하죠. 그래서 인권교육을 할 때 강의를 맡는 강사와 강의 내용 모두 중요하다고 생각해요. 인권교육은 전문 강사를 잘 선별해서 실질적으로 실시하면 좋겠어요. 인권교육에 참여하는 대상에 따라 내용과 접근이 달라져야 하고, 정기적으로 반복하고 강조하는 교육이 되어야 한다고 생각해요. 내가 만약 '인권교육을 담당하는 강사'라면 다문화이해교육을 인권에 접목해서 강의하고 싶어요. 다문화이해교육을 통해서 편견과 차별에 대한 인식을 개선하는 게 우선이라고 생각해요. 다문화이해교육과 인권은 모든 사람이 받아야 할 교육이라고 강조하겠어요.

이주민에게는 '다양한 계기로 한국으로 이주할 때 모든 서류를 꼼꼼히 살펴보면 좋겠어요. 다문화이해교육을 가족과 함께 받아서 서로 존중하는 방법을 찾으면 좋겠어요. 당신은 소중한 사람이니 귀한 대접을 받으면서 살아요'라고 말해주고 싶어요. 선주민에게는 '우리보다 먼저 광주 땅에 와서 살고 있으니까 나중에 온 사람들이 정착을 잘하도록 이끌어 주고 배려해주면 좋겠어요. 서로 소통하고 정보도 교류하면서 함께 살면 좋겠어요'라고 말하고 싶어요.

인권교육을 받는 것만으로는 부족하다고 생각해요. 이주민이 정기적으로 인권교육과 자조 모임을 병행하는 프로그램이 있으면 좋겠어요. 꾸준히 하는 게 가장 효과가 있어요. 내가 생각하는 인권은 평등하고 차별이 없는 거예요. 선주민과 이주민 모두가 평등한 존재이며 똑같은 사람이에요. 서로 감정이 상하게 하거나 상처를 주지 않고 함께 살아야 한다고 생각해요. 그래서 우리 모두 말하고 행동할 때 한 번 더 생각해야 해요.

한국어 가르치는 강사로 일하고 싶어

10년 후에는 중국에 가서 한국어 가르치는 강사로 일하고 싶어요. 한국을 알리는 일과 함께 도움이 필요한 사람을 도우며 살고 싶어요. 또한 내가 관광사업에 관심이 많아서 관광 관련 분야에 이바지하고 싶어요. 관광이나 여행상품을 개발하고 여행 가이드로 역할을 할 수 있으면 좋겠어요. 한국어와 중국어를 말할 줄 아는 사람이니 이중언어를 활용하고 발휘할 기회가 있으면 좋겠어요.

그래서 후배 이주민에게 '자신이 스스로 선택해서 한국으로 이주했으니 먼저 현실을 직시했으면 좋겠어요. 처음부터 너무 많은 환상을 갖지 말고 현실을 제대로 바라보세요. 한국어를 제대로 배우기 전에 경제활동을 하는 건 추천하지 않아요. 이주민 가운데 한국에 10년이 넘게 살아도 한국어를 못해서 간단한 서류도 작성하지 못하는 경우가 있었어요. 그러니까 한국어를 제대로 배우세요'라고 말하겠어요. 모든 사람이 다문화이해교육을 받아서 차별과 편견이 없는 사회에서 살고 싶어요. 나는 차별 없이 모두가 함께 발전하는 사람으로 살기를 기대해요. 이주민이든 선주민이든 모두 평등하게 함께 살면 좋겠어요. 나는 다문화 정체성을 갖고 있으면서 다문화에 관심이 많은 사람입니다.

시부모와 남편이 함께하는 인권교육 필요해

김소연 · 베트남

고향에선 대만, 중국, 한국, 싱가폴 사람과 국제결혼 많이 해

나는 베트남 호찌민Hồ Chí Minh 남쪽 지역에서 태어났어요. 맏이로 태어났고 여동생과 남동생이 있어요. 어린 시절엔 가정 형편이 좋지 않아서 열 번 이상 이사 다녔던 기억이 나요. 여동생과 남동생이 나보다 더 좋은 교육 기회를 얻었으면 좋겠다고 생각하고 고등학교 졸업 후 바로 국제결혼을 선택했어요. 부모님은 가끔 우리 남매에게 '너희가 더 좋은 집안에서 태어났다면 장래가 더 밝지 않았을까?'라고 말하며 미안해하셨어요. 내가 살던 동네에서는 대만, 중국, 한국, 싱가폴, 말레이시아 사람과 국제결혼을 해 친정 부모와 가족을 챙기는 사람들이 많았어요. 내 혼인도 아빠가 먼저 제안했어요. 아무리 힘들고 가난해도 가족이 함께 살아야 한다고 말하던 아빠가 국제결혼 하는 동네 분위기에 점차 영향을 받은 거 같아요. 아빠는 아마도 '내가 더 좋은 환경에서 살지 않을까?'라고 생각하셨던 것 같아요. 국제결혼을 제안하는 아빠에게 정말 서운했어요. 비록 가난해도 가족 곁에서 살고 싶었거든요. 그래서 처음에 한국으로 이주해 시댁과 갈등이 있을 때마다 아빠가 가장 원망스러웠지요. 엄마는 나를 보내놓고 한 달 내내 밤마다 울었다고 하더군요.

베트남에 남아 있었다면 '지금처럼 내가 발전하지 못했을 것'이라고 생각하니 아빠를 향한 원망이 사라졌어요. 현재는 집과 자동차도 있고, 가족도 있어서 한국으로 이주를 결심한 걸 후회하지 않아요. 남편을 만나서 내 삶이 더 나아졌어요. 남편과 함께 자녀를 키우며 새로운 가족을 이루었고, 또한 긍정적으로 살고 있어요. 베트남에서 학교 다닐 때는 어린이집 교사나 초등학교 교사가 되겠다는 꿈이 있었어요. 그래서 지금 한국어 교사 자격증을 취득하려고 한국어학과에 다니고 있어요. 이주여성에게 한국어 가르치고 있는데 나중에 베트남에 가서 한국어 학원을 운영하고 싶어요.

한국에 대해서 알게 된 것은 TV를 통해서였어요. '이주여성이 폭행당했다'라는 뉴스를 접할 때는 두렵고 불안했지만, 새로운 세상에 대한 기대도 있었어요. 결혼중개소를 통해서 남편을 만났어요. 남편은 건축사업 현장에서 일하는 사람이었고, 나와 나이 차이도 크게 났어요. 남편과 살아보니 나이 차이와 관계없이 서로 잘 맞추며 살아요. 남편이 곁에서 챙겨주며 친절하게 대해줬어요. 그래도 남편이 모든 걸 해줄 수 없으니 내가 스스로 하도록 옆에서 도와주신 분이 많았어요. 덕분에 한국 생활에 적응을 잘할 수 있었어요. 사실 베트남에 있는 원가족을 위해 국제결혼하고 이주를 결심했거든요. 그런데 여기에 자녀들이 태어나고 새로운 가족을 이루게 되니까 원가족 돌보는 일을 소홀하게 해서 미안한 마음이 많았어요. 다행히 베트남 친정엄마를 초청해서 한국에서 함께 사니까 원가족을 챙길 여유가 생겨서 좋아요. 사실 이주여성이 원가족을 돌보는 일로 남편과 갈등하는 사례도 있거든요.

베트남에도 TV가 있어?

2011년에 한국으로 이주했어요. 인천공항에서 광주로 오는 고속도로에서 산밖에 보이지 않아서 처음에는 당황스러웠어요. 광주에 도착해서 남편과 함께 송정시장에 갔던 기억이 나네요. 송정시장을 돌아보면서 '한국 사람은 이런 음식을 먹고, 이렇게 살고 있구나'라고 생각했어요. 그 지역 문화를 알려면 전통시장을 가보라고 했는데 괜찮은 지역이라는 생각이 들었지요. 시부모님을 3년 동안 모셨어요. 시부모님이 나이가 많으시고, 옛날 관점으로 바라보셔서 이주여성인 나에게 마음을 열지 않으셨어요. 시부모님을 모시면서 그 점이 서운하기도 했어요. 가장 서운했던 때는 명절이었어요. 명절에 모든 시댁 식구가 오랜만에 모여서 반갑게 이야기 나누고 음식도 먹는데 아무도 나를 챙기지 않았어요. 그래서 나만 소외된 느낌이 들었지요. 나는 가족 구성원 일원이 아니라는 느낌도 받았거든요. 그래도 남편이 나와 시부모님 사이에서 중간 역할을 잘해주었어요.

처음엔 길거리에서 사람들이 그냥 쳐다봐도 이주민이라서 쳐다본다는 생각이 들었어요. 옆집에 사는 아주머니가 '외국인이구나 어디서 왔어?'라고 질문하면 마음이 불편했어요. 이주민이라서 차별받지 않았지만 무례한 질문을 받을 때 마음이 편하지 않았어요. 한국으로 이주했을 때 한국음식이 입에 맞지 않아서 고생했어요. 주변 한국 사람이 베트남을 잘 모르면서 나를 판단하고 함부로 말할 때 정말 불편하고 힘들었어요. 예를 들어서 '베트남에도 TV가 있어? 이런 음식 먹어 봤어?'라며 질문할 땐 난감하고 또 속상했죠. 한국어를 잘 모를 때 의사소통이 제대로 되지 않아서 부부 사이에도 갈등이 있었지요. 한국어를 제대로 배우기 전까지 2년 정도 의사소통하는 데 어려움이 있었어요. 그래도 남편이 인내심을 갖고 참아주고 이해해줬어요. 이주민으로서 서운한 순간은 첫째 아이가 태어나고 출생신고를 하러 갔는데 주민등록등본에 내 이름이 없었던 거예요. 이주민이라 주민등록등본에 없다는 말을 들었을 때 빨리 국적을 취득해야겠다고 생각했지요.

이주민으로서 살아온 지난날을 돌아보면 고마운 마음도 있어요. 주변 사람들이 내가 적응하고 살아가도록 많은 도움을 주었거든요. 다문화가족센터에서 가장 많은 도움을 받았어요. 센터에서 한국어도 배우고, 임신과 출산, 자녀 양육과 육아에 대한 정보를 얻을 수 있었거든요. 가장 많은 도움을 준 사람은 아무래도 곁에 있는 남편이에요. 남편이 다문화센터도 알아봐 줬거든요. 혼자서 집에만 있으면 힘드니 친구도 만나고 한국어도 배우라고 권유했어요.

광주는 복잡하지 않아 살기 좋은 도시 같아요. 교육받을 일이 있어서 서울에 올라가면 사람들이 너무 바쁘게 움직여 분주하고 답답했어요. 광주는 물가도 싸고, 집값도 비싸지 않아서 여유롭게 살 수 있는 좋은 곳이라 생각해요. 베트남 친구와 만나서 함께 갈 베트남 식당도 많아서 좋아요. 자녀와 함께 자주 놀러 다니려고 노력해요. 그래서 광주패밀리랜드나 5·18민주화운동기록관을 방문해서 놀기도 하고 배우기도 하지요. 국립아시아문화전당에서 자녀와 함께 유익한 활동을 할 수 있어서 좋아요.

한국어학과를 졸업하면 한국어 강사로 활동하고 싶은데 이주민으로서 한국어 강사가 되는 일이 쉽지 않아요. 당연히 한국인을 한국어 강사로 먼저 채용하겠죠. 그래서 과연 내 꿈을 이룰 수 있을까 고심하고 있어요. 요즈음 코로나19로 고향에 자유롭게 갈 수 없다는 게 힘들죠. 2~3년에 한 번씩 자녀와 함께 고향을 방문했는데 코로나19로 오갈 수 없네요. 정기적으로 모이는 모임이나 공동체는 따로 없어요. 개인적으로 베트남 친구와 만나는 모임은 있어요.

학교에서 다문화이해교육을 더 활발하게 해야

내가 일하는 직장에서는 의무적으로 일 년에 한 번씩 인권교육을 받고 있어요. 코로나19로 온라인 강의도 진행해요. 인권교육을 받은 후 아동학대는 무조건 신고해야 한다고 생각했어요. 특히 베트남에서 이주하는 청소년 가운데 중도입국자녀가 있는데 엄마 가족과 살면서 많은 문제가 생기더라고요. 인권교육은 온라인 강의보다 모여서 대면으로 교육하는 게 효과적이라고 생각해요. 그래서 대면 강의로 진행하면서 강사가 실제 사례를 제시하고 강의하면 훨씬 효과적일 것으로 생각해요.

내가 만약 '인권교육을 담당하는 강사'라면 혼인 이주여성이 어떤 사람인지 제대로 이해하도록 강의하겠어요. 동료 이주민에게는 '무엇을 하든 신중하게 생각하세요. 한국은 살기 좋은 나라예요. 한국에서 빨리 적응하려면 한국어를 배우세요. 의사소통을 제대로 할 수 있어야 문제가 덜 생겨요'라고 말하고 싶어요. 선주민에게는 '이주민도 선주민도 좋은 사람이 있고, 좋지 않은 사람이 있어요. 한 사람 잘못으로 모든 사람을 함부로 판단하지 않았으면 좋겠어요'라고 말하고 싶어요. 그래서 시부모와 남편 그리고 시민과 함께하는 인권교육을 진행하면 좋겠어요. 인권교육 내용을 재미있고 이해하기 쉽게 준비하면 좋겠어요. 인권교육 후 체험이나 견학을 함께하는 교육프로그램이 있으면 좋겠어요. 내가 생각하는 인권은 사람으로서 무조건 누릴 수 있는 권리라고 생각해요. 누구에게나 똑같이 주어진 권리이죠.

10년 후에는 내가 하고 싶은 일 하면서 여유 있게 살고 있을 거예요. 이주여성으로서 많이 혜택받은 만큼 한국 사회에 이바지할 일이 있다면 최선을 다하려고요. 봉사단체에 참가하는 것도 생각하고 있어요. 후배 이주민에게 '무슨 일을 결정할 때 신중하게 하면 좋겠어요. 자녀를 생각하고, 행복한 가정을 꾸리세요. 자녀는 안정된 가정에서 성장해야 해요. 처음에는 힘들지만 어려움을 극복하면 좋은 일도 생기고 잘 살 수 있어요. 힘내세요!'라고 말하겠어요.

인터뷰로 하고 싶은 이야기 자리를 마련해 줘서 고마워요. 자녀가 공평하고 자유롭게 자기에게 주어진 일을 하는 사회가 되었으면 좋겠어요. 자

녀가 자기가 좋아하는 일과 할 수 있는 일을 하면서 살 수 있으면 좋겠어
요. 다른 사람 눈치 안 보고 당당하게 살 수 있는 사회가 된다면 얼마나 좋
을까 생각해요. 학교에서 다문화이해교육을 더 활발하게 진행하면 좋겠
어요. 나는 혼인하고 한국으로 이주해 사는 이주여성이에요. 이제는 후배
혼인 이주여성이 한국에서 적응을 잘하도록 돕는 역할을 하고 있어요.

한국에도 장단점이 있다고 말하면

박OO · 베트남

베트남 하노이Hà Nội 근처 도시에 광주로

나는 베트남 하노이Hà Nội 근처 도시에서 태어났어요. 남편을 만나 한국으로 이주했고, 아들 둘이 있어요. 베트남에서는 4남매 중 막내였어요. 부모님이 나이 많으시고, 언니 오빠와 나이 차이가 많이 나요. 베트남에서는 고등학교까지 공부했는데 어린 시절 추억이 별로 없어요. 내가 남편을 만난 후 혼인하겠다고 했더니 가족 모두 놀라며 반대했어요. 내가 막내고 어리니까 걱정했던 거죠. 엄마와 언니는 내 결정에 공감하고 응원해주셨어요.

학교 다닐 때 한국 드라마를 많이 봤어요. 〈유리구두〉, 〈대장금〉 등 드라마로 한국에 대해 조금 알게 되면서 한국 사람에 대해서 호감을 느끼게 되었어요. 남편을 처음 만났을 때 완전하게 마음에 들지는 않았으나 인상이 참 좋았어요. 또한 남편 이름에 배우 소지섭 씨와 같은 '섭'이 있어서 더 호감을 느끼게 됐어요. 국제결혼에 대해 많이 알고 있는 언니가 '한국에 가게 되면 하고 싶은 일을 할 수 있고, 복지시스템도 잘 되어 있다'라고 말해줬어요. 혼인을 할지 말지 고민할 때 들려준 언니 조언이 큰 영향을 미쳤죠. 물론 도전적이고 새로운 걸 좋아하는 내 성향도 한몫했죠. 두려움이나 걱정은 없었지만, 엄마 품에서 떨어지는 게 너무 아쉬웠어요. 엄마는 남편에 대한 신뢰가 있었고, 나를 응원하며 시집보낼 준비를 하고 있었어요.

내가 한국에도 '장단점이 있다'라고 대답하면……

한국에 도착했을 때 남편이 인천공항까지 마중 나왔어요. 광주로 내려오는 길에서 '왜 이렇게 산이 많지?'라고 생각했던 기억이 떠올라요. 광주에 도착한 후 수많은 아파트를 보면서 놀랍고 신기했어요. 어릴 때 농촌에서 살아서 냉장고와 에어컨 등 전자제품은 거의 사용해보지 못했어요. 모든 게 신기했던 기억이 나요. 음식이 다양해서 신기했고, 커다란 복숭아를 보며 감탄하기도 했어요. 광주에서 맛있는 음식을 먹을 때 원가족이 많이 생각났어요. 한국으로 이주할 때 '시댁 식구가 좋은 분들이면 좋겠다. 가정폭력 없이 나를 존중해주는 가족이면 좋겠다'라고 바라는 마음이 컸죠. 당시 불행한 국제결혼 사례를 언론에서 많이 들었거든요. 남편이 술 마시고 아내를 폭행했다는 뉴스도 있었어요. 그래서 한국으로 이주하는 내 안전을 위해서 엄마가 기도하셨죠. '베트남 가족을 챙기지 않아도 괜찮으니 너만 행복하면 된다'라고 거듭 말씀하셨어요. 한국에 도착한 후 엄마가 가장 보고 싶었어요.

혼인 후 바로 아이를 가졌어요. 입덧이 심했고, 출산 후 통증이 심해서 밤잠도 제대로 못 자서 몹시 힘들었어요. 낯선 땅에서 아이를 어떻게 키워야 하는지, 아플 때는 어떻게 해야 하는지 걱정이 많았어요. 입덧이 심해서 매우 힘들었을 때 감사하게도 시부모님께서 잘 돌보아주셨어요. 아들 3형제를 두신 시부모님께서 나를 딸처럼 대해주셨거든요. 가끔 남편과 갈등으로 힘들고 답답할 때 시부모님 댁을 찾아갔어요. 그분들의 위로를 받고 기운을 내서 돌아오곤 했어요.

외출하면 내가 이주민이라는 걸 알고 무례한 질문을 하는 사람들이 많았어요. '남편 나이가 몇 살인지? 남편 월급은 얼마인지? 부부 사이는 좋은지? 남편이 잘해주는지?'라는 질문을 처음 만난 나에게 하는 걸 보며 불편하고 불쾌했지요. 또한 '한국은 어떤 게 좋은지? 한국에서 왜 사는지? 한국이 살기 좋은지?'라는 질문도 수없이 받았죠. 내가 '장단점이 있다'라고 대답하면, 상당수 사람은 '뭐가 그러냐? 한국이 훨씬 살기 좋지!'라며 이미 답을 정해놓았다는 듯 말하기도 했어요. 사람들 인식이 하루 이틀 사이에 바뀌지 않는다는 걸 알고 있으니 그냥 체념하며 살았죠.

택시를 이용할 때도 기분 나쁠 때가 많았어요. 택시 기사가 '베트남 사람과 혼인한 지인 가운데 이혼하는 사람이 많다'라고 내게 반복해서 말하더군요. 한두 사례로 '모든 베트남 사람이 나쁘다'라고 말하니 불편했어요. 시장에서 장을 볼 때 다른 말투와 다른 외모로 무시당해서 힘들었죠. 그래서 다른 사람에게 무시당하지 않고 당당하게 살려고 최선을 다해서 노력했어요. 다문화센터에서 진행하는 여러 가지 프로그램에 참여하고, 한국어도 열심히 배웠고, 운전면허증도 취득했어요. 한국 역사와 문화를 배우기 위해 검정고시 공부하고, 여러 활동과 봉사도 하며, 4년제 사이버 대학까지 졸업했어요. 자녀를 돌보면서 통역 일과 다양한 아르바이트도 했어요. 4년 동안 동네 학부모 자조 모임에서 베트남어 강사로 봉사했어요. 작년부터는 온라인 줌으로 강의하고 있어요. 우리 자녀가 이중언어, 즉 한국어뿐 아니라 베트남어도 할 수 있도록 열심히 강의에 임하고 있어요.

내가 힘들고 어려울 때 다문화센터에서 도움을 많이 받았어요. 센터에서 일하는 직원이 이주여성을 친절하고 따뜻하게 환대해줬어요. 그런데 요즈음에는 초창기에 있던 따뜻한 환대가 사라지고 행사나 실적을 높이려고 형식적으로 운영한다는 느낌이 들 때가 있어서 아쉬워요. 이주민으로서 내가 차별받은 경험이 많죠. 이주민에게 던지는 말투나 시선에서 차별받는다고 많이 느껴요. 가장 크게 차별받는다고 느끼는 건 한국인처럼 대우받지 못한다는 거예요. 한국어를 잘하고, 자격증이 있고, 대학교를 졸업해도 이주민은 특성화 사업으로 분류해 급여를 받고, 복지혜택이나 교육 기회도 적어요. 또한 정규직이 되는 게 쉽지 않아서 10년 동안 일해도 급여는 여전히 최저시급을 받고, 토픽 자격증도 매년 제출해야 하는 등 직장에서도 많은 차별을 받아요.

광주에서 10년 살았는데 유명한 관광지는 몰랐어요. 코로나19로 일을 그만두고 시간 여유가 생겨서 광주 문화해설사 자격을 취득하려고 공부하면서 광주에 관해 알게 되었어요. 광주는 5·18민주화운동 역사, 양림동, 무등산, 미술관, 박물관이 유명해요. 내가 다른 사람에게 광주를 소개한다면 5·18민주화운동을 알려주고 싶어요. 나는 광주가 음식도 맛있고, 따뜻한 정이 있어서 좋아요.

자녀가 공부를 잘하면 좋겠어요. 자녀가 건강하고 행복하게 자라면서 스스로 꿈과 비전을 찾으면 좋겠어요. 코로나19로 외출이나 등교를 할 수 없을 때 자녀와 집에만 있어서 힘들었죠. 사람을 만나는 것도 조심스럽고, 특히 고향에 갈 수 없다는 게 큰 어려움이었어요. 나는 정기적으로 모이는 모임이 있어요. 베트남 친구들과 한국 언니들이 서로 마음을 터놓고 이야기하려고 모이고 있어요. 자녀 양육과 교육에 관한 이야기를 나누고, 스트레스를 풀기도 하지요. 또한 SNS를 통해서 생활하는 데 필요한 법과 정보를 공유하고 있어요.

로마에 가면 로마법을 알아야

2015년에 광산구 인권 위원으로 활동했어요. 인권교육은 이주여성긴급지원센터에서 받았는데 교육 후에 베트남 동료 이주민을 상담해줄 수 있었어요. 물론 전문가는 아니지만, 인권교육을 받았던 내용을 토대로 미등록이주민과 유학생이 인권침해를 당할 때 대처하는 방법을 알려주고 조언했어요. 인권교육은 누구에게나 필요한 교육이지만, 특히 출입국관리사무소 직원, 동사무소와 구청 공무원, 학교 교사와 경찰 공무원이 받으면 좋겠어요.

인권교육은 강사 능력이 중요해요. 인권교육 참여자 수준에 맞춰 강의하고, 강의 내용을 준비하고, 이해하기 쉽게 사례를 제시하며 강의하면 좋겠어요. 또한 이주민 모국어로 강의하는 인권교육도 필요하겠죠. 내가 만약 '인권교육을 담당하는 강사'라면 '유학생과 이주여성과 함께 가정폭력과 성폭력에 대처하는 인권교육'을 하고 싶어요. 가정폭력을 당했을 때 신고하고 관계 기관에 도움을 요청해서 스스로 자신을 지키는 게 우선이라고 생각해요. 그래서 인권교육에서 활용할 애니메이션이나 동영상, 노래나 영상을 찾아서 재미있게 진행하면 효과적이겠죠.

동료 이주민에게 '로마에 가면 로마법을 알아야 한다고 하죠. 우리가 어려움에 직면하는 건 모르기 때문이라고 생각해요. 하루에 5~10분이라도 투자해서 법과 제도, 지식과 정보를 알아보면 좋겠어요. 한국에서 사는데 필요한 기본적인 교육을 받으면 좋겠어요'라고 말하고 싶어요. 함께 사는 선주민에게는 '이주민에 대한 선입견과 편견을 지니지 않았으면 좋겠어요. 이주민을 긍정적으로 바라보고 따뜻하게 환대해서 한국에서 적응하고 살도록 존중하며 함께 살아요'라고 말하고 싶어요. 내가 생각하는 인권은 인간답게 살고 스스로 자신을 지키고 보호할 수 있는 거예요. 자기 권리를 말할 수 있고 지킬 수 있는 자유가 인권이라고 생각해요. 그 누구로부터 강요받지 않는 삶을 살며 내가 스스로 선택할 수 있는 자유죠.

10년 후에 내가 좋아하는 가족과 행복하게 살고 있겠죠. 나중에 시골로 가서 마당이 딸린 집에서 살면서 주말에는 이주민과 언어를 함께 배우고 다양한 체험을 할 공간을 만들어 살고 싶어요. 학교와 유치원 등 기관에서 다문화이해교육을 하고 싶어요. 후배 이주민에게 '한국어와 문화를 잘 배우면 좋겠어요. 그리고 기본적으로 자기 스스로 보호하는 힘을 기르면 좋겠어요'라고 말하겠어요.

바라는 건 유익한 인권교육 프로그램을 만드는 거예요. 누구나 보편적으로 교육받을 기회가 있으면 좋겠어요. 사람들이 함께 자신 이야기를 나눌 공간과 시간이 있으면 좋겠어요. 평생을 공부하며 가족들과 행복하게 살고 싶은 사람이에요. 그리고 자녀에게 엄마 모국어를 가르치며 살겠어요.

아들에게 떳떳한 엄마가 되고파

김지선 · 베트남

아들 출산 후 헤어져

내 한국 이름은 김지선이고, 베트남 이름은 보티 김투이입니다. 세 자매 중 둘째 딸로 태어났어요. 가정 형편이 어려워서 학교 다닐 수 없었어요. 그래서 가난하고 어려운 가정에서 벗어나려고 국제결혼을 선택했어요. 결혼중개업체 소개로 남편을 만나서 2002년에 혼인하고 12월에 한국으로 이주했어요. 처음에 한국으로 이주할 때 무척 두렵고 무서웠어요. 하지만 국제결혼을 결정하고 선택한 이상 끝까지 살겠다고 다짐했어요. 한국어를 못하니 의사소통이 되지 않았죠. 한국어를 배운 후 남편과 제대로 의사소통하는 데 3년이 걸렸어요. 한국으로 이주한 지 3년이 지난 후 남편이 국제결혼 한 이유를 알게 되었어요. 남편의 혼인 목적은 자녀를 낳는 거였어요. 아들을 출산한 후 남편은 내게 좋은 사람을 만나서 새 출발하라며 이혼에 합의했어요. 한국으로 이주하기 전에는 한국에 관해서 아는 게 없었어요.

대학에 꼭 진학하고 싶어

광주로 이주할 당시에 건강이 좋지 않았어요. 겨울철이 되면서 몸도 아프고 마음도 아파서 한 달 내내 울었던 기억이 나요. 낯선 땅에서 사는 게 무척 힘들었고 또한 어떻게 살아야 할지 막막하기도 했어요. 아마도 겨울이라 더 쓸쓸하게 느꼈나 봐요. 이렇게 힘들고 어려울 때 다행히 남편 동생의 아내가 같은 집에 살아서 나를 챙겨주고 돌봐줬어요. 그래서 지금도 동서와 연락하면서 지내고 있어요.

이주민으로 사는 건 쉬운 일이 아니었어요. 나 혼자서 아들을 키우면서 경제적인 문제를 해결해야 하는 게 힘들었죠. 아들을 돌보려면 무엇을 해야 하고, 어떻게 해야 할지 몰라서 답답하기도 했어요. 모두 다 포기하고 싶을 때도 있었지만 내가 아들을 제대로 키우려고 무척 애쓰며 버텼어요. 한국으로 이주한 후 내내 거의 혼자서 생활해왔어요. 3년 전부터 사회생활도 하고 공부도 할 여유가 생겼어요. 직장 다니면서 검정고시도 합격했어요. 안정된 직장이 있어야 어려운 사람을 만났을 때 도울 수 있고, 아들에게도 떳떳한 엄마가 된다고 생각했어요. 아들을 생각하며 힘들고 어려워도 최선을 다해서 살아왔고 또한 살고 있어요.

아들이 중학교 3학년부터 사춘기를 겪으면서 거의 말을 하지 않아서 걱정이 많았어요. 나와 대화하려 하지 않았고 화를 많이 내기도 했어요. 다행히 아들이 고등학교에 입학한 후 나와 의논하고, 고민을 나누면서 관계가 개선되었어요. 아들이 어렸을 때 남편과 헤어졌기에 큰 충격을 받은 것 같아요. 그래서 아들이 나를 안쓰럽게 생각하면서 마음 아파하거든요. '부모가 헤어지지 않고 살았으면 좋았을 것'이라고 아들이 말할 때 몹시 마음이 아팠어요.

이주민으로서 살면서 힘들고 어려울 때 주변 사람들로부터 많은 도움을 받았어요. 당시에는 다문화센터나 국가로부터 거의 도움을 받지 못했어요. 남편과 이혼하기 전에 떨어져 살았기에 문자 그대로 사각지대에 있었지요. 다행히 직장 동료가 알려줘서 건강보험증이 없는 이주민을 돕는 기관을 알게 되어서 조금씩 도움을 받았어요. 복지 사각지대에 머물러 있는 사람을 돕는 시스템이 있어서 내게는 그나마 다행이었어요. 비록 내가 힘든 삶을 살고 있었지만, 베트남에 있는 동생을 대학에 보내고, 부모님도 틈틈이 도와드렸어요. 아들을 키우며, 베트남에 사는 원가족도 돌봐야 했으니까 어깨가 무거웠어요. 이제는 베트남 원가족을 돕는 일보다 나 자신과 아들을 위해 살기로 했어요. 아들에게 자랑스러운 엄마가 되도록 최선을 다해서 살고 싶어요.

이주민이라는 이유로 차별받은 경험이 많이 있죠. 한국으로 귀화했음에도 한국인으로 인정하지 않는 점이 힘들었어요. 직장에서 아무리 일을 잘해도 채용 기회가 있을 때 한국인을 먼저 뽑으면 이주 배경이 있어서 차별받는다고 느끼곤 해요. 한부모 가정에서 아들을 키우는 사람들이 많은

데 이주 배경을 가진 내가 아들을 혼자서 키우면 곱지 않은 시선으로 바라보는 게 괴로웠죠. 아직도 이주민에 대한 적절한 이해가 부족하단 생각이 들어요. 그래도 나는 순간순간 감사하며 살고 있어요. 내 주변에서 도움을 준 지인들 덕분에 잘살고 있어서 감사하게 생각해요.

광주에서 매년 김치 담는 행사가 있어요. 나도 직접 참가해서 김치 담는 걸 체험했어요. 한국인이 좋아하는 김치에 대해서 알게 되었어요. 종류도 다양하고 맛도 다양한 김치 담는 행사에 참가한 게 내게는 뜻깊은 일이었지요. 광주에서 오래 살았는데 사는 일이 바빠서 광주에 대해서 아는 게 별로 없어요. 평일에는 직장에 다니고, 주말에는 아들과 함께 시간을 보내니 돌아다니거나 여행할 일이 없었거든요.

내 꿈 중 하나는 대학교에 다니는 거예요. 하지만 아들이 아직 학생이니 내 꿈은 조금 미루고 있어요. 나중에 기회가 되면 꼭 대학교에서 공부하고 싶어요. 코로나19로 힘든 점은 직장에 일이 없어서 쉬어야 했던 거예요. 일할 곳이 없어서 경제적으로 너무 힘들었죠. 그래도 집에서 혼자 책을 보며 공부했어요. 나중에 기회가 있으면 요양보호사, 간호조무사, 사회복지사 자격증을 취득하고 싶어요. 정기적으로 모이는 모임이나 공동체는 없어요. 친한 친구 두 명과 함께 셋이서 자주 모여 살아가는 이야기를 나눠요. 슬픈 일이 있을 땐 전화로 위로하거나, 마음을 터놓고 이야기 나누는 늘 고마운 친구들이에요. 서로 이야기를 들어주고 공감하는 것만으로도 큰 힘이 되거든요. 한국 사람과 함께하는 모임이나 대화하는 공동체가 있다면 참여하고 싶어요.

한 번도 인권교육 받아 본 경험 없어

지금까지 한 번도 인권교육을 받아 본 경험이 없어요. 인권교육 받을 기회가 있다면 참여하고 싶어요. 서로에 대한 차이, 자녀 양육과 교육 방법, 그리고 법과 제도에 대해서 배우고 싶어요. 동료 이주민에게는 '힘든 일이 있어도 서로 대화하고 행복하게 잘 살면 좋겠어요. 의사소통을 할 수 없다면 다문화센터에서 도움을 받고 원활하게 소통하세요. 한국문화, 인권침해 교육, 법과 제도를 배우면 좋겠어요'라고 말하고 싶어요. 선주민에게는 '서로 소통하면서 같이 잘 살고 싶어요. 한국 국적을 취득했고, 한국에서 행복하게 살고 싶으니 함께 살아가는 이웃으로 대해주면 좋겠어요'라고 말하고 싶어요. 내가 생각하는 인권은 아는 만큼 누리며 사는 거예요. 자신이 아는 만큼 도움이 되고, 법과 제도에 관해서 제대로 알아야 지킬 수 있기 때문이에요.

10년 후에는 간호조무사 자격증과 사회복지사 자격증을 취득해서 안정적인 직장에서 일하고 있겠죠. 그리고 이주민이 겪는 어려운 점을 도와주는 사람으로 살고 있을 거예요. 매주 다문화센터에서 통역을 하고 있어요. 나중에 장애인시설이나 노인시설에서 봉사하고 싶어요. 음식을 나누고, 청소도 하고, 따뜻한 마음을 나누고 싶어요. 어린 시절에 할머니와 함께 살았는데 할머니가 아프셔도 돌봐줄 사람이 없었던 기억이 나요. 내 할머니를 생각하며 노인과 함께 따뜻한 마음을 나누고 싶어요.

후배 이주민에게는 '먼저 엄마로서 당당하게 살아야 자녀도 행복하게 살거든요. 자녀는 부모가 살아가는 모습을 보며 자라니까요'라고 말하겠어요. 나는 지금 삶에 감사해요. 나를 낳아준 부모님께 감사하고, 부부 인연이 짧았지만, 아이 아빠에게도 감사하고, 주변 사람들에게 감사해요. 어렵고 힘들 때 많은 도움을 주었던 모든 사람에게 감사한 마음뿐이에요. 감사한 마음을 지니고 살면서 나 또한 누군가에게 도움이 되는 그런 삶을 살고 싶어요. 내가 받았던 따뜻함과 감사함을 나누며 사는 사람이 되고 싶어요. 나는 광주에서 아들과 같이 사는 이주여성 김지선입니다. 이주민으로서 사는 삶이 쉽지 않지만, 아들과 함께 살 수 있다는 것에 감사하며 살고 있어요.

인권, 차별하지 않는 것

서민경 · 베트남

한국어 기초만 배우고 이주

서민경입니다. 4남매 중 큰딸로 태어나서 베트남 하노이Hà Nội 북쪽 하이즈엉Hải Dương에서 살았어요. 베트남은 남쪽과 북쪽의 날씨와 문화가 전혀 다르거든요. 부모님이 농부셔서 동생들을 돌봐야 했어요. 베트남에서 학교에 다닐 때는 등록금을 마련하려고 아르바이트해야 해서 힘들었어요. 고등학교 졸업 후 1년 정도 회사에 다니다가 친구 제안으로 국제결혼을 고민했어요. 베트남에서 드라마 영향으로 한국 이미지가 좋아져서 한국에 가고 싶은 마음이 생겼거든요. 한국 문화나 한국 생활이 좋아 보였고, 사람도 친절해 보였어요. 셋째 동생은 베트남에 온 여행객을 만나서 혼인하고 한국으로 이주했고, 나는 결혼중개업체 소개로 남편을 만나서 혼인하고 이주했지요.

처음 만난 남편 첫인상은 착해 보였고 목소리는 따뜻했어요. 그래서 국제결혼을 결심하고 부모님께 말씀드렸더니 걱정하시며 반대하셨어요. 한 달 후에 다시 찾아온 남편을 보고 부모님께서 허락하셔서 혼인하게 되었어요. 당시에 남편은 부모님께 '따님을 꼭 행복하게 해주겠다'라고 약속했고, 부모님께서는 그 약속을 믿고 승낙하셨죠. 혼인은 인생에서 가장 중요한 결정이고 선택이라 나도 처음에 두렵고 불안했지요. 그래도 남편이 나에게 친절했고, 나 또한 새로운 세상에서 사는 걸 도전하는 마음으로 혼인하기로 결심했어요. 남편이 혼인을 위한 서류 준비를 마치고 베트남에서 혼인했는데, 혼인하기까지 6개월이 걸렸어요. 한국으로 이주하자마자 바로 임신하고 아이를 낳았어요. 다행히 친정엄마가 베트남에서 광주로 오셔서 4개월 정도 나와 아이를 돌봐주셨어요.

한국 드라마 〈겨울연가〉를 보면서 한국을 이해했는데, 서로 사랑하는 모습이 예뻐 보였어요. 한국 사람은 친절하고 성격이 좋다고 생각했지요. 먼저 혼인해서 한국으로 이주한 친구에게 한국에 관한 이야기를 많이 들었어요. 베트남에서 한국어를 기초만 배워서 이주한 후 소통을 거의 못 했어요. 남편이 다문화센터를 알아봐 주었지만 아이 출산 후에 거의 다니지 못했어요. 그래서 인터넷이나 드라마를 보면서 한국어를 배웠어요.

2009년 꽃이 한창 피는 4월 어느 봄날에 한국으로 이주했어요. 남편과 함께 자동차로 인천공항에서 광주로 이동할 때 온통 산과 도로만 보여서 조금 걱정했어요. 남편이 도시에서 산다고 했는데 자동차 창밖으로 보이는 풍경이 달라서 걱정했죠. 남편 가족은 어떤 사람들인지 궁금했어요. '내가 가족과 어울려서 잘 살 수 있을까? 내가 광주에서 잘 적응하며 살 수 있을까?'라고 걱정도 했어요. 하지만 남편을 만나러 왔으니 당연히 기뻤어요. 처음에는 한국말을 거의 하지 못해서 남편과는 몸짓으로 소통했어요. 남편은 시댁 식구와 중간에서 소통하며 내가 적응하도록 도왔어요. 남편은 늘 나와 함께해 주었고 한국에서 사는 삶을 알려 준 정말 고마운 분이에요. 안타깝게도 남편은 4년 전에 내 곁을 떠났어요.

4년 전에 세상을 뜬 남편

현재 나는 광주에 있는 한 병원에서 간호조무사로 일해요. 두 딸을 키우면서 검정고시를 보고, 간호조무사 자격증을 따는 일이 쉽지 않아서 너무 힘들었어요. 이주민으로서 살아온 삶을 돌아보면 참으로 어려움이 많았다는 생각이 들어요. 한국어로 소통하지 못하고, 한국 문화에 대한 지식과 정보가 없으니 많이 고생했죠. 지금도 한국어를 완벽하게 말하지 못하니 열두 살 된 딸과 대화하는 데 어려움이 있어요. 이주 초기에는 아파서 병원에 가서도 의사가 하는 말을 알아듣지 못했어요. 회사에 다닐 때 의사소통하는 데 어려움이 많았어요. 다행히 시댁 식구가 이런 나를 잘 이해해 주셨어요. 한국어 존칭이나 빠른 문화에도 처음에는 적응하지 못했어요. 베트남은 상대적으로 느리고 여유로운 편이거든요.

내가 힘들고 어려울 때는 다문화센터에서 많은 도움을 받았어요. 특히 남편이 사망한 후에 기초생활수급자, 한부모 가정 지원에 관한 정보를 알려주었고, 행정복지센터 사회복지과에서 절차와 서류 준비를 도와주었어요. 살아가거나 생활하는데 모르는 게 있으면 묻고 배우며 살았어요. 이주민이란 이유로 차별받은 경험 많았죠. 회사에 다닐 때 한국말이 서투니까 무시했어요. 병원에서도 의학용어가 익숙하지 않아서 자주 물으면 귀찮아하고, 친절하게 설명해주지 않았어요. 어디에서든 한국어가 서툴러 무시당하는 순간을 오롯이 감당해야 했던 게 힘들었어요. 한번은 회사에서 한국 사람과 똑같이 일하는데 급여가 작았어요. 그래서 임금 차이가 나는 이유를 설명해달라고 해도 대답해주지 않았어요. 그러다가 남편이 찾아가서 문의하니 그때부터 한국 사람과 똑같이 급여를 주었어요. 이주민이 한국 사람보다 힘든 일을 더 많이 하는데 급여를 적게 받는 건 분명한 차별이죠. 급여 차이가 있다는 것도 사실 우연히 알게 되었어요. 회사에서 같이 일하는 한국인 직원이 급여명세서를 떨어뜨린 걸 우연히 보고 알게 되었어요. 그 사실을 알고서 고용센터에 전화해서 해결했어요.

광주는 음식도 맛있고, 날씨도 좋은 도시라고 생각해요. 광주 사람도 친절해요. 내가 사는 집 근처에 마트나 어린이집, 병원이 있어서 편리해요. 다른 도시에 살아본 경험은 없지만, 광주는 교통이 편리하고 여유가 있어서 좋아요. 나에게 광주는 정말로 따뜻한 도시예요. 다문화센터 선생님들이 나를 격려하고 칭찬한 덕분에 힘이 났어요. 간호조무사 자격증을 취득하려고 공부했던 간호학원 선생님도 친절하게 가르쳐줬어요. 광주 곳곳에 따뜻하고 친절한 사람들이 있어서 정말로 감사해요.

내게 꿈이 있다면 대학에서 공부하는 거예요. 남편이 갑작스럽게 사망해서 몹시 힘들었어요. 경제적으로 힘들었고, 또한 혼자서 두 딸을 키우는 어려움이 아주 많았죠. 나중에 내게 기회가 주어진다면 대학에서 사회복지학을 공부하고 싶어요. 주변 어려운 사람들을 돕고 사는 게 내 꿈이며 희망이에요. 이주 초기에 한국어가 서툴러 힘든 과정을 거쳤기 때문에, 그렇게 어려웠던 내 경험을 토대로 힘든 사람을 돕고자 해요. 그래서 지금도 의료봉사를 하고, 베트남어 통역 자원봉사도 하고 있어요.

코로나19로 힘든 점은 친구를 만날 수 없고, 모이지 못하고 퇴근 후에 집에만 있어야 했던 거예요. 스트레스가 쌓여도 풀 통로가 막혔으니 당연히 힘들었죠. 오랫동안 베트남 원가족을 만나러 갈 수 없어서 너무 힘들었어요. 정기적으로 모이는 모임은 베트남 고향 친구 모임과 간호학원에서 공부하며 만난 언니들과 모이고 있어요. 베트남 공동체에서는 자녀에게 베트남어 가르치는 모임으로 모여요. 모임에서는 사람들과 함께 자녀교육에 관해 이야기 나누고, 사춘기 자녀와 어떻게 지내야 하는지 서로 이야기하고 공감하면서 힘을 얻어요.

선주민에게 '감사하고 미안합니다'

2년 전 자원봉사 할 때 인권교육을 받아본 경험이 있어요. 법과 제도에 대해서 배웠어요. 한국에 산 지 오래되었지만 법과 제도에 대한 지식과 정보가 거의 없었는데 인권교육을 통해서 배웠어요. 상황에 따라 어떻게 대처해야 하는지 알게 되었어요. 사실 8년 전에 자동차 접촉 사고가 있었거든요. 자동차보험 회사에 연락해야 하는데, 내가 잘 몰라서 경찰서에 연락했어요. 상대방 차주가 이 정도 접촉 사고면 경찰서가 아니라 보험회사에 연락하면 된다며 당황해했던 기억이 있어요. 당시에는 남편이 무슨 일이 생기면 경찰서나 119로 연락하라고 해서 경찰을 불렀던 거예요. 인권교육을 통해서 상황에 맞게 대처하는 방법을 알게 되었어요. 그래서 인권교육은 내용도 중요하지만, 전문 지식과 정보를 갖춘 강사가 중요하다고 생각해요. 인권교육에 참여하는 대상에 맞게 천천히 그리고 이해하기 쉽게 강의하면 좋겠어요. 나중에 인권교육을 받을 기회가 있다면 적극적으로 참여하고자 해요. 인권에 대해서 제대로 아는 게 굉장히 중요하다고 생각하거든요.

내가 만약 '인권교육을 담당하는 강사'라면 법과 제도에 대한 지식과 정보를 알려주고 싶어요. 이주민으로서 마땅히 누려야 할 인권이 무엇인지 자세하게 알려주겠어요. 회사에서 차별받거나 부당대우 받을 때 어떻게 대처해야 하는지, 주택 매매와 임대과정을 어떻게 진행해야 하는지 알려주고 싶어요. 자녀와 함께하는 인권교육도 진행하면 좋겠죠. 동료 이주민에게는 '힘들어도 항상 노력하고 자녀를 생각하며 열심히 살면 좋겠어요'라고 말하고 싶어요. 선주민에게는 '먼저는 감사하고 미안합니다. 왜냐하면 내가 어려울 때 많은 도움을 받았는데, 아직은 도움받은 걸 되돌려주지 못해서 미안한 마음이 들어요. 10년 동안 광주에 살면서 받은 도움을 받았어요. 나중에 나도 다른 사람들을 돕고 나누면서 살겠어요'라고 말하고 싶어요. 내가 생각하는 인권은 차별하지 않는 거예요. 모든 사람은 차별받지 않을 권리와 알 권리가 있어요. 한국말에 서툰 사람도 존중하고 배려해야 한다고 생각해요.

어르신 돌보는 자원봉사에 참여

10년 후에는 내가 지금보다 더 단단한 사람으로 살고 있겠죠. 주변 사람들을 도우며, 몸과 마음 모두 건강하고 단단한 사람으로 살고 싶거든요. 어렵고 힘든 처지에서 사는 사람을 도우며 함께 살고 싶어요. 어르신을 돌보는 자원봉사를 꾸준하게 하고 있어요. 코로나19로 자원봉사를 못하고 있지만, 송정동에 있는 곳으로 찾아가 빨래하는 자원봉사를 했어요. 어르신과 함께 노래하고, 즐겁게 시간을 보내고 돌아오면 마음이 정말 좋아요. 반찬도 만들어서 나누는 자원봉사도 참여했어요. 시간과 여건이 허락하는 대로 자원봉사 할 기회가 있으면 참여하려고 해요. 후배 이주민에게는 '자신이 선택한 직업으로 꼭 성공한 인생을 살면 좋겠어요. 힘들고 어려워도 노력하고 힘쓰면 좋은 결과가 있을 거예요. 특히 한국어를 미리 배우세요'라고 말하겠어요.

이주민 자녀가 차별받지 않고 한국 자녀와 똑같이 대우받는 사회가 되면 좋겠어요. 이주 배경 어린이와 청소년이라고 곱지 않은 시선으로 바라보지 말고, 똑같이 따뜻한 시선으로 바라보는 사회가 되기를 기도해요. 서로 칭찬하고, 격려하는 따뜻한 사회를 함께 만들어가면 좋겠어요. 힘들고 어려울 때, 곁에서 도와주는 사람이 있다는 게 얼마나 기쁘고 행복한지 몰라요.

광주에서 12년 동안 사는 이주민이에요. 열심히 한국어 공부하며, 내가 하고 싶은 일에 최선을 다해 노력하며 도전하는 사람이에요. 현재는 하남에 있는 한 병원에서 간호조무사로 일하고 있어요. 통합 서비스 병동에서 일하는데 보호자 없는 할머니가 많이 입원해 계세요. 내가 친절하게 돌봐드릴 때마다 입원에 계신 할머니들이 위로받으셔서 무척 뿌듯해요. 내가 도움을 받았던 만큼, 나도 다른 사람들을 도울 수 있어서 좋아요.

내 입이고, 내 밥이다. 그리고 내 인생이다

샤크노자 · 우즈베키스탄

〈겨울연가〉나 〈별은 내 가슴에〉 통해서 한국 이해

나는 우즈베키스탄 안디잔Andižan에서 태어났어요. 어렸을 때 조부모님과 부모님의 형제자매들이 한집에서 함께 살았어요. 대가족으로 살았던 그때가 참으로 행복한 시간이었어요. 사촌 형제자매와도 재미있게 지내고, 순수했던 그 시절이 그리워요. 나는 첫째 딸이며 여동생 한 명과 남동생 한 명이 있어요. 가족 수가 점점 늘어나면서 부모님과 우리 남매는 분가했어요. 그 후로는 한 달에 한 번 정도 전체 가족 모임을 했어요. 우리 가족이 분가했을 때 내가 열두 살 되던 해였고, 우리 가족은 집을 짓기 시작했어요. 집 짓는 일에 참여했던 기억이 있어서, 현재 부모님이 살고 계신 집은 많은 추억이 담긴 소중한 공간이에요. 그러나 한국에 온 지 9년이 넘었는데 한 번 밖에 고향 방문을 못 해서 가족이 아주 그리워요. 남동생 또한 다른 나라에 살고 있고 얼굴 본 지 오래되어서 더 보고 싶어요.

처음에는 다른 나라에서 살겠다는 생각조차 못 했어요. 다만 다른 나라에 가보고 싶다는 막연한 생각만 있었고, 가는 방법도 모르고, 가도 될지 생각만 했었죠. 그런데 한국 사람과 혼인한 동네 지인의 혼인 사진을 보고 부럽다고 생각했어요. 사진이 너무 예뻤거든요. 그때 마음이 조금 흔들렸어요. 그런데 지인이 내게 혼인하고 싶다면 소개해줄 수 있다고 말하더군요. 지금 생각해 보면 다른 방법, 예를 들면 고용 허가 비자로도 한국에 올 수도 있었는데 당시에는 그 방법조차 몰랐어요. 그래서 혼인을 선택했어요. 사실 굉장히 두렵고 불안했어요. 갑자기 낯선 사람에게 내 인생을 맡겨야 한다는 생각, 그 나라에 대해 아는 것도 없다는 생각과 그 나라 언어도 모르니 두려운 마음이 들었어요. 또 '나를 어떻게 받아들일까?' 라는 걱정도 많이 했지요. 결국 결혼정보회사에서 소개한 남편을 만나서 혼인하고 한국에 오게 되었어요.

한국으로 이주하기 전에 한국에 대해서는 드라마 〈겨울연가〉나 〈별은 내 가슴에〉를 통해서 아는 게 전부였어요. 남성들이 모두 여성들에게 잘해주고, 다정다감하고 착한 사람이라고 생각했던 거지요. 한국에 관한 이해가 거의 없이 한국에 왔다는 건 도착해서 깨닫게 되었어요.

한국으로 혼인해 갔다가 15일 만에 다시 돌아온 사람이 있었어요. 한국 남성이 마음에 들지 않아 돌아왔다는 소문이 있었지요. 그런 소식을 들으니 두렵고 무서웠어요. 혼인해서 한국에 올 때 많이 불안했고, '나를 어떻게 생각할까?', '시댁에서 나를 잘 받아줄까?' 하고 걱정했던 게 사실이에요. 이런 상황에서 남편과 소통하는 방법에 차이가 있는 걸 알게 되었어요. 남편과 대화를 나누는 가운데 남편은 '청소가 잘 되고 깨끗한 집에 있는 걸 좋아한다' 하고 말하더군요. 조금 있다가 내가 '잠깐 집에서 쉬고 싶다'라고 말했는데, 남편이 그 말을 오해해서 '집안일을 하기 싫다'라고 받아들여서 핀잔을 주더군요.

다누리콜센터 도움으로 부부 갈등 이겨내

이런 힘들고 어려운 상황을 겪으며 들었던 생각은 이주민으로 살려면 한국어를 잘해야 한다는 걸 깨닫게 되었어요. 그래야 마음속에 있는 말까지 제대로 전달할 수 있으니까요. 마음속에 있는 말, 하고 싶은 말을 정확하게 하지 못하니 서로 오해가 생기고 다툼이 있다는 걸 알게 되었죠. 우즈베키스탄 고향에 있던 동생이 한국에 방문했을 때 나에게 '남편과 다투거나 싸울 때, 하고 싶은 말을 정확히 전달하라'라고 가르쳐줬어요. 그러면 마음이 한결 편해질 것이라 말해주었지요. 이전에는 남편 목소리를 들으면 부담스러웠는데, 동생 조언 덕분에 어느 순간부터 나도 목소리를 내서 말하기 시작했어요. 전에는 '왜 나만 계속 남편 말을 들어야 하지? 나만 잘못한 것이 아닌데?' 하며 일방적으로 듣는 게 너무 답답했지요. 당연히 한 번에 좋아지지는 않았어요. 내 목소리를 삼킬 때가 많았죠. 아무래도 한국어가 서투니까 제대로 표현하는 데 한계가 있을 수밖에 없었어요. 그래서 '미안하다'라고 싸움을 끝내려고 했어요. 싸우고 다투는 게 싫고, 지치고 힘들었어요. 또 다툼 후엔 남편이 말을 하지 않았어요. 같은 집에 살고 있어도 외로웠지요. 남편은 절대 먼저 '미안하다'라는 말을 하지 않는 사람이거든요. 그래서 하고 싶은 말이 있으면 문자로 보냈어요. 남편이 자기 말만 옳다고 하니까 속상하죠. 나는 남편과 잘 지내고, 함께 여행도 하며 여가를 즐기고 싶어요. 하지만 남편은 일하고 피곤하니까 집에서 쉬고 싶다고 해서 거의 데이트하지 못해서 아주 아쉬워요.

한국으로 시집오기 전에는 남편이 우즈베키스탄 언어를 배워서 통화하고 그랬어요. 그때는 참 좋았지요. 막상 내가 한국에 오니 상황이 달라졌어요. 내가 한국어가 서툴고 소통이 제대로 되지 않으니 갈등이 많아졌어요.

자녀 교육관이 달라서 힘들었어요. 또한 한국에서는 아내가 남편을 위로하고 존중해주는 문화가 있는 것 같더군요. 한동안 남편과 다툼이나 갈등이 심했어요. 그럴 때마다 화가 난 남편 때문에 힘들고 무서웠어요. 남편이 마음에 들지 않으면 화를 내서 무서웠어요. 이렇게 힘들었을 때 다누리콜센터에서 도움을 많이 받았어요. 남편과 내가 부부교육을 받으면서 달라지고 부드러워졌어요. 그리고 부모교육도 받고, 자녀 돌볼 힘을 키울 수 있게 되었지요. 나 또한 남편과 분리해서 자신을 챙기고 돌볼 힘이 생겼어요. 나 자신을 잃어버리고 남편만 보면서 살았다는 걸 깨닫고 나 자신을 찾기 시작했어요. 다누리콜센터가 아니었다면 그런 상황을 이겨내기 힘들었을 겁니다. 다누리콜센터 활동가가 나에게 큰 힘이 되었어요.

우즈베키스탄 통·번역사로 활동하고 싶어

광주에서 살면서 특별히 주변 사람들에게 차별받은 경험은 없었어요. 광주 사람은 친절하고, 인사도 잘하고, 도움이 필요하면 무엇이든 도와주려는 마음이 있었어요. 다만 언젠가 택시 탔을 때 아이가 차 멀미를 심하게 해서 차 안에서 토한 적이 있었어요. 그런데 택시 기사가 짜증을 내면서 세차비를 내라고 하더군요. '내가 한국인이었어도 이렇게 짜증을 내며 말했을까?'라고 생각해본 적이 있어요. 그리곤 특별히 차별받은 경험은 떠오르지 않아요. 사실 밖에 잘 나가지 못해서 광주에 대해서 잘 알지 못하는 것도 있어요.

코로나19 팬데믹 상황으로 힘든 점은 자유롭게 고향에 못 간다는 거예요. 더 나은 삶을 살려고 한국에 와서 가족을 이루고 행복하게 살고자 하지만, 그래도 고향이 그리울 때가 많아요. 2020년에 고향에 가기로 계획했는데 코로나19 팬데믹으로 갈 수 없어서 정말 힘들었어요. 아버지 건강이 좋지 않아서 곁에 머물며 간호해 드리고 싶었는데, 그렇게 하지 못해 마음이 아프고 속상하죠.

나는 꿈과 희망이 참 많았어요. 우즈베키스탄에서 살 때는 일하면서 자유롭고 재미있는 삶을 살았지요. 그런데 혼인하고 아이를 낳은 후에 집에만 있다 보니 9년이라는 시간이 흘렀네요. 그리고 몸과 마음이 자유롭지 못하니 스트레스가 아주 많았지요. 어학원을 다니며 한국어를 꾸준히 배우고, 나중에 우즈베키스탄 통·번역사로 활동하고 싶어요. 하지만 남편이 지지하고 응원하지 않으니 어려움이 있어요. 내가 경제적으로, 사회적으로 자유롭게 되면 혹시라도 내 마음이 변할까봐 남편이 미리 염려하는 듯해요. 남편이 나를 믿지 않는 게 가장 힘들어요.

그래도 광주에서 마음을 터놓고 이야기 나눌 수 있는 우즈베키스탄 여성 모임이 있어서 정말 좋아요. 이주여성인권교육연구소에서 10명에서 15명 정도가 모여서 함께 마음을 나누고 이야기할 수 있어서 참 좋아요. 통제가 없고, 마음이 편한 공동체죠.

'내 입이고, 내 밥이다. 그리고 내 인생이다'

인권교육을 제대로 받아 본 경험은 없어요. 나는 인권이 자기 자신을 보호하고 자유롭게 살 수 있는 것이라고 생각해요. 내가 만약 인권교육을 담당하는 강사라면, '자기 자신을 잃지 말고 자기 자신을 지켜야 한다'라고 알려주고 싶어요. 어떤 상황이든지 자기 자신이 가장 중요하니까요. 하고 싶은 것이 있고 그것이 옳다고 생각하면 그것을 해내는 힘과 용기가 필요하죠. 자기 자신을 소중하게 생각하고 아낄 수 있어야 해요. 누구를 위한 인생이 아닌 자기 인생을 위해 살아야 하는 거죠. 내가 생각하는 인권은 내 인생 자체예요. 나를 사랑하는 것과 내가 살아가는 이유예요. 밥을 먹을 때 편한 마음으로 먹는 것, 누구의 간섭과 통제도 없이 자유로운 것이 인권이라고 생각해요. 만약 누군가 '계속 먹는 것 봐. 뚱뚱해지겠어!'라고 말할 때, '내 입이고, 내 밥이다. 그리고 내 인생이다'라고 말할 수 있어야 한다고 생각해요. 내 권리는 내가 지켜야 하니까요.

다른 동료 이주민에게는 '먼저 한국어를 잘 배워서 남편과 제대로 소통하며 행복하게 사세요'라고 말하고 싶어요. 자신이 할 수 있는 일을 꾸준히 하다 보면 기회가 생길 거예요. 무엇이든 두려워하지 말고 자신 있게 자신이 옳다고 생각하는 길을 멈추지 않고 걸어가면 좋겠어요. 도움이 필요할 때도 많이 있겠지만, 때로는 스스로 눈물을 닦고, 스스로 이겨내야 할 경우도 있지요. 이주민이라서 할 수 없다는 생각은 멈추고, 용기를 가지라고 말하겠어요.

나와 함께 사는 선주민에게도 하고 싶은 말이 있어요. 9년 동안 한국에 살고 있는데, 도움을 준 많은 분에게 고마운 마음을 전하고 싶어요. 나뿐만 아니라 다른 이주민을 따뜻하게 대해주고 위로해주면 정말 좋겠어요. 이주민을 위한 안전한 공간, 여성의 이야기를 들어줄 수 있는 공간, 여성과 아이를 보호할 수 있는 안전한 공간과 사람들이 많으면 좋겠어요!

내 한국 이름은 백장미

10년 후에는 내가 할 수 있는 일을 하며, 나 자신을 위해 살고 있겠죠. 불안한 마음을 내려놓고 나만을 위한 삶을 살 거예요. 남편이 응원하고 지지해주겠죠. 우즈베키스탄 통·번역사로 일하는 멋진 내 모습을 상상해 봅니다.

후배 이주민에게 '만약 폭행당하거나 어려움을 겪고 있다면, 집에만 있지 말고 다문화가족지원센터나 다누리콜센터에 도움을 요청하세요'라고 조언할 거예요. 자기 인권은 스스로 지키면 좋겠어요. 낯선 환경에서 어떻게 해야 할지 잘 모를 수 있지만, 도움을 요청하면 말을 잘 전달할 수 있는 통역사가 있으니 겁내지 말고 꼭 도움을 요청하라고 말하고 싶어요.

나는 자유롭게 사는 꿈을 꿉니다. 일하고 싶을 때 일하고, 놀고 싶을 때 놀 수 있는 삶을 꿈꾸어 봅니다. 내 한국 이름은 백장미입니다. 드라마에 백장미라는 이름을 가진 배역이 있었는데, 그 이름이 참 이쁘다고 생각해서 그 후로 이 이름을 쓰고 있어요. 나는 시간이 날 때마다 이주민지원센터나 구청, 광산경찰서에서 통역으로 활동합니다. 세 아이를 둔 엄마이기도 하지요. 내가 할 수 있는 일을 할 때 가장 행복한 샤크노자입니다.

나를 챙겨주는 사람이 아무도 없다는 생각에

성○○ · 베트남

꽃다발과 패딩 준비해 인천공항으로 마중 나온 남편

나는 베트남 호찌민Hồ Chí Minh에서 태어나 고등학교 졸업 후 가족과 함께 농사일했어요. 당시 한국 사람과 혼인한 사람들이 많았고, 다들 잘산다고 들어서 나도 국제결혼을 결심했어요. 부모님은 내 선택을 응원하고 지지해주셨어요. 국제결혼 관련한 부정적 뉴스로 걱정하시긴 했지만, 남편을 만난 후 안심하셨어요. 어렸을 때 내 꿈은 의사나 경찰이 되는 것이었어요. 그러나 등록금을 낼 형편이 아니어서 대학교에 진학하지 못했죠. 2017년 호찌민에 있는 국제결혼중개업체를 통해서 남편을 만났고 6개월 정도 연락하다가 혼인했어요.

2018년 3월 한국으로 이주했어요. 비행기로 다른 나라에 가는 건 처음이었어요. 낯선 땅으로 이주하는 것이기에 떨리고 긴장도 되더군요. 남편이 꽃다발과 패딩을 준비하고 인천공항으로 마중 나왔어요. 나를 살뜰하게 챙겨주는 모습을 보며 남편이 괜찮은 사람이라고 생각했어요. 남편과 함께 시댁 가까운 곳에 살았어요. 다행히 남편이 나를 잘 챙겨주고, 시댁식구도 좋았어요. 경제적 생활이 조금 어려운 걸 제외하고 만족해요. 아이 출산 후 직장생활을 시작했어요.

가부장제 심한 가족, 결국 남편과 별거 중

한국 드라마 〈가을동화〉가 베트남에서 한참 유행했어요. 드라마를 보면서 한국을 이해한 게 전부예요. 그래서 한국이 어떤 나라인지 전혀 몰랐어요. 드라마에서 본 한국은 살기 좋은 나라였고, 한국 사람은 모두 멋있고, 경치도 좋고 바다도 아름다워 보였어요. 한국에 대한 지식과 정보가 전혀 없는 상태에서 넓은 세상에 나간다는 기대로 이주했어요.

이주민으로 살면서 한국어 소통과 문화 차이가 가장 힘들었어요. 남편과 나이 차이와 생각 차이가 컸어요. 또한 시어머니와 같이 살면서 여러 가지로 힘들고 어려웠어요. 베트남에서는 어머니와 아버지가 함께 음식 준비하거든요. 그런데 한국에선 여성이 음식 준비를 도맡아 하는 가부장문화가 가장 이해하기 어려웠어요. 시어머니는 항상 '남자는 하늘이다. 그러니 존중해야 한다'라고 말씀하셨어요. 남편은 시어머니와 같이 살면서 아무것도 하지 않았어요. 그래서 나에게 그 일을 다 하라고 하시니 정말 힘들었죠. 의사소통에서도 어려움이 많았어요. 의사소통이 안 되니 서로 어떻게 생각하는지 몰랐어요. 서로 갈등이 생기면 대화해야 하는데 한국어가 서투니까 답답했어요. 가족이니까 서로 더 이해해줘야 한다고 생각하는데 그렇지 않았어요. 남편은 고집이 센 사람이었고, 나는 남편과 계속된 갈등으로 더 이상 살 수 없어서 집에서 나왔어요. 베트남 언니 집에서 지내고 있는데 남편이 나를 데리러 왔더군요. 다문화센터에서 만난 언니에게 많은 도움을 받았어요. 집 근처에 사는 베트남 출신 동료로부터 도움을 받고 서로 위로하며 살았어요. 갈등이나 스트레스로 힘들 때는 친구들과 만나서 같이 먹고 이야기 나누며 풀었어요. 가족과 소통하기 어려울 땐 다문화센터나 지인에게 통역을 부탁했어요. 잠시 의사소통이 되었지만 깊은 대화를 나눌 수 없었어요.

남편 가족에게 차별을 많이 받았어요. 외국인 며느리라고 나에게 함부로 대했어요. 시어머니는 늘 남편 식사를 꼬박꼬박 챙겨주라고 말했어요. 똑같이 직장에서 일하고 집에 돌아와도 남편과 시어머니를 챙겨야 했어요. 이런 일이 거듭되니 나를 챙겨주는 사람이 아무도 없다는 생각에 서운했지요. 지금은 남편에게 이혼을 요청하고 아이들 양육권과 양육비에 관한 이야기를 나누었어요. 지금 어려운 점은 남편과 문제가 해결되지 않은 거예요. 아이들이 행복한 가정에서 자라도록 노력했는데 그러지 못해서 미안해요. 아이들에게 엄마의 사랑을 느끼도록 최선을 다하고 싶어요. 남편과 별거하고 있으니 아이들이 처음에는 불안해했는데 지금은 조금씩 안정되고 있어요.

광주는 사람 살기 좋은 곳이에요. 광주는 내게 제2의 고향이죠. 광주에서 첫 직장을 다녔고, 광주에서 첫 출발을 시작했으니 애정이 참 많은 곳이에요. 직장을 구하는 일이나 생활하기 편리하고, 물가도 비싸지 않아서 내게는 살기에 적합한 도시 같아요. 음식이 맛있고, 계절도 좋아요. 내가 좋아하는 사람들이 있는 곳이라서 광주가 정말 좋아요.

내가 정말로 하고 싶은 일은 통역이에요. 통역을 제대로 하려면 배워야 하는데 돈과 시간이 없어서 포기하고 있어요. 한국에서 살려면 많이 배우고 실력을 쌓아야 한다는 걸 알아요. 요즘도 텔레비전 뉴스를 보면 어려운 단어가 많아서 알아듣지 못하는 경우가 많아요. 내 곁에서 지지하고 응원해주는 사람이 있었다면 내가 하고 싶은 일을 성취할 수 있었을 텐데 그럴 수 없어서 정말 아쉽죠. 코로나19로 어려운 점은 베트남에 갈 수 없다는 거예요. 작년에 아버지가 매우 아프셨는데 코로나19로 찾아뵙지 못했어요. 코로나19가 잠잠해져서 베트남 가족을 빨리 보고 싶어요. 내가 사는 곳 근처에서 친구들과 같이 모이는 모임이 있어요. 내가 다니는 직장이 멀지만, 집 근처에 친구들이 있어서 이사하지 않고 살고 있거든요. 이 모임에서 사람들과 이야기 나누고, 서로 지지하고 응원해주면 힘이 되거든요.

한국에서 평생 살고 싶어

아직 인권교육을 받은 경험이 없어요. 베트남에서 학교 다닐 때 인권에 대해서 들어본 적은 있어요. 인권은 모든 사람에게 똑같은 권리가 있는 것이라 생각해요. 같은 사람으로서 같은 권리를 누릴 수 있다고 생각해요. 이주민이든, 선주민이든, 남성이든, 여성이든, 피부색이 달라도 모두 사람으로서 평등하게 살아야 하죠. 서로 존중하면서 사는 게 인권이라고 생각해요. 그래서 인권교육은 사람과 소통하는 방법, 서로 도우며 함께 사는 걸 나누면 좋겠어요. 이주민에게 함부로 대하지 않고, 무시하지 않으면 좋겠어요. 이주민도 귀한 사람이고, 한 가정의 소중한 자녀이므로 함부로 대하지 않았으면 좋겠어요.

내가 만약 '인권교육을 담당하는 강사'라면 '이주민을 차별하지 않았으면 좋겠다'라고 강의하겠어요. 동료 이주민에게 '법과 제도를 잘 지키면서 살기 바랍니다. 자기 일에 최선을 다하면 누구도 나한테 함부로 할 수 없을 거예요'라고 말하고 싶어요. 선주민에게는 '이주민이라고 무시하지 말고, 긍정적으로 바라봐주면 좋겠어요. 잘 살아보려고 이주했는데 무시당하면 속상하고 슬퍼요'라고 말하고 싶어요.

사람이 스스로 생각할 기회를 제공하는 인권교육 프로그램이 있으면 좋겠어요. 각자 자기 이야기를 나눌 수 있는 시간과 공간이 있으면 좋겠죠. 한국어로 이야기 나눌 기회, 한국 사람과 어울릴 기회가 많이 있으면 좋겠어요. 한국어로 제대로 소통하지 못하니 한국 사람들과 어울리지 못하거든요. 그래서 한국 사람들과 어울리면서 친구를 사귀고 싶어요. 내가 다니는 직장에는 한국 사람이 별로 없어서 한국어를 사용할 기회가 없어요. 나는 한국에서 평생 살고 싶어요. 나는 인권이 사람답게 살 수 있는 권리라고 생각해요. 모든 사람은 태어나면서 사람답게 살 권리가 있죠.

어려움을 당하는 사람들을 도와주고 싶어

10년 후엔 아이들이 성장해서 큰아이는 직장에 취직하고, 둘째 아이는 군대에 입대하겠죠. 나는 한국어를 열심히 배워서 텔레비전에서 들려주는 뉴스 내용을 모두 알아듣게 되면 좋겠어요. 언어가 가장 중요하다고 생각해요. 그리고 가능하면 어려운 사람들을 도우며 살고 싶어요. 한국어로 소통할 수 없는 사람들을 위해 통역하며 살고 싶어요. 나와 같은 처지에서 어려움을 당하는 사람들을 도와주고 싶어요.

후배 이주민에게 '여기에서 적응하려면 우선 한국어를 제대로 배워야 한다고 생각해요. 의사소통되어야 문제를 해결할 수 있고, 부부 갈등도 해결할 수 있어요. 아이가 태어나면 소통할 일이 많으니 한국어를 배우는 건 정말 중요해요'라고 말하겠어요. 내 자녀가 이주 배경 어린이와 청소년이지만, 한국에서 태어났고 한국에서 성장했으니까 한국 사람이에요. 그래서 이주 배경 어린이와 청소년이라는 이유로 아이들이 차별받지 않고, 따돌림당하지 않으면 좋겠어요. 그래서 자녀를 위한 다문화이해교육 프로그램이 있으면 좋겠어요.

여자들만 음식 만드는 추석 이해할 수 없어

배한주 · 베트남

드라마 보며 옥탑방에 대한 환상을 품기도

베트남 북쪽에서 살다가 광주로 이주했어요. 친구를 통해서 국제결혼에 대해 알게 되었지요. 그러다 언니 친구가 '한국 사람이 있는데 선보러가자'라고 제안했어요. 나는 남자가 마음에 들면 혼인해야겠다고 생각했어요. 당시에 남편이 친구랑 놀러 왔다가 나를 만났고, 나는 갑작스럽게 혼인하게 되었어요. 남편 형편이 어떤지 전혀 묻지 않고 혼인했는데 아마도 인연이 되려고 그랬던 거 같아요. 국제결혼을 하겠다고 말하자 처음에 엄마는 반대하셨어요. 엄마에게 딸이 나밖에 없으니 먼 곳에 시집보내고 싶지 않으셨던 거죠. 아빠는 내가 원하는 것을 하려고 할 때마다 항상 지지해주셨어요. 아빠는 늘 '네 인생을 살라'라고 말씀하셨어요.

베트남에서 어린 시절에는 할머니 품에서 커서 세 살까지 공주처럼 살았어요. 아빠가 도박중독으로 집안 형편이 몹시 어렵게 되었어요. 엄마가 열심히 일해서 모은 돈도, 할머니에게 빌린 돈도 도박으로 날리는 삶이 반복되었어요. 그래서 엄마 생각할 때마다 마음이 매우 아파요. 아빠가 도박중독에 빠지지만 않았어도 편하게 살고, 대학교에도 다녔을 거예요. 그래서 한국에서 힘들게 지낼 때마다 그때 일이 떠오르고 아빠에 대한 원망이 컸어요.

한국 드라마와 케이팝을 통해 조금씩 한국을 이해하고 알아갔어요. 좋은 집, 좋은 직장, 편하게 돈 벌고, 서로 사랑하고, 서로 도와주는 모습을 보며 전체적으로 한국이 참 좋다고 생각했어요. 하지만 한국에 와서 드라마와 현실이 정말로 다르다는 걸 알게 되었어요. 드라마에 나온 옥탑방을 보며 거기에서 살아보고 싶다는 기대도 있었어요. 옥탑방이 멋있어 보였거든요. 하지만 실제로 옥탑방은 생활하기에 나쁜 환경이라는 걸 알고는 무척 놀랐어요.

베트남에서 추석은 아이들을 위한 명절

2012년 4월에 한국으로 이주했는데, 봄이라 꽃이 피어서 좋았어요. 또한 한국에 오면 눈을 볼 수 있어서 기대가 컸어요. 베트남에서는 한 번도 눈을 본 적이 없었거든요. 인천공항에 도착한 후 자동차로 광주로 이동해서 몹시 피곤했어요. 한국에서 이주민으로서 살면서 가장 힘들었던 점은 병원과 동사무소를 방문한 때였어요. 당시에 서류를 발급받을 때 남편 신분증이 있어야 가능했어요. 남편 없이는 서류 하나 작성할 수 없었어요. 한국어가 서툰데 동사무소 직원은 '저쪽에서 작성하세요'라고 말하기만 했어요. 그래서 한국어 소통이 가능한 친구가 도와주려고 전화했는데도 동사무소 직원이 받지 않았어요. 서류 작성이 서툰 사람에게 상세히 설명해 줄 직원이 있으면 좋겠다고 생각했지요.

한국 음식과 문화도 처음에는 적응하기 힘들었죠. 된장, 김치, 생선, 김, 홍어, 미역에서 나는 냄새가 특이했고 깻잎도 색다르다고 생각했어요. 한국 사람이 고수 향신료를 먹을 때 불편한 것처럼, 나 또한 처음 먹는 한국 음식이 거북할 때도 있었어요. 남편 가족은 내가 한국으로 이주했으니 먹어야 한다고 말했어요. 조금 더 참고 기다려주었다면 좋았을 텐데 하는 아쉬운 마음이 있어요. 베트남에서 추석은 아이들을 위한 명절이에요. 아이들을 위해서 잔치하거든요. 그런데 한국에서는 추석이 어른을 챙겨야 하는 명절이더군요. 가족이 함께 명절을 보내려고 모여서 여자들만 음식 만드는 걸 이해할 수 없었어요. 베트남에서는 가족 모두가 잔치에 참여해 즐기거든요. 월병을 먹고, 과일도 먹으며 가족 모두가 모여서 추석 명절을 축제처럼 보내요. 한국에서 맞은 첫 추석 명절은 낯설었어요. 며칠 동안 장보고 음식하고 산소에 가는 일은 잔치가 아니라 오히려 피곤한 일이었어요. 그래서 '나는 왜 여기 있을까? 나는 왜 이 고생을 하고 있을까?'라는 생각만 들었어요. 나뿐만 아니라 손윗동서도 고생했어요. 그래서 내가 시어머니께 '왜 음식 준비하는 일을 여자만 해야 하느냐?'라고 여쭈었어요. 시어머니 대답은 '옛날에는 하루에 열 번도 더 상을 차렸다. 지금은 많이 좋아진 거다'라고 대답하셨어요.

그래서 한국에서 추석과 설날 명절을 보낼 때마다 서러워서 울었어요. 엄마와 아빠가 더 보고 싶고, 베트남에서 보냈던 명절 추억이 떠올랐어요. 명절 때 남자는 아무것도 하지 않고 모든 걸 여자가 해야 하는 가부장 문화가 좋아 보이지 않았어요. 그래서 나도 명절 때 남자처럼 아무것 하지 않겠다고 '파업'을 선언하기도 했어요. 얼마나 힘들고 화가 났었는지 남편에게 더는 살 수 없다고 헤어지자고 말한 적도 있었어요. 다행스럽게도 남편이 '정말 고생했다. 어디 가서 쉬다가 오자. 그리고 갖고 싶은 게 있냐?'라며 토닥이며 위로해줘서 위기를 넘겼어요.

한국어 발음이 어눌하다 보니 사람들에게 놀림을 당하기도 했어요. 어떤 사람은 이주민이 이 정도 한국어 실력을 갖춘 게 대단하다고 격려하기도 하지만, 어떤 사람은 제대로 발음하지 못한다며 무시하기도 했어요. 그래서 나는 그들에게 한국어 외에 할 수 있는 다른 언어가 있는가를 되묻기도 했어요. 때로는 어린이가 내가 했던 말을 흉내 내거나 내가 말할 때 다시 말해 보라며 무시하고 놀릴 때 몹시 상처가 되었어요. 나도 한국어 발음을 고치려고 집에서 부단히 연습하는데 교정이 되지 않으니 더 속상하고 힘들었어요.

가끔 자원봉사 할 때가 있는데 그럴 때도 무시당하는 경우가 있어요. 수많은 행정 서류가 있어서 모르는 내용이 있기 마련인데 사람들이 '자원봉사 하면서 왜 이걸 모르냐?'라며 타박하기도 했어요. 자원봉사 관련한 내용을 안내할 때도 사람들이 '너 한국 사람 아니지? 어느 나라 사람이야? 한국 사람은 어디 있어?'라며 무례하게 말할 때 마음이 불편하고 속상했어요. 때때로 노동 현장에서 노동이주자와 사업주 사이에서 통역할 때가 있어요. 내가 통역할 때 한국인 직원이 '왜 노동자 말만 듣고 있냐? 한국 사람 말을 들어야지. 얘들은 아무것도 아니야'라고 말하며 이주민에게 함부로 대하는 일도 있었어요.

회사에서 내가 전화를 받을 때면 한국어 발음이 서툰 이주민이라 잘 모른다고 편견을 갖더군요. 무작정 한국 사람을 바꾸라고 요구하기도 해요. 내가 맡은 일과 관련되었음에도 내 이야기를 들으려고 하지 않는 사람도 있었어요. 그래도 내가 임신했을 때 버스에 탑승하면 많은 도움을 주는 어르신도 있었어요. 어떤 버스 기사는 아이와 함께 짐을 들고 타면 최대한 집과 가까운 정류장에서 내릴 수 있게 편의를 봐 줘서 고마웠어요. 이주민으로 살면서 주변 사람들 도움을 많이 받아서 고맙게 생각해요.

광주를 소개한다면 역시 음식이죠. 친구가 광주에 온다면 무등산으로 가서 보리밥을 먹은 후에 예쁜 카페에서 차를 마시겠어요. 국립아시아문화전당 안과 밖에서 문화를 살펴볼 수 있어요. 특히 광주는 5·18민주화운동 도시인 게 나에게도 자부심을 느끼도록 해요. 다른 지역에 사는 한국 사람을 4~5년 전에 만났는데 5·18민주화운동에 대해 잘 모르고 있더군요. 민주주의를 지키기 위해서 학생과 시민이 많이 희생당했어요. 5·18민주화운동이 한국 민주주의 기초를 만들었다고 생각해요.

여행하는 걸 좋아해서 언어와 관광 관련해서 공부하고 싶어요. 하지만 경제적인 여건과 공부할 시간도 없어서 미루고 있어요. 점점 나이가 들어가니까 대학을 졸업하고 안정된 직장을 구할 수 있을지 염려하고 있어요. 요즘에 한국 사람도 일자리 구하기 어려운데 '이주민인 나는 안정된 직장을 구하는 게 더 어렵지 않을까?'라는 생각이 들기도 해요. 그래서 공부해야 하는 이유가 점점 약해지고 또한 공부할 자신감도 떨어져요. 왜냐하면 돈과 시간을 낭비할 수 있겠다는 생각이 들거든요. 가족이 있으니 쉽게 결정하기 어렵더군요.

코로나19로 힘든 건 일자리가 많이 줄었다는 거예요. 학교 다니는 아이들도 불편하고, 특히 베트남에 다녀올 수 없는 상황이 어렵죠. 정기적으로 모이는 모임이나 공동체는 없어요. 베트남 공동체가 있지만, 잘 참여하지 않아요. 내가 생각하는 안전한 공동체는 서로 돕고, 서로 존중하는 곳이에요. 어려운 사람이 도움을 요청하면 바로 돕는 곳이죠. 모든 사람이 도움이 필요할 때 요청할 수 있는 공동체라고 생각해요. 그리고 거처가 없거나 머물 곳을 찾는 이주민이 잠시나마 머물 수 있는 쉼터가 있으면 좋겠어요.

인권, 좋은 인기척

인권교육을 받은 경험은 많아요. 노동자지원센터나 시청에서 인권교육을 받았어요. '나도 인권침해를 받았었구나. 인권에 대해서 잘 모르면 쉽게 인권침해를 당할 수 있겠구나'라는 생각이 들었어요. 직장에서 외국인 확인 증명서를 갖고 오라는데 그 이유를 알려주지 않아요. 나는 이미 국적 취득한 한국 사람인데 인정하지 않는다는 생각이 들어요. 아직도 이주민으로 생각하는 거죠.

인권교육 내용도 중요하지만, 가르치는 강사가 정말 중요하다고 생각해요. 우리가 인권침해 당할 때 어떻게 대처할지 사례를 제시하며 강의했으면 좋겠어요. 내가 만약 '인권교육을 담당하는 강사'라면 인권침해 사례와 대처했던 사례를 가지고 강의하겠어요. 또한 상대방과 다투지 않고, 평화롭게 이야기할 수 있는 내면의 힘을 키우도록 강의하고 싶어요. 화가 나는 상황이 있더라도 서로 감정이 상하지 않고 평화롭게 대화하도록 강의하겠어요.

동료 이주민에게는 '사람을 무시하지 말고, 다른 사람을 존중해야 다른 사람도 나를 존중해요. 이주민도 마음의 문을 열고 좋은 관계를 맺으면 좋겠어요'라고 말하고 싶어요. 선주민에게는 '같이 살아가는 이웃으로 편하게, 사이좋게 지내면 좋겠어요. 이주여성을 곱지 않은 시선, 불쌍하거나 무시하는 눈빛으로 바라보지 말고 똑같은 사람으로 봐주면 좋겠어요'라고 말하고 싶어요.

연극이나 동영상을 포함해서 미디어를 활용한 인권교육이 이해도를 높일 수 있다고 생각해요. 나는 인권은 좋은 인기척이라고 생각해요. 서로를 친절하게 대하는 거예요. 서로 친절하게 대화하면 좋겠어요.

여행가이드가 꿈

10년 후에는 여행가이드로 활동하고 있겠죠. 여기저기 돌아다니면서 아름답고 의미 있는 곳을 소개하며 살고 싶어요. 국내 이곳저곳을 안내하는 여행가이드가 되는 게 내 꿈이에요. 요즘은 베트남어 통역사로서 자원봉사 하고 있어요. 코로나19가 잠잠해지면 무등산을 홍보하는 일에 동참하고 싶어요. 관광에 대한 열정이 있거든요.

후배 이주민에게는 '일단 한국어를 잘 배우세요. 소통을 잘해야 무시당하지 않아요. 문화와 풍습이 다른 한국으로 이주했으니 한국을 이해하도록 노력해요. 너무 조급해하지 말고 천천히 걷다 보면 덜 힘들게 될 거예요. 한국으로 이주하기 전에 한국 문화나 풍습, 역사에 대해서 이해하고 오면 좋겠어요'라고 말하겠어요. 나는 베트남에서 이주해 온 배한주입니다. 광주출입국관리사무소에서 자원봉사로 통역하고 있어요. 나와 비슷한 상황에 있는 사람들을 돕고 싶은 마음으로 살고 있어요.

따뜻하게 대해주는 사람이 훨씬 많아

빈빈 · 중국

유학 왔다 만난 남편

중국 계림桂林에서 살다가 한국으로 이주한 빈빈이에요. 계림은 정말 아름다운 관광지라서 참 좋은 곳이죠. 한국으로 오게 된 계기는 넓은 세상을 보고 싶은 마음과 다른 나라로 가보고 싶은 마음이 있었는데, 마침 한국에 있는 지인 소개로 한국 이주를 선택하게 되었어요. 한국어 어학원에서 4개월 공부한 후 조선대학교에 입학했어요. 유학하러 왔다가 현재 남편을 만나 혼인하고 한국에 정착하게 되었어요. 조선대학교에서 신문방송학을 공부하고 졸업했어요. 중국에 귀국해서 일하다가 남편과 헤어질 수 없어서 다시 한국으로 왔어요. 외동딸이 국제결혼 하겠다고 했더니 엄마가 반대하셨지만, 결국엔 내가 한국으로 이주하는 걸 지지해주셨어요. 엄마는 현재 중국에서 혼자 살고 계세요.

노래나 드라마로 한국에 대해서 알게 되었지만 한국문화에 대해서는 잘 몰랐어요. 한국에 대해서 큰 관심을 두지 않고 살았어요. 한국 드라마에 나타난 한국이 정말 이쁘다고 생각했을 뿐이죠. 한국으로 유학하는 모든 과정은 스스로 찾았어요. 조선대학교는 지인이 소개해서 알게 되었어요. 유학원에서 수속하려고 시도했지만, 수수료가 너무 비싸서 대학 홈페이지에서 안내한 유학 절차를 따라서 지원했어요.

부부싸움 후 갈 데 없어 힘들기도

처음 한국에 유학하러 왔을 때 의사소통을 할 수 없어서 정말 힘들었어요. 그래도 '여기가 한국이구나. 내가 정말로 외국에 왔구나'라는 생각이 들면서 설레고 신기했어요. 남편과 혼인한 후 이주할 때는 이전보다 더 익숙하고 편안한 느낌이었어요. 대학교 다닐 때는 친구들도 있었고, 특히 중국 친구들이 있어서 거의 매일 재미있게 생활했어요. 그런데 혼인한 후 남편이 바빠서 나와 함께 시간 보낼 사람이 없다는 게 매우 힘들었어요. 또한 남편과 갈등하고 싸울 때 마땅히 갈 곳 없는 게 힘든 점이었어요. 아이를 키울 때도 곁에 아무도 없으니 힘들었죠.

아이 키울 때 병원에서 사용하는 전문용어를 알아듣지 못하겠더군요. 의사나 간호사가 하는 말을 녹음한 후 집에서 남편한테 물어보곤 했어요. 치과 진료는 더 힘들었죠. 치과의사가 빨리 말하니까 알아듣기 쉽지 않았어요. 생활하기 어려울 때 다문화센터에서 많은 도움을 받았어요. 출산 후에는 다문화센터에서 산모 도우미를 보내서 돌봐줬어요. 중국어가 가능한 산모 도우미를 파견해서 더 편하게 산후조리를 할 수 있었어요. 한국에서 만난 친구들을 포함해서 도움을 준 분이 아주 많았어요.

물론 차별받은 경험이 있지만, 특별히 커다란 상처를 받은 적은 별로 없어요. 광주문화재단 사업팀에서 일할 당시 나를 제외하고 모두 한국인 직원이었어요. 한국어가 서툴러 전화로 사업을 진행할 때 다른 직원에게 피해를 준다는 말을 들었던 적이 있어요. 아마도 한국 직원과 비교하면 내가 부족한 부분이 있었다고 생각해요. 지금까지 광주에 사는 동안 나에게 따뜻하게 대해주는 사람들이 훨씬 많았어요. 내가 스스로 이주민이라고 먼저 밝히면, 이해해주는 사람들이 많이 있었어요. 시댁 식구도 이해해주셔서 별다른 갈등이 없었어요.

광주는 국립공원 무등산이 있으며, 광역시 중 하나예요. 광주는 민주주의를 상징하는 곳이죠. 5·18민주화운동 중심지이고, 창의 도시이고, 특히 미디어아트도 뛰어난 것 같아요. 한국의 남쪽 지방에 있고, 제주도와 가까운 살기 편한 도시죠. 도시가 크지 않고, 정리 정돈이 잘 되어 있고, 병원 가는 게 편리한 곳이에요. 기관이나 관공서에서 문제 해결하고자 할 때도 절차가 잘 되어 있다는 생각이 들어요. 민주화 국가의 민주화 도시로 치안도 훌륭해요.

이전에는 중국과 한국 사이 문화교류를 연계하는 역할을 하고 싶었어요. 음악회를 개최하거나 문화 단체가 왕래할 때 통역과 번역을 담당했었고, 중국과 한국을 연결하는 일이 재미있었어요. 하지만 내가 한국으로 귀화하지 않은 이주민이라서 정규직이 아니라 계약직으로 일할 수밖에 없어서 아쉬워요. 혼인이민 비자로 안정된 직장을 얻는 게 힘든 점이고, 문화재단 일도 비슷한 이유로 그만두었어요. 코로나19로 중국에 갈 수 없는 것, 엄마를 볼 수 없다는 게 제일 힘들어요. 일 년에 한 번씩 두 달 동안 머물다가 왔는데 코로나19로 중국에 들어갈 수 없으니 그것이 가장 힘들어요. 엄마를 초대할 수도 없고요. 직장 구하기도 어렵고 문화재단에서 가끔 했던 아르바이트도 지금은 전혀 없어요. 정기적으로 모이는 모임이나 공동체는 따로 없어요. 다문화센터를 통해 만난 친구 그룹이 있는데 서로 마음속 이야기를 나누고, 서로 공감하고 위로해줘요. 육아, 남편과 시댁, 친정 문제도 함께 나누고 서로 공감할 사람들이 있어서 좋아요.

인권, 우리 주변에 가까이 있는 것

다문화평화교육연구소 소장이 진행하는 인권교육을 다문화센터에서 받은 적이 있어요. 연구소 소장은 프로그램을 계획하고 실행할 때 센터 실무자가 아니라 프로그램에 참여할 이주민 욕구와 필요를 조사해야 한다고 말했어요. 교육프로그램 참여자가 필요한 것이 무엇인지 묻고 조사한 후에 기획하고 시행해야 한다는 말에 공감했어요. 그런데 다문화센터에서 프로그램을 준비할 때는 참여자 욕구와 필요를 파악하지 않고 진행하다 보니 참석률이 적은 게 사실이거든요. 센터 실적을 위한 프로그램이 아니라 참여자 중심으로 프로그램을 계획하고 진행해야 한다고 생각해요. 우리가 습관적으로 했던 생각을 성찰하고, 배운 것을 점검하고, 스스로 지식을 깨우쳐 아는 게 중요하고, 서로 비추어 서로에게 배우는 게 중요하다고 지적했어요. 공감하는 인권교육이었어요. 그래서 계속해서 인식 변화에 대해서 생각하고 성찰해요.

인권교육을 받은 후 인권 감수성이 생겼어요. 내가 하고 싶은 걸 선택하는 게 인권이라고 생각해요. 인권교육을 받은 후 '인권은 내 주변에서 늘 만날 수 있구나'라고 생각하게 되었어요. 배운다는 것이 중요한 것 같아요. 그래서 강의 내용이 중요하다고 생각해요. 내가 만약 '인권교육을 담당하는 강사'라면 내가 깨달았던 것처럼, 인권이 무엇인지 자세하게 이야기하겠어요. 나처럼 인권이 무엇인지 잘 몰랐던 사람들에게 내 깨달음과 경험을 나누고 싶어요.

동료 이주민에게 '인권교육에 참여하면 좋겠어요. 아는 것이 중요하고 알고 나면 재미있기도 해요'라고 말하고 싶어요. 선주민에게도 '인권교육을 받으세요. 선주민도 인권에 대해 잘 알지 못하는 거 같아요. 한국에 이주민이 많이 오는데 이주민과 함께 선주민도 인권교육을 받아야 한다고 생각해요'라고 말하고 싶어요. 그래서 인권교육을 받을 수 있다면 적극적으로 참여하고 내가 할 수 있는 게 있다면 함께하고 싶어요. 나는 인권이 우리 주변에 가까이 있는 것이라고 생각해요. 인권은 나를 지키는 것이며 또한 다른 사람이 인권침해 당하는 걸 아는 거예요.

더 큰 세상으로 나가고 싶어

10년 후 삶에 대해서 생각해 본 적이 없어요. 한국이 아닌 다른 나라에서 살 수 있으면 좋겠어요. 더 큰 세상으로 나가는 것이 내 꿈이에요. 넓은 세상을 보고 싶고, 딸에게도 그 넓은 세상을 보여주고 싶어요. 이주민으로 살아가는 게 어렵지만, 그래도 재미있는 일이기도 해요. 항상 신기하고 새로우니까요. 후배 이주민에게는 '한국에 왔으니까 함께 열심히 살아요. 배울 기회가 많으니까 잘 배울 수 있으면 좋겠어요. 부모교육과 같이 다양한 기회가 있고, 알아가는 기쁨도 있어요. 내가 가진 고정관념을 깨뜨리고 사고를 확장하는 데 많은 도움이 되거든요. 배울 기회가 생기면 무조건 많이 배우세요'라고 말하겠어요.

이주 배경 가정이라고 멀리하는 학부모가 있더군요. 딸아이 친구 엄마가 자녀에게 내가 중국인이라 친하게 지내지 말라고 했더군요. 이럴 때 딸에게 어떻게 설명해야 할지 정말 난감하고 속상해요. 이주민으로서 한국 사람과 사귀는 일이 쉽지 않아요. 다가가는 걸 싫어할까 싶어서 자신감이 점점 없어지네요. 한국어로 제대로 소통하지 못하니 더욱 한국 사람과 어울리는 데 제약이 있어요. 하지만 언어는 사람과 사람이 어울리는 데 단지 일부분이라 생각해요. 공감하고 같이 어울리는 선주민을 만나는 게 쉽지 않아요. 그래서 선주민과 함께 하는 일이 줄어들고, 이주민공동체하고만 어울리게 되거든요. 그러니까 선주민도 열린 마음으로 이주민에게 다가오고, 이주민도 적극적으로 다가가는 연습이 필요하다고 생각해요. 서로 만나서 친해질 기회가 많으면 좋겠어요.

정말 내가 바라는 건 우리 아이들이 사는 세상은 달라지면 좋겠다는 거예요. 이주 배경 가정이라는 울타리로 묶여 살지 않고 선주민과 어울려 사는 공동체를 만들면 좋겠어요. 우리 아이들은 한국에 태어나서 한국에서 성장한 한국 사람이잖아요.

　나는 10년 넘게 한국에서 이주민으로 사는 빈빈입니다. 서구청에서 외국인 민원 안내자로 일하다가, 지금은 동구가족센터에서 일하고 있어요. 더 넓은 세상을 경험하고 싶고, 더 많은 것을 배우고 싶고, 알아가는 즐거움을 좋아하는 사람입니다. 선주민이든 이주민이든 어울려서 함께 살고 싶어요.

'우리 엄마 중국 사람이다'라고 당당하게 말하는 딸

손선화 · 중국

중국에서 둘째로 태어나 받은 설움

1980년에 중국에서 오빠가 하나가 있는 집에서 둘째로 태어나 서러움을 많이 받았어요. 당시 중국에서는 집마다 아이 한 명만 낳을 수 있었는데 내가 둘째로 태어났거든요. 둘째가 태어날 때 벌금을 내야 했지만, 벌금을 낼 형편이 아니어서 집을 빼앗겼다고 들었어요. 그래서 부모님은 나로 인해서 더 가난해졌다고 생각하시며 나를 별로 좋아하지 않았어요.

중학교 2학년부터 식당 아르바이트를 해야 했어요. 낮에는 학교 다니고 저녁엔 11시까지 식당에서 일했죠. 고등학교까지 식당에서 일했어요. 그 후 친구와 함께 상하이를 거쳐 홍콩에 가려고 했는데 뜻대로 안 돼 청도로 가게 되었어요. 낯선 환경에서 친구나 도움을 받을 사람 없이 생활했어요. 머물러 있던 여관 주인이 소개해 준 한국 인형을 만드는 회사에서 일했어요. 대학생이 된 오빠는 내게 컴퓨터를 비롯해 요구하는 것이 많았어요.

청도에서 한국어를 배우고 친구도 사귀게 되었죠. 이후에 다른 회사로 이직해서 2년 정도 일했는데 그동안 부모님께 연락하지 않았어요. 내가 태어나고 싶어서 태어난 것이 아닌데 오빠와 차별이 너무 심했죠. 그래서 속상하고 원망스러웠어요. 결국 오빠는 좋은 대학에서 공부하고 졸업한 후 대학교수가 되었어요. 나도 무척 공부하고 싶었지만, 공부할 돈도 없었고, 나를 지원해 주는 사람도 없어서 공부할 수 없었어요.

한국 회사에 다니다가 남편을 만났어요. 남편이 중국 상하이로 와서 일하게 되었을 때 중국 상하이에 있는 친구를 통해서 만났어요. 서로 2년 정도 사귀다가 혼인한 후 한국으로 이주했어요. 한국에 대해서 한국 드라마를 보며 조금 알았어요. 10년 전에 광주 동구로 이주했는데 당시에는 내가 사는 곳이 시골 같았어요. 내가 가지고 있던 한국에 대한 환상은 유리가 산산조각이 나듯 깨진 느낌이었어요. 지금은 내가 사는 곳도 많이 좋아졌어요.

'중국 국적을 포기하지 마라' 권유

한국으로 이주할 때 무등산에 가는 걸 기대하고 왔어요. 2월에 눈이 올 때 무등산은 정말 예뻤어요. 남편이 중국에서 먼저 한국으로 들어와서 사업을 시작했고, 나는 나중에 한국으로 왔어요. 이주민으로서 살면서 취직할 때가 제일 어려웠어요. 내가 하고 싶은 일과 하고 싶지 않은 일을 선택할 수 없었어요. 채용 조건을 갖춘 후 취업하려고 할 때마다 한국어 발음을 듣고 이주민이라고 채용하지 않았어요. 한국 국적을 취득해도 늘 외국인이고 이주민으로 취급해요. 이주민이라서 취직에서 거절당할 때 가장 힘들었죠. 한국으로 귀화한 후 나는 중국에 갈 때는 한국 사람이라 입국비자를 받아야 했어요. 그런데 한국에서는 귀화했어도 중국 사람이라고 거절당해서 무척 당황스러워요. 그래서 친구나 후배에게 '중국 국적을 포기하지 마라'라고 말해요.

한국에서도 딸 낳았다고 구박

한국으로 이주한 후 남편과 함께 시부모님 모시고 살았어요. 시아버님께서 대학교를 졸업하셨고, 유교문화의 예의범절을 중요하게 생각하는 분이셨어요. 그런데 내가 중국에서 배운 한국어는 반말밖에 모르고 존댓말은 못 배웠거든요. 그래서 시부모님과 사는 게 참으로 어려웠죠. 남편은 큰아들이라 집안에는 제사가 매우 많았어요. 이런 배경을 가진 집안으로 혼인한 후 곧바로 임신했는데 아무도 배려해주지 않았어요. 어른이 먼저 먹어야 아랫사람이 먹을 수 있었고, 어른이 식사를 마치면 물을 떠다 드려야 했어요. 또한 임신 중에도 많은 제사 준비로 정말 힘들었어요. 첫아이가 태어나고 더는 이렇게 못 살겠다는 생각을 들었어요. 남편 사업 실패로 차도, 집도 없어졌어요. 시어머니는 남편 사업 실패 원인을 내게 돌리셨고, 남편은 여전히 시어머니 편을 들었어요. 정말 서러웠지요. 추운 겨울에 4개월 된 아기를 등에 업고 나왔으나 마땅히 갈 데가 없었어요. 중국에 돌아가고 싶은 마음도 있었는데 자존심 때문에 갈 수 없었어요. 가족에게 어렸을 때 받았던 서러움까지 떠올랐어요. 첫아이 낳은 후 산후우울증이 생겼는데 강하게 버티고 이겨냈어요.

그래도 한국 생활하면서 도움을 받은 고마운 사람들이 있어요. 점심만 여는 식당에서 일하고 싶은 마음에 내가 사장님께 부탁했어요. '이곳이 내가 구직하는 열 번째 식당이에요. 나를 꼭 채용해주세요'라고 간절하게 부탁했더니 사장님이 부탁을 듣고 채용해주셨어요. 이렇게 식당에서 일하면서 조금씩 남편 빚도 갚아나갔지요. 2년이란 시간이 흐르니 경제적으로 조금 여유로워졌어요. 그래서 컴퓨터 자격증을 위해서 공부하고 자격증을 취득했어요. 이후에 호남신학대학교 구내식당에서 2년간 일할 수 있었죠. 당시에 함께 일했던 영양사 선생님이 나를 많이 위로해주셨어요. 아이가 아플 때마다 영양사 선생님께서 많이 배려해주셨어요. 정말 고마운 분이었지요. 그래서 영양사 선생님과 함께 장백산에 다녀오기도 했어요. 날마다 일할 수 있으니 조금씩 돈을 모을 수 있었죠.

그런데 둘째 아이를 갖게 되니 처음엔 반갑지 않았어요. 시댁 식구는 둘째 아이가 아들이라 생각하고 잘해줬는데 또 딸을 낳으니 반기지 않더군요. 그때 또다시 어려운 고비를 만났어요. 내가 태어날 때도 그랬고 딸이 태어날 때도 마찬가지로 여성이라는 이유로 차별받는 게 정말로 힘들고 괴로웠어요. 지금은 내게 둘째 딸이 있어서 얼마나 기쁘고 행복한지 몰라요. 둘째 딸이 태어난 후 마을공동체 만드는 일을 시작했어요. 어떻게 해야 할지 몰라서 두렵고 겁이 났는데 좋은 공무원을 만나서 많은 도움을 받았어요. 미국에서 생활하다 온 경험이 있는 분이라 이주민 마음을 잘 이해해줬어요. 따뜻한 말로 격려하고 위로해줘서 큰 힘이 되었지요. 내가 한국에서 살면서 세 분의 고마운 사람을 만난 건 행운이었어요. 7년 동안 집 없이 살다가 드디어 내 명의로 된 집을 갖게 되어 마음 한편이 든든해요. 내 아이들을 위해서 최선을 다해서 열심히 살아요. 큰딸이 '우리 엄마 중국 사람이다'라고 당당하게 말할 때 너무 귀엽고 고마웠어요.

이주민으로 살면서 취업 관련해서 차별당한 적 있어요. 취업 면접에서 계속해서 나만 떨어지는 일이 허다했어요. 한국 국적을 취득했지만 '외국인 채용합니다'라고 알린 회사에만 취업 지원을 해야만 했어요. 외국에서 왔다는 자체로 차별받고 있다는 생각이 들었어요. 내가 취업해서 할 일이라곤 99퍼센트 식당에서 설거지하는 일이었어요. 그래서 이주민 일자리를 만들고 주체적으로 살 방법으로 협동조합을 만들려는 꿈을 키우게 된 것이죠. 지금은 비영리단체를 만들어서 활동하고 있고, 협동조합을 만들려고 2년 계획을 세우고 최선을 다해서 준비하고 있어요.

광주에 대한 첫 느낌은 차가운 도시였는데 살아보니 따뜻한 도시이고 친절한 도시라는 느낌이 들어요. 나는 무등산을 참 좋아하는데, 중국에 있는 장백산보다 무등산이 더 아름답다고 생각해요. 무등산에 올라서 바라본 주변 풍경이 정말로 아름다웠어요.

이주 배경 자녀로 성장하는 아이들을 키우는 게 힘들어요. 엄마가 한국어로 의사소통하는 게 부족하니 아이들도 눈치를 보는 것 같더군요. 학교에서 친구들이 '너희 엄마 외국인이지?'라며 소외시키기도 했어요. 특히 다른 외모를 가진 아이들은 따돌림을 당하기도 해요. 이주 배경 자녀와 어울리지 말라고 자녀에게 말하는 학부모도 있어요. 부모 생각이 자녀에게 끼치는 영향이 매우 크다고 생각해요. 학부모 회의에 처음 참여했을 때 내가 외국인이라는 이유로 소외당하는 느낌이 들어서 2학년부터는 참여하지 않았어요. 자녀 엄마가 이주민이라는 이유로 소외당하는 일은 참기 힘들어요. 물론 이주 배경을 가진 부모가 더 당당해져야 하는데 나 역시 그렇게 행동하기 어렵네요. 그래서 학교에서 학생과 학부모와 함께하는 다문화이해교육 프로그램이 있으면 좋겠어요.

코로나19로 밖에 나가서 배우는 일을 할 수 없어서 힘들어요. 한국어도 배우고, 다른 사람과 소통해야 하는데 코로나19로 할 수 없으니 어렵죠. 정기적으로 함께 모이는 공동체가 있어요. 이주민과 함께 '다동애'라고 이름을 지어서 모임을 하고 있어요. '다동애'는 '다문화여성들은 동구를 사랑해愛'라는 의미를 가진 마을공동체예요. 다양한 나라에서 이주한 이주여성이 모여 있는 단체예요. 서로 마음속 깊은 이야기 나누고, 서로 위로하고 서로 격려하는 좋은 모임이에요. 가방도 함께 만들며 좋은 시간을 보내요. 곁에서 함께하는 사람들을 생각하면 너무 행복해요.

영어나 전문용어 때문에 강의 이해하기 어려워

2년 전에 지방선거 투표권에 관한 인권교육을 받은 경험이 있어요. 이주민에게도 지방선거 투표권이 있다는 걸 배웠는데, 법과 관련한 전문용어가 너무 많아서 기억나는 게 많지 않아요. 이주민 수준을 고려한 단어와

용어를 선택하면 좋겠어요. 영어나 전문용어를 사용하고 강의를 빠르게 진행하니 이해하기 힘들어요. 그래서 참여자 언어와 이해 수준을 고려해서 강의하는 강사가 필요하다고 생각해요.

인권교육을 받으며 '이주민뿐만 아니라 선주민도 함께 인권교육을 받는 게 좋겠다'라고 생각했어요. 이주민과 선주민이 서로 이야기를 나누고 듣고 하는 기회가 있으면 좋겠어요. 이주민으로서 한국 사람과 만나고 접촉할 기회가 많지 않아요. 이주민과 선주민이 서로 만나본 경험이 적어서 생긴 두려움이나 장벽 때문에 다가가기 쉽지 않거든요.

내가 만약 '인권교육을 담당하는 강사'라면 실제로 이주여성이 자신 스스로 보호하는 법을 가르치고 싶어요. 자기 권리를 알아야 스스로 보호하고 권리를 챙길 수 있거든요. 자녀 돌봄과 양육과 교육 관련한 지혜를 나누면서 스스로 힘을 기르는 인권교육을 하고 싶어요. 동료 이주민에게는 '낯선 땅으로 이주했지만 두려워 말고 열심히 강하게 살아요. 나도 한국에서 10년 살았는데 살아보니 따뜻한 사람들을 만나기도 했어요. 우리가 얼마나 노력하고 사느냐에 따라 우리 미래가 달려 있다고 생각해요. 힘내세요'라고 말하고 싶어요. 선주민들에게는 '우리도 귀하게 컸어요. 귀하게 봐주고 받아주세요. 한국에 잘 살려고 온 사람들이에요'라고 말하고 싶어요.

선주민과 이주민이 같이 할 수 있는 인권교육을 제안해요. 이주 배경 자녀를 위한 교육과 프로그램이 있으면 좋겠어요. '이주 배경을 가진 엄마가 용기 있고 훌륭한 사람'이라고 용기와 자존감을 키우는 프로그램이 있으면 좋겠어요. 내가 생각하는 인권은 자유예요. 자유롭게 하고 싶은 말하고, 자유롭게 하고 싶은 일 하며, 자유롭게 가고 싶은 곳을 가는 것이죠. 피부색이나 외모로 판단하지 않는 게 중요해요. 그래서 인권은 자유라고 생각해요. 친구가 '권리 있는 사람이 사람이다'라고 말했어요. 다시 말해서 힘과 권력을 가진 사람에게 권리가 있다는 것이죠. 슬픈 이야기라고 생각해요. 힘과 돈과 권력이 있는 사람만이 아니라 모든 사람에게 권리가 있다고 말하고 싶어요.

이주민 일자리를 창출하는 협동조합 만들고 싶어

10년 후에는 대학교를 졸업하고 이주민 일자리를 창출하는 협동조합을 만들어 활동하고 있겠죠. 이주민도 주체적이고 독립적으로 돈을 벌 수 있는 일을 만들고 싶어요. '이주민은 약한 존재다'라는 인식을 바꾸고 싶어요. 이주민이 다른 사람 도움이나 배려 없이도 스스로 일어설 수 있는 공간을 만들고 싶어요. 재주가 좋은 이주민이 많은데, 그들이 외모로 차별받지 않는 사회를 함께 만들어가면 좋겠어요. 사회에서 약한 존재로 낙인 찍힌 이주여성이 동등하게 대우받는 사회를 만들기 위해 노력하며 살 거예요.

이주민과 함께하는 자원봉사 활동을 많이 하고 싶어요. 이주민과 다문화 지원기관이 많이 있지만 진심으로 이주민을 돕는 단체는 많지 않다고 생각해요. 매뉴얼에 정해진 범위 내에서만 돕는 정도고, 적절하게 이주민을 돕는 단체는 많지 않거든요. 후배 이주민에게 '자신 스스로 보호할 힘을 키우기 위해서 한국어를 비롯해 다양하게 공부하세요. 한국으로 이주해서 1년은 배우기 가장 좋은 시기이며, 한국어를 제대로 배우는 게 가장 현명한 선택이에요. 경제적으로 독립하기 위해서 돈을 버는 일도 중요하고 자녀 출산도 필요하죠. 그런데 한국어를 제대로 배우지 않으면 의사소통이 어려우니 더 힘들어져요. 아이가 아파서 병원에 가도 한국어로 의사소통이 되지 않으니 제대로 설명 못하고, 아픈 아이를 데리고 집으로 돌아가라는 말을 들은 적도 있었어요. 그러니까 무엇보다 우선해서 한국어를 제대로 공부해야 해요'라고 말하겠어요.

우리 아이들은 자유롭고 평등한 사회에서 자라고 살면 좋겠어요. 아이가 내게 집 평수와 부모 수입에 관해서 묻더군요. 아이들이 친구들 사이에서 느끼는 부담감이 커 보여서 마음이 불편했어요. 또한 아이가 학교에 들어가면 아이와 가정을 조사하는 설문지가 20장도 넘어요. 한국어로 작성하는 게 쉽지 않아요. 한국어 글씨가 서툰 이주민은 학교에서 보낸 통지서를 보면 두렵기도 하거든요. 그래서 우리 아이들은 자유롭고 평등하고 부담감이 없는 사회에서 성장하길 바라는 거예요.

나는 '다동애' 대표로 있는 손선화입니다. 이주민을 위한 일자리를 창출하여 이주민과 함께 주체적인 삶을 살려고 최선을 다하고 있어요. 풍선마마스토리를 운영하며 각종 이벤트, 행사, 강의하고 있어요.

베트남어 가르친다며 수업 거부한 유치원 아이들

한서윤 · 베트남

처음엔 경기도 광주로 가는 줄

베트남에서 한국으로 이주한 한서윤입니다. 중국과 가까운 베트남 지역에서 살았어요. 그래서 베트남 고향에는 중국인과 중국인이 세운 공장이 많이 있어요. 베트남에서 막내로 태어나 사랑을 듬뿍 받고 자랐어요. 언니와 오빠가 부모님 가까이에 살고 있어서 마음이 편해요. 돌이켜보면 가난해서 여행도 못 갔지만, 사랑하는 가족과 살았던 시절이 아주 행복했어요. 당시에 우리 동네에도 국제결혼을 한 사람들이 있었어요. 나도 가난한 가족에게 조금이나마 보탬이 되려고 국제결혼을 결심했어요. 국제결혼중개업체 소개로 남편을 만나서 행복하게 살려고 기대하며 혼인했어요. 한국과 베트남 문화 차이가 있고, 한국어도 잘 몰랐지만, 남편을 의지하고 왔어요.

2014년에 한국으로 이주했고, 남편과 아들 2명 그리고 시어머니와 같이 살아요. 처음 내가 한국에 왔을 때 한국어가 서툴러 표현을 제대로 하지 못하니 갈등도 있었어요. 생각 차이도 있었고, 의사소통이 되지 않아서 생기는 갈등도 있었죠. 그래도 시어머니께서 나를 이해해주셨어요. 처음에 경기도 광주로 이주하는 줄 알았는데 전라도 광주라서 당황했어요. 사촌 동생이 경기도 광주에 살아서 자주 만날 수 있겠다고 생각하며 좋아했거든요. 한국으로 이주한 후 사촌 동생을 한 번밖에 만나지 못했어요. 사촌 동생도 자기 일이 있고, 아이들을 키우니 만나는 게 쉽지 않았어요. 또 내가 시어머니와 함께 살아서 자유롭게 움직이는 게 쉽지 않았죠. 다행히 광주로 이주한 후 차차 베트남 친구도 만날 수 있었어요.

한국에 관한 지식이나 정보는 텔레비전 드라마나 영화로 접했어요. 드라마와 영화에 나온 사람들은 예쁘게 화장해서 모두 멋있고 또 친절해 보였어요. 실제로 한국에서 살아보니 생활이나 교통이 편리하고, 의료체계도 잘 갖춰진 나라더군요. 베트남에서는 병원에 가면 진료 전에 먼저 진료비를 내야 치료를 받을 수 있어요. 그런데 한국에서는 일단 누구나 차별 없이 치료받은 후 진료비를 계산하는 게 참 좋았어요. 집 앞에서 사람과 만나면 서로 인사하며 함께 친절하게 살아가는 모습이 좋아요.

광주로 이주해서 7년 반을 살고 있어요. 베트남 고향이 생각나지 않을 만큼 적응 잘하면서 지내고 있어요. 한국으로 이주할 당시에 인천공항에서 광주까지 시누이가 운전하는 자동차를 타고 왔어요. 당시에 내가 차멀

미를 심하게 했던 기억이 있어요. 그리고 광주로 오는 광경은 영화에 나온 장면처럼 아름답지는 않았어요. 오히려 베트남 시골과 비슷한 풍경이 펼쳐져서 약간 걱정하기도 했어요. 한국에는 아는 친구도 없었고, 한국어 인사말 정도밖에 알지 못해서 걱정되고 불안하고 낯설었어요.

하나부터 열까지 육아에 간섭하는 시어머니

한국에 적응할 때 시어머니가 항상 같이 다녀서 감시받는 느낌이 있었어요. 당시에 국제결혼 후 이혼하고 달아나는 이주민에 관한 뉴스 보도에 영향을 받은 것처럼 보였어요. 아이 출산 후에 나아졌지만 정말 불편했고 또 불쾌했어요. 한국어로 의사소통할 수 있기까지 3~4년이 걸렸어요. 한국어로 내 의사를 표현하기 시작하면서 다툼과 갈등이 생기기 시작했어요. 출산과 산후 조리하는 방법도 달랐어요. 더운 날씨에도 몸을 따뜻하게 해야 한다고 난방을 켜주셨어요. 너무 더운데 그렇게 하라고 강요하셨죠. 또 아이에게 모유를 주는 걸 반대하셔서 첫째 아이에게 3주, 둘째 아이에게는 3~4개월 모유를 줄 수 있었어요. 하나부터 열까지 간섭이 많았어요. 자녀를 양육할 때도 시어머니와 교육관 차이가 있어서 힘들었어요.

한국어로 의사소통이 되지 않으니 병원 갈 때 몹시 난감했죠. 첫아이가 아파서 병원에 갔는데 어떻게 설명해야 할지 몰라서 답답하고 힘들었어요. 남편이 함께 병원에 같이 가면 좋은데 그렇지 못한 상황이 대부분이었죠. 아이가 아프면 어떻게 대처해야 하는지, 어디에 도움을 요청해야 하는지 알 수 없어서 어려웠어요. 그래서 이주여성이 출산 전에 한국어를 제대로 배우는 게 필요하다고 생각했어요. 그러나 어른들은 무조건 아이를 먼저 낳으라고 하시죠.

이주민으로 살면서 차별받은 경험도 있죠. 알바천국 앱을 통해서 아르바이트를 찾다가 전화 통화를 한 후에 면접 보러 오라고 해서 갔는데 이주민이라 안 된다고 해서 당황했어요. 한번은 어린이집에서 어린이들에게 베트남어를 가르친 적이 있어요. 그런데 몇몇 아이들이 이주민이라고 수군거리며 왜 영어가 아니라 베트남어 가르치냐며 수업 거부하는 아이들도 있었어요. 그때는 정말로 당황스러웠어요. 아이들은 순수하다고 생각했는데 그와 다른 모습을 보며 많은 생각이 오갔어요. 아이들이 어른에게 영향을 받았을 테니까 그러한 아이들 모습은 우리 사회 단면을 반영하는 것이라는 생각이 들어 씁쓸했어요.

가끔 친구와 버스 안에서 이야기하면 '시끄럽다며 이야기하지 말고 조용히 하라'고 지적하는 사람들이 있었어요. 그런데 한국 사람들이 버스 안에서 떠들 때는 별다른 말을 하지 않는 걸 보면 이주민이라서 차별받는 걸로 생각되어 불쾌했어요. 그래서 우리 아이들에 대한 걱정이 많아요. 아직은 어려서 괜찮지만, 점점 성장하면서 아이들이 받을 차가운 시선과 차별을 생각하면 참으로 걱정이에요. 아이들이 차별과 따돌림을 받지 않고 살아가는 사회가 되면 좋겠어요.

'언제 밥 같이 먹어요'라는 인사말

그리고 한국인이 하는 대화 방식도 적응하기 어려웠어요. 한국 사람들이 지나가는 말이나 예의상 '언제 밥같이 먹어요'라는 말을 진심으로 받아들여서 기다렸던 적이 많아요. 그래서 처음에는 그 사람들이 장난쳤다고 생각했는데 알고 보니 한국 문화 중 하나더군요. 그래도 내가 힘들고 어려울 때 위로와 격려를 받은 적이 많았어요. 다문화센터에서 한국어를 배울 때 한국어 선생님이 살뜰히 챙겨주셨어요. 한국어 수업을 마치고 근처 마트로 함께 가서 식사하며 격려해주셨던 참 따뜻한 분이었어요. 한번은 한국어를 공부하기 위해 다문화센터로 가는 버스를 탔는데 잘못 들고 나온 가방 안에 지갑이 없었어요. 무척 당황스러워하고 있는데 뒤에 타고 계신 어르신께서 나 대신에 버스 요금을 내주셨어요. 나를 전혀 모르는 분이셨는데 어려울 때 선뜻 도와주는 마음이 참 따뜻했어요. 그래서 나도 혹시 그렇게 어려움에 부닥친 사람을 만난다면 도와주고 싶다는 마음이 생겼어요. 다문화센터에서도 이런저런 도움을 많이 받았어요. 그리고 내 개인적 삶을 자세하게 알리는 대신에 스스로 어려운 문제를 해결하려고 했어요. 너무 힘들 때는 친구와 통화하며 하소연하는 정도였어요.

광주에서 오래 살았으나 많은 곳을 다니지 않아서 모르는 곳이 참 많아요. 시어머니께서 5·18민주화운동에 관한 이야기를 들려주셨어요. 민주주의를 위해서 죄 없는 사람들이 희생되어 마음이 아프고 안타까워요. 광주는 또한 무등산이 유명하다고 들었어요. 한국에서 꿈과 희망을 이루려고 미용 자격증도 취득했어요. 그리고 공인중개사 자격증을 취득하려고 공부하고 있는데 어려운 용어가 많아서 쉽지 않아요. 그래도 몇 년이 걸리더라도 계속 도전해서 자격증을 취득하려고 최선을 다하고 있어요. 코로나19로 베트남에서 열린 결혼식에 가지 못해서 너무 아쉬워요.

정기적으로 모이는 이주민 모임이 있어요. 서로 정보를 공유하고 소통하는 단체 카톡방이 있어요. 내가 생각하는 안전한 공동체는 힘들고 어려울 때 서로 모여서 이야기 나누고, 도움이 필요하면 언제든 돕는 모임이라고 생각해요. 출신 국가와 상관없이 마음속 깊은 이야기를 나눌 수 있는 공동체가 있으면 좋겠다고 생각해요. 또한 자녀 양육과 교육에 관해서도 정보와 지식을 공유하고, 가까운 사람들과 편안하게 만나는 모임이 있으면 좋겠어요.

출신 국가, 종교, 피부색, 성별, 나이로 차별하지 말아야

베트남에서 학교 다닐 때 선생님이 인권교육을 해 주셨던 기억이 있지만, 한국에서는 한 번도 인권교육을 받은 적 없어요. 인권교육은 사람이 사람답게 살려면 꼭 필요한 교육이라고 생각해서 참여하고 싶어요. 한국어가 서툴러 하고 싶은 말을 제대로 표현하지 못하는 이주민도 많거든요. 그래서 이주민이 모국어로 자기 생각이나 의견을 나누는 인권교육도 필요하다고 생각해요. 그리고 이주민이 스스로 자기 목소리를 내고 싶어도 너무 과도하게 돕거나 간섭하는 사람들이 있어서 제대로 목소리를 내지 못하는 사례도 있어요.

인권교육에는 이주민뿐만 아니라 남편이나 시댁 식구도 초대해서 함께 들으면 좋겠어요. 인권을 제대로 이해하면 남편이나 가족이 이주여성을 더 이해하고 존중하며 함께 지낼 수 있다고 생각해요. 부모교육이나 자녀교육도 이주여성과 남편 그리고 가족이 함께 받으면 훨씬 효과가 있다고 생각해요. 내가 만약 '인권교육을 담당하는 강사'라면 차별 이야기를 강의하고 싶어요. 출신 국가, 종교, 피부색, 성별, 나이와 상관없이 누구도 차별 없이 살 수 있다고 강의할 거예요. 누구에게든 자유롭게 표현할 권리가 있다고 말하고 싶어요.

동료 이주민에게 '한국어를 잘해야 한국 생활에 적응을 잘할 수 있어요. 의사소통을 잘해야 문제를 해결할 수 있어요. 어려움을 해결하고, 차별받지 않으려면 한국어로 의사소통해야 하거든요'라고 말하고 싶어요. 선주민에게는 '먼저 감사하단 말을 전하고 싶어요. 처음에 한국어도 제대로 못하는 나를 잘 수용하고 도와줘서 고마워요. 이주민도 한국 사람처럼 포용해주면 좋겠어요. 다른 나라에서 이주했다는 이유 하나로 차별하지 않았으면 좋겠어요'라고 말하고 싶어요. 이주민이 쉽게 이해할 수 있는 인권교육을 제안해요. 선주민과 이주민이 함께 인권교육을 받으면 좋겠어요. 이주민뿐만 아니라 선주민도 인식 개선이 시급하거든요.

내가 생각하는 인권은 사람이 사람답게 살 수 있는 권리예요. 어떤 나라 사람이든 사람답게 살 수 있는 권리라고 생각해요. 사람답게 산다는 건 가난한 사람이든 부유한 사람이든 차별하지 않고 서로 존중하면서 사는 것이에요. 한국인이든 이주민이든 서로 존중하며 사는 것이죠. 피부색이나 외모와 상관없이 모두에게 인권이 있어요.

공인중개사나 미용사로 일하고 싶어

10년 후에도 엄마로서 자녀에게 좋은 모습을 보여주며 살고 있겠죠. 한국어도 더 잘해서 안정된 직장에 다니는 엄마로 살고 싶어요. 계속해서 공인중개사 자격증을 취득하려고 노력할 거예요. 그렇지 못하더라도 미용사 자격증으로 미용실을 운영하고 있겠죠. 좋고 안정된 직업을 가지고 있으면 아이들이 차별을 덜 받겠죠.

어린이와 어른과 함께 이주민 출신 국가와 문화에 대해서 알도록 하면 좋겠어요. 선주민과 함께 다문화이해교육으로 선주민 인식개선에 앞장서는 역할을 맡고 싶어요. 후배 이주민에게는 '한국어를 제대로 배우세요. 이주여성으로서 살려면 가족을 돌보고 자녀를 출산해야 하기에 한국어를 배울 시간이 부족해요. 한국어로 의사소통을 제대로 할 수 있어야 안정된 직장을 가질 수 있어요'라고 말하겠어요. 다문화센터에서 직원을 채용할 때 학력이 중요하더군요. 한국어를 잘해도 대학을 졸업하지 않으면 일자리를 얻기가 쉽지 않아요. 학력이 아니라 능력으로 평가되는 사회가 되면 좋겠어요.

나는 베트남에서 한국으로 이주한 한서윤입니다. '고생 끝에 낙이 온다'라는 한국 속담이 있어요. 이주민도 최선을 다해서 노력하면 좋은 결과를 얻을 수 있다고 생각해요. 그래서 좋은 열매를 맺으리라 기대하면서 어렵지만 포기하지 않고 도전하는 사람이에요.

힘들고 어려울 때 힘이 되어준 시부모님

신○○ · 베트남

한국은 치안이나 복지, 환경이 좋아서 마음에 들어

베트남 호찌민Hồ Chí Minh에서 한국으로 이주한 사람이에요. 나는 베트남에서 1남 5녀로 대가족과 함께 살았어요. 호찌민에서 직장생활을 하면서 가족에게 생활비를 보냈어요. 힘들었던 직장생활을 정리하고, 가족이 더 나은 삶을 살도록 국제결혼을 선택했어요. 먼저 국제결혼 한 친구소개로 남편을 만나서 혼인했어요. 더 좋은 환경에서 살려고 선택한 일이지만 여러 가지로 낯설기도 하고 걱정도 되었어요. 처음엔 남편과 성격이 맞지 않아서 갈등하며 서로 맞춰가는 시간이 필요했어요.

한국에 관해서 아는 지식이나 정보는 전혀 없었어요. 베트남에서 본 한국 드라마로 한국에 대한 환상이 있었어요. 한국 사람들은 감정이 풍부해 보였어요. 또한 한국에는 베트남에 없는 눈이 내려서 좋아 보였어요. 한국으로 이주해 살아보니 환경과 치안과 복지가 좋아서 마음에 들었어요. 한국에서 관해서는 조금씩 배우고 알게 되었어요.

친구와 있을 때 베트남어로 말하지 말라는 아들

2012년 12월에 한국으로 이주했어요. 베트남에서 볼 수 없었던 눈을 보니 정말로 좋았는데 날씨는 상상 이상으로 춥더군요. 베트남에서는 느껴보지 못한 온도로 몹시 추웠어요. 그래서 낯선 나라에서 어떻게 적응할지 걱정되었어요. 모든 걸 처음부터 배워야 하는 상황이라 어린아이가 된 느낌이었죠. 남편이 인천공항에 마중 나와서 함께 집으로 온 후에 시부모님께 인사드리러 갔어요. 정신이 하나도 없더군요. 남편과는 베트남에서 만난 이후 두 번째 만남이었기에 어색하기도 했어요.

이주민으로 살면서 힘들었던 건 문화차이가 크다는 거예요. 특히 예절문화가 어려웠는데 어른을 만나면 허리를 숙여 인사하고 존댓말을 써야 하는 게 힘들었어요. 이주 초기에 한국 음식을 먹는 게 쉽지 않았어요. 한국에 왔으니 먹어야 한다며 준 김치는 맵고 입맛에 맞지 않아서 먹기 어려웠어요. 과일 깎는 방법이나 머리 모양도 모두 한국식으로 맞추라고 하는게 불편했어요. 나는 긴 머리가 좋은데 한국 사람 스타일로 바꾸라고 하셔서 마음이 편하지 않았어요. 내 마음대로 할 수 있는 게 하나도 없으니 스트레스였죠.

그래도 내가 힘들고 어려울 때 시부모님이 곁에서 힘이 되어주셨어요. 첫째를 임신했을 때 남편이 종종 술 마시고 귀가했고, 그때마다 무섭게 말하고 행동했어요. 당시에 한국어가 서툴러 알아듣지 못하지만 그 분위기는 무섭고 두려웠어요. 그래서 걸어서 20분 정도 떨어진 시댁에 찾아갔더니 시부모님이 내 손을 잡아주시면서 위로해 주셨어요. 외롭고 힘들 때 시부모님이 가장 많이 생각나고 감사하죠. 시부모님께서 남편을 꾸중하고 나면 남편이 조금 좋아졌거든요.

이주민으로 살면서 차별받은 경험이 있었죠. 한번은 둘째를 임신했을 때 자주 가는 마트에 가서 물건을 사고 계산했어요. 그런데 마트 직원이 내게 포인트 적립할지 묻지 않더군요. 똑같은 일이 여러 번 되어서 내가 직원에게 포인트 적립을 왜 묻지 않느냐고 물었더니 못 들은 체하면서 무시했어요. 그래서 화가 났고 감정이 격양되어서 마트 사장이 나와서 내게 사과하라고 요구했지만, 끝끝내 사과하지 않았어요. 은행에서도 비슷한 일이 있었어요. 은행 업무에 필요한 주민등록증을 집에 놓고 와서 다시 집에 다녀와야 했어요. 주민등록증을 가지러 다시 집에 다녀왔더니 은행 업무가 끝나서 문이 닫혀 있었어요. 은행직원이 '집에 다녀오라'라고 한 말을 듣고 집에 갔다가 왔는데 은행 문이 닫혀 있었으니 정말 황당했죠. 은행직원이 자세하게 설명을 해주지 않아서 불편을 겪었고, 이튿날 남편이 함께 가서 민원을 넣었어요. 그래서 이주민으로 사는 불편함은 한국어 소통이 제대로 되지 않는 것과 정보를 제대로 모른다는 것에요. 자녀들이 이주 배경을 가졌다는 이유로 차별받을 수 있어서 마음이 아파요. 첫째 아들이 내게 자신이 친구와 함께 있을 때는 베트남어로 말하지 말라고 하더군요. 내가 베트남에서 왔다는 걸 친구에게 숨기고 싶었던 거죠. 이 말을 듣고 슬프기도 하고 마음이 몹시 아팠어요.

광주는 다른 도시보다 좋아요. 특히 눈이나 비가 적당하게 내리는 날씨가 참 좋아요. 사실 내가 돌아다니지 않아서 광주에 대해서 아는 게 많지 않아요. 나는 나중에 미용실을 운영하는 게 꿈이에요. 자녀 양육과 교육도 해야 하니 남편 도움이 꼭 필요해요. 지금 당장은 자녀도 키워야 하고 시간도 없지만, 나중에 꼭 미용사 자격증을 취득하고 미용실을 운영해 보고 싶어요. 코로나19로 베트남 고향에 갈 수 없어서 힘들어요. 코로나19 이전에는 부모님을 찾아뵈었고, 또 부모님이 한국에 오시기도 했어요. 지금 베트남에 계신 아버지가 아프신데 뵙지 못하니 걱정되고 슬퍼요. 나에게 안전한 공동체는 베트남 친구들과 한 달에 한 번 모이는 모임이에요. 마음속 깊은 이야기를 나눌 친구가 있어서 좋아요. 자녀 양육과 교육 문제를 비롯해 속상한 일이 있으면 서로 만나서 위로하며 지내요.

인권, 사람 마음을 알 수 있는 것

인권교육을 받아 본 경험은 없어요. 인권교육 받을 기회가 있다면 참여하고 싶어요. 한번은 다문화센터에 경찰관이 와서 사기나 사칭에 관한 문제로 피해를 받지 않도록 강의한 적이 있어요. 사기로 인한 범죄 피해 사례를 설명했는데, 그 뒤로 경각심을 갖게 되었어요. 차별과 관련한 사례나 자녀가 차별받을 때 대처하는 방법을 강의하는 인권교육을 듣고 싶어요. 인권이나 인권 차별에 대해서 잘 모르니까 자녀에게 어떻게 설명해야 할지 난감하거든요. 그래서 인권교육에 꼭 참여하려고 해요. 그래서 내가 만약 '인권교육을 담당하는 강사'라면 여러 가지 이주민 생활이나 경험, 차별에 관한 사례를 강의하겠어요.

동료 이주민에게 '다른 사람이 살아온 경험을 들어보세요. 무엇을 하든 신중하고 조심스럽게 잘 알아보고 일을 처리하면 좋겠어요'라고 말하고 싶어요. 선주민에게는 '이주민과 그 자녀를 차별하지 않았으면 좋겠어요. 모두 내 자녀라고 생각하면서 돌봐주면 좋겠어요'라고 말하고 싶어요. 그리고 이주민이 법과 제도에 대해서 잘 모르니까 살아가는데 필요한 법과 제도를 알려주는 프로그램이 있으면 좋겠어요. 내가 생각하는 인권은 사람 마음을 알 수 있는 거예요. 인권은 차별받지 않는 거예요.

나중에 꼭 자원봉사 활동하고 싶어

10년 후엔 한국 사람처럼 살고 있겠죠. 외모나 머리 모양, 옷차림이나 언어가 한국 사람과 똑같아야 한국에서 받아들여진다는 느낌이 있어요. 지금은 가정주부로 살아서 한국 사람과 만날 기회가 거의 없어요. 한국 사람을 만나면 나를 어떻게 생각할지 알 수 없어서 자신도 없고 두렵기도 해요. 그래도 지역사회에서 자원봉사 활동하며 살고 싶어요. 독거노인을 위해서 음식을 만들어 나누고 싶어요. 아직 그런 기회가 없지만, 나중에 꼭 자원봉사 활동하며 따뜻하게 나누는 일을 하고 싶어요.

후배 이주민에게 '차별받거나 소통이 되지 않아도 실망하지 말고 노력하세요. 마음을 편하게 하세요. 힘들어도 포기하지 말고 무엇이든 당당하게 살면 좋겠어요'라고 말하겠어요. 자녀가 차별받지 않는 사회에서 살면 좋겠어요. 이주민이든 선주민이든 차별받지 않았으면 좋겠어요. 학교 따돌림 문제를 잘 처리해주면 좋겠어요. 그리고 선주민과 소통하며 살아갈 기회가 많으면 좋겠어요. 나는 베트남에서 광주로 이주해서 10년 동안 사는 이주여성이에요. 나중에 꼭 자원봉사 활동하고 싶어요.

한국 이주 후회하지 않아

선여온 · 캄보디아

고부 갈등이 심한 한국 드라마

나는 캄보디아에서 한국으로 이주한 선여온입니다. 캄보디아에 6남매가 있는데 가정형편이 어려웠고, 어머니가 매우 아프셨어요. 나는 집에서 떨어진 도시로 나가서 공장에서 일하며 가족에게 생활비를 보냈어요. 공장에서 열심히 일하면 꽤 많은 돈을 벌지만, 어머니 치료비와 동생들 학비를 보내면 남는 게 거의 없었어요. 이렇게 살다가는 패션디자이너가 되려는 내 꿈을 이루지 못 할 거 같다고 생각했어요. 그때 공장에서 함께 일하던 지인 부부가 내게 국제결혼을 제안했어요. 하지만 나는 국제결혼에 대해서 걱정과 두려움이 있었어요. 드라마에 비친 한국 가족은 시어머니와 며느리 고부 갈등이 심했거든요. 그래도 나는 가족을 생각해서 한국으로 이주하기로 결정하고 남편을 소개받았어요. 남편과 만나는 걸 부모님께 알리지 않았다가 혼인을 결심하고 부모님께 말씀드렸어요. 부모님은 아무리 힘들어도 가족이 함께 살아야 한다며 국제결혼을 반대했어요. 또한 남편과 나이 차이가 큰 걸 염려하셨어요. 하지만 국제결혼 하겠다는 내 결정이 확고하니 결국 부모님도 혼인을 허락하셨어요.

한국어를 전혀 못하니까 통역사와 함께 남편을 만났어요. 처음에 남편을 만났을 때 나이 차이가 큰데다가 솔직히 남편이 내 이상형은 아니었어요. 그래도 가족을 위해, 그리고 더 나은 내 삶을 위해 혼인을 결정하고 한국으로 이주했어요. 한국에 왔더니 남편은 별로 깨끗하지 않은 주택에서 혼자 살고 있었어요. 그래서 실망했는데 살아보니 남편이 정말 좋은 사람이어서 내 마음이 위로되었어요. 남편은 베트남 원가족의 가정 형편을 알게 된 후 지금까지 돕고 돌봐주고 있어서 정말로 고마워요.

친정엄마처럼 보살펴 준 시누이

한국으로 이주하기 전까지 한국에 대한 이해나 정보는 아무것도 없었어요. 2013년 3월에 한국으로 이주할 당시에 간단한 인사말 정도밖에 몰랐어요. 인천공항에 마중 나온 남편과 함께 광주로 왔어요. 광주로 오는 바깥 풍경이 캄보디아와 사뭇 달라서 낯설고 걱정되기도 했어요. 하지만 캄보디아에서 볼 수 없는 여러 모습을 보면서 신기한 느낌이 들었어요. 한편으로 설레는 마음과 함께 다른 한편 가족을 떠나서 살아야 한다는 게 슬프고 마음이 아팠죠. 그래서 남편이 돈 많은 사람이 아니어도 좋은 사람이었으면 좋겠다는 한 가지 바람이 있었어요. 다행히 남편은 사람이 친절했고, 시댁 식구도 정말로 따뜻하게 환대해주셨어요. 시누이는 마치 친정엄마처럼 보살펴 주었어요.

이주민으로 살면서 가장 힘든 부분은 의사소통이었죠. 한번은 버스 타러 갈 때 길을 잃어버린 적도 있어요. 남편한테 전화가 왔는데 한국어로 소통할 수 없어서 아는 언니 도움으로 남편과 통화하기도 했었죠. 한국으로 이주해서 가장 힘들었던 건 이주 초기에 아이를 낳게 된 거였어요. 당시 전남대 사거리 근처에 있던 다문화센터에서 한국어를 배우고 있었는데 입덧이 심해서 다니지 못했어요. 둘째를 임신한 후에는 동구에 있는 다문화센터에서 한국어와 다양한 프로그램에 참여했어요. 센터 선생님께서 친절하게 대해줘서 가족 같다고 생각했어요. 따뜻한 환대와 여러 프로그램에 참여하면서 한국어도 배우고, 적응하는데 필요한 다양한 도움을 받았어요. 실수하고 잘 몰라도 괜찮다고 받아주며 참여자를 격려하고 지지해주었어요. 질문할 때마다 여러 번 설명해주는 정말 좋은 선생님을 만났어요.

아직 한국어가 서툴러서 동사무소에서 서류를 신청하거나 병원에서 아픈 걸 어떻게 설명해야 할지 몰라서 어려울 때가 많아요. 자녀에게 다른 한국 엄마처럼 자세하게 설명해주지 못하는 게 미안하기도 해요. 혼인하고 한국으로 이주하는 사람들은 이주하기 전에 한국어능력시험 초급과정을 이수해야 하는 규정이 생겼어요.

이주 초기에 힘들고 어려울 때 다문화센터에서 한국어를 가르쳐줬던 선생님과 캄보디아 친구 몇 명이 많이 도와줘서 의지가 되고 힘이 났어요. 이주민으로서 살면서 차별받은 경험은 별로 없었어요. 월남동 주암마을에서 살 때 아이 친구 엄마들이 친절하게 대해줬어요. 또 어르신들도 내가 이주민이라고 싫어하지 않으시고 잘 대해주셨어요.

광주에서 살고 있지만 광주에 대해서 잘 몰라요. 금남로와 충장로가 있는 시내와 무등산을 알고 있는 정도예요. 이주 초기에 한국 음식이 입에 맞지 않아서 힘들었는데 지금은 어떤 음식이든 맛있어요. 광주는 음식 맛이 좋은 도시라 생각해요. 광주 무등산은 정말 자랑거리예요.

내 꿈은 패션디자이너가 되는 것인데 아직 패션디자인을 배울 기회가 없어요. 패션디자인을 배우고 싶은 마음이 있는데, 아직은 아이들을 돌봐야 해서 여러 가지로 어려움이 있어요. 코로나19로 힘든 건 친구들을 만나지 못하는 거예요. 답답하고 심심하고 스트레스가 있어도 나갈 수 없고, 다문화센터에 갈 수 없는 상황이 지속되니 힘들었죠. 또 고향 캄보디아에 갈 수 없는 것도 힘들고요.

정기적으로 모이는 모임은 없지만 몇몇 친구와 만나는 모임이 있어요. 고향 캄보디아 음식을 같이 먹고, 서로 소통하는 모임이에요. 내가 생각하는 안전한 공동체는 서로 위로하고 돕는 공동체라고 생각해요. 캄보디아에 계신 어머니가 아파서 힘들고 어려웠던 경험이 있었거든요. 그래서 한국에 살면서 친구들과 조금씩 돈을 모아서 캄보디아에 있는 어려운 아이들을 돕고 싶어요. 캄보디아 문화나 음식 만들기를 하는 모임이 있으면 좋겠어요. 그리고 한국 사람과 소통하는 공동체나 모임이 있으면 좋겠어요.

214

이주민 도와주는 사람 많아

아직 한 번도 인권교육을 받아 본 경험이 없어요. 법과 제도에 대해서 잘 알아야 한다고 생각해요. 한국은 치안이 발달한 나라 같아요. 한번은 월남동에 살 때 어떤 사람이 난동을 부렸는데 경찰이 빨리 출동했던 기억이 나요. 캄보디아에서는 상상할 수 없을 정도로 경찰이 빨리 출동해서 수습하는 걸 보고 놀랐어요. 한국에서는 국민이 국민으로서 살 수 있도록 보호하고 지켜준다고 생각해요.

만약 인권교육을 받을 수 있다면 참여하고 싶어요. 도로교통법이나 법규를 비롯한 법과 제도에 대해서 알려주는 교육이 필요해요. 선주민에게는 '서로 무시하지 않고 잘 지내면 좋겠어요'라고 말하고 싶어요. 내가 생각하는 인권은 모든 사람이 평등하게 살아가는 거예요. 비록 내가 모르는 것이 많아도, 사람으로서 평등한 대우를 받고 싶어요. 10년 후엔 좋고 안정된 직장에서 일하면 좋겠어요. 아직 한국어가 서툴기 때문에 정확히 어떤 일을 해야 할지 생각하지 못했어요. 의사소통을 제대로 할 정도로 한국어를 배운 후에 생각하고 싶어요. 지역사회를 위해 다른 사람과 함께 자원봉사 활동을 하면 좋겠어요. 캄보디아 문화를 알리는 일도 하고 싶어요.

후배 이주민에게 '우선 먼저 한국어를 잘 배워야 해요. 가족을 돌보려고 일을 먼저 하는 경우가 많은데 한국어를 먼저 배우길 적극적으로 추천해요'라고 말하겠어요. 한국어로 소통할 수 있으면 한국이 캄보디아보다 더 살기 좋다고 생각해요. 교통도 편리하고, 복지와 상담 제도도 잘 되어 있어요. 이주민에게 어려운 일이 생기면 도와주는 사람들이 많아서 좋은 나라라고 생각해요. 가정 문제가 생겼을 때 상담하고 도와주는 시스템이 잘 갖춰져 있다고 생각해요. 자녀가 태어났을 때 부모님이 곁에 계시지 않고 음식이 입에 맞지 않아서 힘들어했던 때도 있었어요. 하지만 지금은 대체로 만족하고, 한국으로 이주한 결정은 잘했다고 생각해요. 후회하지 않는 삶을 살고 있어서 감사해요.

한 가지 바람이 있다면, 우리 자녀가 살아가는 사회는 부모가 이주민이라는 이유로 차별받거나 따돌림받지 않는 사회가 되었으면 좋겠다는 거예요. 그래서 나는 우리 자녀에게 '엄마가 이주민이라고 주눅 들지 말고 당당해라'라고 가르치고 있어요. 한국 사회가 이주 배경을 가진 사람들을 차별하고 무시하지 않고 똑같은 사람으로 대우하면 좋겠어요.

나는 캄보디아에서 한국으로 이주한 선여온입니다. 한국으로 이주한 지 9년 되었어요. 한국으로 이주했을 때 가장 먼저 따뜻하게 받아주고 환대해 준 가족에게 감사해요. 한국에서 적응하며 만났던 마음 따뜻한 사람들을 기억해요. 그래서 나도 한국어를 더 열심히 배워서 한국 사회에서 이바지하며 살고 싶어요.

남편이나 시댁 식구도 이주여성 모국어 배우면 좋아

오○○ · 중국

경상도 출신 할아버지

2004년 한국으로 이주했고, 자녀로 딸이 한 명 있어요. 현재는 통·번역 지원사로 일하며 혼인 이주여성 의사소통에 도움을 주고 있어요. 지금 한국 사람처럼 적응 잘하며 살고 있어요. 직장에 근무하고, 노후 준비 공부하고 자기 계발하며 열심히 살고 있어요. 중국에서 한족 학교에 다녔기 때문에 처음에는 한국어로 소통하는 게 어려웠어요. 그래도 부모님이 재중동포라 듣는 건 가능했어요. 경상도 출신 할아버지가 중국으로 이주하셨지요.

중국 시골에서 부모님은 어렵게 일하셨고, 나중에 아버지가 교통사고

나서 집안 경제 형편은 더 어렵게 되었어요. 한국으로 먼저 이주한 언니 소개로 혼인하고 광주로 이주하게 되었어요. 중국에서는 꿈과 희망을 품을 수 없었어요. 사춘기 시절이라 조용하게 지내고 싶은데 부모님이 식당을 운영하셔서 늘 복잡했어요. 인생에서 가장 아름다운 20대에도 희망을 품을 수 없는 상황이라 국제결혼이 마지막 기회라고 생각했어요.

언니가 중국에 올 때 입은 옷이나 드라마에 비친 한국은 살기 좋은 나라처럼 보였어요. 심양시장에서 볼 수 있는 다양한 한국제품이 좋아 보였어요. 그러나 한국으로 이주해 살아보니 사는 건 다 비슷하다는 생각이 들어요. 다만 한국은 중국보다 복지제도가 더 잘 되어 있고, 민주주의국가라 국민이 대통령을 선출할 수 있는 것과 노동자 파업과 시위가 자유롭다는 게 신기했어요.

중국에선 조선족이 소수라 힘들었는데

광주에 저녁 무렵 도착했어요. 그래서 다음 날 아침 남편과 시댁으로 인사드리러 갔었어요. 시댁으로 가는 길에 들었던 느낌은 전혀 다른 공간에 온 듯했어요. 중국과는 완전히 다른 외국에 온 느낌이었지요. 간판에 쓴 언어도 다양하고, 거리도 깨끗하고 조용했어요. 정장으로 깔끔하게 차려입은 사람들을 보며 좋은 일이 있는가 생각했어요. 만날 때 서로 인사도 잘하는 걸 보면서 다른 세상에 왔다고 실감했어요. 낯설기도 하지만, 또한 설레고 좋기도 했어요. 다행히 언니가 한국에 살고 있어서 마음이 든든했어요. 한국에 아는 사람이 아무도 없었다면 두렵고 외로웠을 거라고 생각했어요.

이주민으로 살면서 힘들었던 건 아무래도 중국 관련해서 부정적으로 말하는 걸 들었을 때였죠. 내가 태어나서 자란 나라를 비판하고 욕하는 걸 듣고 있을 수 없었어요. 그래서 정체성 혼란도 겪었죠. 중국에서 학교에 다닐 때 전체 학생 중 조선족 학생은 두 명밖에 없었어요. 그래서 학교 전체에 금방 소문이 났고, 조선족이란 이유로 소외되고 외롭고 힘들었어요. 그래서 한국에 오고 싶은 마음이 더 많았는데 한국에서는 나를 중국인이라고 하니 정말 아이러니했죠. 나는 자녀가 성장할 때 가정교육이 중요하다고 생각해요. 부모님께서 내가 어렸을 때부터 이중언어를 하는 게 큰 장점이고, 어떤 정체성을 가졌든 '너 스스로 당당하면 된다'라고 교육했으면 좋았겠다고 생각했어요. 내가 성장하면서 제대로 정체성 교육을 받았다면 자존감이 높아졌을 거라는 생각이 들거든요.

남편과 연애 기간이 짧아서 서로 맞춰가는 과정에 많이 다퉜어요. 내가 스물한 살이라는 어린 나이에 혼인해서 갈등이 많았죠. 이제는 자녀가 태어나고 7년을 함께 살다 보니 어느새 서로 이해하며 살고 있더라고요. 한국으로 이주하기 전에 한국어 자음과 모음 정도만 배웠어요. 그런데 아이가 유치원에 들어갈 때부터 의사소통이 어렵다는 걸 느끼고 다시 한국어 공부를 시작했어요. 한국어를 어렸을 때부터 배우지 않고 포기했던 게 아주 아쉬웠어요. 그래서 한국에서 대학교도 졸업했는데 내가 하고 싶은 공부를 한 것인지 아니면 내 자존감을 채우려고 하는 것인지 계속 성찰하고 있어요.

2004년 광주에는 이주민이 많지 않았지만, 중국 사람은 많았어요. 그래서 한국어는 직장일 하면서 배울 수 있다고 생각해서 광주에 오자마자 한 달 만에 일하러 나갔어요. 공장에서 일했는데 작업 라인이 빨랐고, 또 중국에서 왔다고 하니 사람들이 무시해서 적응하기 힘들었어요. 공장에서 2년 동안 일하면서 몸과 마음 모두 힘들고 지쳤어요. 그래서 방송통신대학교에서 공부하고 졸업한 후 다문화센터에서 이중언어코치로 일하게 되었어요.

이주 초기엔 어린 나이에 한국 온 내가 적응하기 힘들었고 또한 남편과 갈등도 생겨 많이 울었어요. 한국으로 귀화하는 과정도 쉽지 않았어요. 당시 위장결혼을 하는 사례가 있어서 나 또한 위장결혼이라고 출입국에서 의심하고 조사하기도 했어요. 엄청 까다로운 절차 후에 국적을 취득했어요. 보통은 3년 정도 걸리는데, 나는 5년이나 걸렸어요. 내가 이주할 당시에 다문화센터가 있었다면 적응하는 데 큰 도움을 받았을 텐데 하는 아쉬움이 있어요. 하지만 요즘 이주여성은 프로그램이 있어도 참여하지 않는 게 아쉬워요. 이주민으로 살면서 힘들 때 언니가 큰 버팀목이 되어줬어요. 시댁 식구도 나를 지지해줬어요. 대학교를 졸업하지 않아서 자신감이 없을 때 주변 친구들이 응원하고 격려해줬어요.

차별받은 경험도 많죠. 친구와 함께 버스를 타고 놀러 갈 때 들떠서 이야기를 나누면 시끄럽다고 핀잔을 주는 사람들이 있었어요. 다문화센터에서 전화로 상담할 때 잘 들리지 않아서 '네?'라고 되물으면 '한국 직원 없어요? 한국 사람 바꿔요'라고 말하기도 해요. 그럴 때면 주눅이 들고 상처받을 때가 있어요. 내가 생각하기에 같은 일 하거나 오히려 더 많은 일을 하는데 한국 사람보다 급여가 적어요. 한국 사람은 정직원으로 채용하는데 이주여성은 계약직인 경우가 대부분이에요. 이렇게 차별당한다고 생각하니 이주여성으로서 사는 삶이 위축될 때가 많죠. 물론 일할 기회가 있는 건 고마운데 서운한 감정을 떨칠 수 없어요. 내가 한국으로 귀화한 지 오래되었고 한국에서 생활한 지도 오래되었는데 아직도 나와 한국 사람 사이에 장벽이 있는 느낌이에요. 한국 사람과 사귀고 어울리는 게 쉬운 일이 아니거든요. 그래서 이주민과 선주민이 함께 어울려 사는 지혜를 나누면 좋겠어요.

이주여성에게 한국어가 필요하니 배워야 한다고 말하는 건 이해해요. 그런데 이주여성만 일방적으로 배우고 남편이나 시댁 식구는 왜 이주여성 모국어를 배우지 않는지 이해되지 않아요. 서로 처지를 살피고 서로 배우는 게 가장 좋다고 생각해요. 특히 다양한 교육도 이주민뿐만 아니라 남편과 시댁 식구도 참여해야 한다고 생각해요.

내 꿈과 행복이 무엇인지 답변하기 어려워요. 한국 사람에게 뒤처지지 않으려고 쉬지 않고 배웠어요. 중국에서 일찍 학업을 포기했기에 새롭게 무엇인가 도전하면 주춤할 때가 많아요. 내 자존감이 낮아서 그런지 쉬지 않고 배워서 한국 사람보다 뒤떨어지지 않도록 노력했어요. 8년 동안 근무했는데 아직도 '이주민'이라는 꼬리표가 붙어 있는 점이 힘들어요. 정기적으로 모이는 모임은 없어요. 몇몇 아는 언니와 친구들과 만나는 게 전부예요. 센터에서 일하고 있어서 힘들고 어려울 때 이야기 나누는 게 쉽지 않아요. 다만 비슷한 경험을 한 사람들과 서로 소통하고 있어요. 가족과 마음속 깊은 이야기를 나누고 있어요. 내가 생각하는 안전한 공동체는 어떤 이야기를 나눠도 소문이 나지 않는 공동체라고 생각해요.

인권, 누구나 평등하게 존중받아야 할 자격

인권교육은 해마다 받고 있어요. 센터에서 교육받은 후 인권침해에 대해서 알게 되었고, 교육이 중요하다고 생각했어요. 인권이나 인권침해가 무엇인지 제대로 알아야 실천할 수 있으니까요. 가정폭력, 성교육, 언어폭력 등 여러 부분에 인권 민감성을 갖게 되었어요. 교육받기 전에는 그냥 참고 넘겼던 것도 이제는 불편하다고 말할 수 있게 됐어요.

그래서 인권교육은 강의 내용이 중요하다고 생각해요. 인권교육에 참여하는 사람이 이해하기 쉽도록 강의하는 게 가장 중요하죠. 그리고 주기적으로 인권교육을 시행해야 잊지 않고 실천할 수 있겠죠. 내가 만약 '인권교육을 담당하는 강사'라면 살아온 경험을 바탕으로 비교하면서 이해하기 쉽게 강의하고 싶어요. 인권과 관련한 사례를 제시하고, 동영상 자료를 활용해서 강의하고 싶어요.

동료 이주민에게는 '한국을 존중하고 이해하고 교육받을 기회가 있으면 최대한 참여하세요. 인권침해 같은 문제는 인지하고 자각해야 해결할 수 있으니 배우는 게 중요해요. 교육이나 다양한 프로그램에 적극적으로 참여했으면 좋겠어요'라고 말하고 싶어요. 선주민에게는 '이주민 처지에서 이해하고, 함께 살아가려는 마음이 있으면 좋겠어요. 처지를 바꿔서 생각하고 행동했으면 좋겠어요. 이주민이 적응하도록 여유로운 마음으로 기다려주세요'라고 말하고 싶어요.

인권교육은 모든 사람이 다 참여하면 좋겠어요. 남편과 아내, 시댁 식구, 어린이와 어르신 모두 인권교육을 받으면 좋겠어요. 사람들이 가진 고정관념을 바꾸는 기회가 되는 인권교육이 있으면 좋겠어요. 인권을 생각하니 '모든 사람이 평등하다'라는 김구 선생님 말씀이 떠올라요. 그래서 내가 생각하는 인권은 누구나 평등하게 존중받아야 할 자격이 있다는 거예요. 직업에는 귀천이 없고, 모든 사람이 평등하게 살아야 한다고 생각해요.

이렇게 인터뷰하니 참 좋아요

10년 후엔 주택 담보 대출을 모두 갚고, 딸은 대학교를 졸업해서 직장에 다니고 있겠죠. 내가 하고 싶은 일을 하며 공부도 멈추지 않는 사람이 될 거예요. 한국어를 자연스럽게 말하면 좋겠어요. 단지 경제적 이유로 일하는 게 아니라 여유로운 마음으로 살면 좋겠어요. 지역사회를 위해서 내가 할 수 있는 일은 이중언어로 통역이나 번역을 할 수 있어요. 이주여성을 돕는 일 또한 내 재능을 기부할 기회라고 생각해요. 누군가를 돕는 것은 아름다운 일이라고 생각해요.

후배 이주민에게 '한국으로 이주한 이유와 상관없이 일하기 전에 한국어와 한국에 대해서 배우면 좋겠어요. 너무 성급하게 일하려 하지 말고 배울 기회를 최대한 활용하세요. 인권이 무엇인지 알아야 나를 보호할 수 있어요. 아는 것이 나를 보호하는 통로가 된다는 걸 기억하면 좋겠어요'라고 말하겠어요.

이렇게 인터뷰하니 좋아요. 누군가 내 이야기를 들어주니 참 좋다고 느꼈어요. 내 이야기를 할 수 있다는 게 얼마나 힘이 되는지 모르겠어요. 내가 하는 일이 누군가 이야기를 들어주는 직업인데 막상 내가 힘들 때 이야기할 곳이 없다고 생각하니 힘들었어요.

광주는 정이 많고 따뜻한 도시라고 생각해요. 사람들이 정이 많으니 어려움에 부닥친 사람을 만났을 때 서로 돕고 살아요. 모두 함께하면 해낼 수 있다는 정서가 있는 것 같아요. 다른 사람 일을 자기 일처럼 돌보는 모습도 감명이 깊어요. 그래서 5·18민주화운동을 끝까지 포기하지 않고 감당할 수 있었다고 생각해요. 광주는 음식도 정말 맛있어요. 처음에 광주로 이주해서 그런지 서울에 가면 복잡하고 살기 어렵다 느껴져요. 딸이 사는 세상은 노후 걱정도 없고, 좋은 직장에 취직하려고 젊은 시절을 공부로 허덕이지 않는 사회, 자기가 하고 싶은 일을 즐기면서 할 수 있는 세상이면 좋겠어요. 딸에게 이주 배경 가정이 부끄러운 게 아니라고 말하지만, 아직 사회는 곱지 않은 시선으로 바라보는 느낌이 들어요. 나는 중국에서 광주로 이주해 17년 동안 사는 이주여성이며, 이중언어 통·번역 지원사로 일하고 있어요.

친구가 광주 오면 무등산, 지리산, 한옥 보여주고 싶어

천리 · 중국

허리 굽혀 인사하지 않는 중국

중국 상하이上海에서 한국으로 이주한 천리입니다. 한국으로 이주하기 전에는 말 한마디도 못 해서 이곳에 와서 한국어 공부를 시작했어요. 중국에서는 상하이중의대학교를 졸업하고 중의사로 일했고, 남편은 대학교에서 만나서 혼인했어요. 혼인 후 상하이에서 일하다가 한국으로 이주했어요. 아들이 일곱 살에 한국에 왔는데 당시에 한국어를 할 줄 몰랐어요. 처음에 어떻게 적응할지 걱정했는데 성격 좋은 아들이 금방 적응했고 한국어도 잘해서 마음이 놓였어요. 상하이는 사람도 많고 일자리도 많고 빠른 도시 느낌인데, 광주는 공기도 좋고 느린 편이라 여유롭고 좋아요.

남편이 광주에서 사업을 시작해서 2년 동안은 떨어져 지냈어요. 그러다가 온 가족이 함께 살려고 한국으로 이주했어요. 점점 시간이 지날수록 결정하기 어려워질 것 같아서 모든 걸 내려놓고 오게 되었어요. 사실 쉬운 결정은 아니었어요. 친구도 지인도 활동 범위도 모두 다 상하이에 있는데 한국으로 이주한다는 건 정말 어려운 결정이었죠.

대학교에 다닐 때 한국 드라마나 예능프로그램을 많이 봤어요. 남편은 친한 친구 소개로 만났어요. 같은 아시아 국가라 비슷하다고 생각했는데, 한국은 민주주의국가라 중국과는 사상이 다른 게 많더군요. 그래도 상하이가 다른 중국 지역보다 열린 곳이라서 한국에 적응하는 데 어려움을 덜 느꼈어요. 한국은 유교문화나 예절이 중국에 비해서 더 강조되는 것 같아요. 중국에서는 허리를 굽혀서 인사하지는 않거든요. 그리고 한국은 반도체나 과학기술 분야도 중국보다 더 앞섰다고 생각했어요.

아직 차별받은 경험은 없어

2018년 3월에 한국으로 이주했어요. 모든 걸 새롭게 시작해야 한다는 부담감을 많이 느끼고 왔어요. 중국에 있을 때는 부모님과 같이 살아서 집안일을 거의 하지 않았거든요. 내가 직장에 다녀서 주로 부모님께서 아들을 돌보고 집안일도 해주셨어요. 그런데 한국에서는 내가 한국어로 소통하지 못하니까 채소를 사려고 공부해야 했고, 음식 준비도 하나씩 배워가야 했어요. 내 부모님이 아들을 거의 키우다시피해서 이주 초기에 아들이 한국엔 자기편 들어주는 사람이 없다고 말했어요. 다행히 시부모님께서 아들을 많이 사랑해 주셔서 적응하고 한국 생활도 익숙해졌어요.

　이주민으로 살면서 가장 어려운 건 한국어 의사소통이었어요. 한국 사람과 대화하면 집중해서 들어야 하니까 늘 긴장되었죠. 중국에서는 어디에서 무엇을 하든 다 익숙했는데 지금은 뭐든지 힘을 들여 집중해야 하니까 어렵죠. 나는 대화할 사람이 없어서 한국어 실력이 향상하지 않는다고 생각해요. 쇼핑할 때도 단어 하나하나 일일이 찾아봐야 하는 번거로움이 있어요. 다문화센터에서 한국어를 배웠어요. 센터에서 일하는 중국 선생님을 만나서 어려울 때 많은 도움을 받았어요. 센터에 다니는 중국 친구도 알게 되어서 고민이 있거나 어려울 때 만나서 이야기를 나누고 서로 위로하니 힘이 돼요. 이주민으로 살면서 차별받은 경험은 없어요. 지금까지 다 좋은 사람들을 만났어요. 3년 동안 한국어 공부에 집중하다가 직장에 들어갔는데 모두 환대해주셨어요. 아는 언니가 중국어 강사를 하도록 소개해줬어요. 정말 내겐 행운이었어요. 학교 선생님도 친절하게 대해 주고, 사무실 분위기도 좋아요. 중국에서 중의사로 일했던 것과는 다른 일이지만 중국어를 가르치고 중국을 알릴 수 있어서 재미있고 좋아요.

　광주는 여유로운 도시라고 생각해요. 지인이 광주로 오면 무등산과 지리산과 한옥을 보여주고 싶어요. 무엇보다 음식이 정말 맛있어요. 아들이 나주곰탕을 정말 좋아하거든요. 광주 근교에 바다가 있고, 아름다운 백수 해안도로도 있어서 좋아요. 광주 공기는 정말 맑아요. 친구와 함께 무등산에 몇 번 올라갔는데 바람을 맞으면 느낌이 정말 좋았어요. 이주 초기에는 마음에 여유가 없었는데, 지금은 여유가 생겨서 아름다운 걸 볼 수 있어요. 광주가 특별한 건 계절마다 피는 아름다운 꽃을 감상할 수 있는 거예요. 광주에서 살면서 아쉬운 건 커다란 창고형 마트, 이케아나 코스트코가 없는 거예요.

점점 나이가 들어가니 꿈과 희망보다는 현실을 바라보게 돼요. 내가 할 수 있는 것과 내가 할 수 없는 것 사이의 차이가 보이더라고요. 평범하게 사는 게 대단한 일상이라고 생각해요. 코로나19로 자유롭게 다니던 중국에 다녀오는 것조차 어렵게 되니 일상에 감사하고 만족하며 살게 돼요. 큰 꿈은 없고, 하루하루 즐겁게 내가 할 수 있는 일을 하는 게 좋아요. 이전처럼 바쁘고 분주하게 살지 않으려고 해요. 코로나19로 부모님을 찾아뵐 수 없어서 속상해요. 코로나19가 준 깨달음은 아무리 내가 계획을 세워도 하나님이 허락하지 않으면 할 수 없다는 거예요. 이전에는 내가 노력하면 뭐든지 할 수 있다고 생각했었는데 코로나19가 내 생각을 바꾸었어요. 요즈음에 정기적으로 모이는 모임은 없어요. 나이 들수록 마음속 깊은 이야기를 털어놓을 수 있는 사람이 적어져요. 그래서 남편과 많은 이야기를 나눠요. 남편이 가정에 중심을 둔 사람이라 가족끼리 많은 시간을 보내요. 함께 운동하고, 뭔가를 함께 만드는 역동적인 공동체가 있으면 좋겠어요.

인권, 자유롭게 자기 의지대로 사는 것

인권교육을 받은 적이 없어요. 시간이 있으면 인권교육에 참여하고 싶어요. 인권에 있어서 자유가 가장 중요하다고 생각해요. 인권교육 강의는 사례를 들어 이해하기 쉬운 언어로 풀어서 설명해주면 좋겠어요. 내가 만약 '인권교육을 담당하는 강사'라면 인권 관련한 사례를 제시하며 가르치겠어요. 내가 경험해서 얻은 통찰력을 함께 나누고 싶어요. 인권교육 참여자 모두에게 얼마나 귀하고 소중한 가치가 있는지 강의하고 싶어요. 누구든 당당하게 자신이 옳다고 생각하는 걸 자유롭게 누리며 살라고 말하겠어요.

동료 이주민에게는 '노동으로 이주했든, 혼인으로 이주했든 자기 스스로 강해지고, 한국어로 의사소통을 잘하면 좋겠어요. 사람마다 생활방식과 사고가 다르지만 서로 존중하며 살면 좋겠어요'라고 말하고 싶어요. 선주민에게는 '누구나 사람으로 대우해 주면 좋겠어요. 사람과 사람이 화목하게 지내면 좋겠어요'라고 말하고 싶어요. 인권교육은 자유로운 환경에서 전문적 용어보다는 이해하기 쉬운 사례를 제시하면 좋겠어요. 내가 생각하는 인권은 이 사회에서 얼마나 자유롭게 사는지, 다른 사람에게 얼마나 인정받는지, 자기 자신을 얼마나 인정하며 사는지에 달려 있다고 생각해요. 만약 자기 의지대로 살지 못한다면 반성하고 성찰하고 개선할 필요가 있다고 생각해요. 그렇지 않으면 자유로운 삶이 아니니까요.

10년 후에는 한국어로 자유롭게 소통하고, 재정도 안정되어, 중국에 자유롭게 갈 수 있겠죠. 지역사회를 위해서 환경보호를 위한 자원봉사 활동을 할 수 있어요. 또한 한국과 중국 사이에서 문화교류를 촉진하도록 다리 역할을 하고 싶어요. 요즘 한국 아이들이 중국문화에 관심이 없다는 게 매우 아쉬워요. 후배 이주민에게 '한국어 의사소통이 가장 중요하니 한국어를 잘 배웠으면 좋겠어요'라고 말하겠어요.

우리 아이가 민주주의 국가에서 살면 좋겠어요. 민주주의 국가는 인맥이나 다른 배경이 없어도 자기 능력을 충분히 발휘할 수 있거든요. 그래서 우리 아이가 민주주의 국가에서 자유롭게 살길 바라요. 중국에서 중의사로 일하다가 가족을 위해 한국으로 이주한 천리입니다. 날마다 삶에 만족하면서 살고 있어요.

엄마 나라는 코끼리도 있는 멋진 나라다

애티나 사라 · 인도

'돈 없어도 나와 혼인할 수 있냐'라고 묻던 남편

2011년에 인도에서 한국으로 이주한 사라입니다. 인도에서 1남 2녀 중 장녀로 태어났고, 대가족으로 살았어요. 시골에서 도시로 이주한 할아버지가 집을 짓고 우리 아버지와 삼촌과 고모를 키우셨어요. 3년 전에 할아버지께서 돌아가셨는데 인도로 가 뵐 수 없어서 정말 슬펐어요.

남편은 한국에서 목회하는 고모부 소개로 만났어요. 남편이 신앙생활 열심히 하는 사람을 소개받고 싶다고 부탁했거든요. 고모부가 남편 사진을 가지고 왔고, 그렇게 서로 사진을 교환한 후 메신저로 메시지를 주고받으며 장거리 연애를 시작했어요. 남편이 나에게 '돈 없어도 나와 혼인할 수 있나?'라고 솔직하게 말했어요. 남편과 함께할 꿈이 있었기에 나는 흔쾌히 승낙했어요. 남편이 인도로 혼인하러 왔고, 인도에서 3개월간 같이 지내다 남편이 먼저 한국으로 왔어요. 혼인 비자를 준비하는데 1년 정도 걸렸고, 이후에 나도 한국으로 이주했지요. 한국에 대해서 아는 게 거의 없었어요. 고모부에게서 들은 게 전부였고, 방송을 통해 본 한국 모습이 전부였어요. 높은 빌딩과 좋은 차가 많고 잘 사는 나라로 인지하고 있었어요.

평생 잊을 수 없는 '임영희' 선생님

2011년 2월에 한국으로 이주했는데 너무 추웠어요. 부모님이 보고 싶은 마음도 있었지만, 새로운 곳에서 시작하는 삶으로 설레고, 의욕이 넘쳤죠. 그래도 이주민으로 살면서 어려웠던 점이 참 많았어요. 우선 날씨가 너무 추워서 힘들었고, 음식과 문화차이로 힘들었어요. 이주 초기엔 한국 음식이 입에 맞지 않았어요. 물론 지금은 한국 음식을 잘 먹고 또 잘 만들어요. 한국에 있는 '빨리빨리' 문화에 적응할 수 없었어요.

경제적으로 형편이 넉넉하지 않아서 생활하는데 힘들었어요. 내가 이주할 당시 남편은 학생 신분이어서 경제활동을 제대로 할 수 없었고 집에 먹을 게 넉넉하지 않았어요. 그래도 내가 정말 힘들 때 도움을 준 사람들이 많았어요. 내가 갑자기 수술해야 할 상황인데 의료보험이 없어서 난감했어요. 당시 우리가 가진 돈으로는 수술비를 내기에 턱없이 부족했어요. 여기저기 수소문했는데 마침 우리 소식을 알게 된 광주시청 다문화 담당

공무원이었던 임영희 선생님이 선뜻 부족한 수술비를 내주셨어요. 정말 고마운 분으로 평생 '임영희'라는 그분 이름을 잊을 수 없어요. 또 국가에서 지원하는 다문화가정 결혼식 프로그램을 신청했고 결혼식 후에 신혼여행으로 제주도에 다녀왔어요.

이주민으로 차별받은 경험도 있어요. 피부색과 외모가 다른 나를 보고 사람들이 쳐다보고 수군거리고 무시할 때 아주 힘들었어요. 사람들이 쳐다보는 시선이 몹시 불편했는데 아직도 나를 바라보던 사람들 눈빛이 기억나요. 한국어로 의사소통할 수 없으니 사람들이 곱지 않은 시선으로 쳐다봐도 아무 말도 할 수 없었어요. 버스를 타고 갈 때도 이주민이라고 같이 앉지도 않았어요. 내가 버스 빈자리에 앉으면 일어서는 사람도 있어서 속상하고 힘들었어요.

우리 아이들도 피부색이나 외모로 힘들어할까 봐 걱정되었어요. 다행히 많은 이주민과 어울려 살아서 그런지 피부색이나 외모에 대한 거부감이 없어요. 큰딸이 유치원 다닐 때 딸 친구가 딸에게 엄마가 이주민이라며 놀렸다고 했어요. 그래서 유치원 원장에게 이런 일이 다시 발생하지 않도록 요청했어요. 그리고 딸에게 '우리 엄마는 5개 나라 언어로 말할 수 있고, 엄마 나라에는 코끼리도 있는 멋진 나라다'라고 말하라고 했어요. 그리고 아이들에게 '당당해지라! 그리고 엄마가 해준 말로 자랑하라'라고 이야기했어요. 아이들 거울은 부모이기 때문에 우리가 당당하게 사는 모습을 보여주려고 노력해요. 다문화라는 정체성은 바꿀 수 없는 거잖아요. 그리고 부끄러운 일도 아니고요. 자연스럽게 아이들이 인식하고 받아들이도록 이야기를 많이 나눠요.

무등산 정상까지 올라갔더니 정말 아름다웠어요. 양림동은 근대역사 문화마을로 볼거리도 많아요. 남편과 함께 사회적 기업을 만들어 이주민에게 일자리를 제공하고 싶어요. 또한 인도에도 회사를 세워 그곳에서도 일자리를 창출하고 싶어요. 코로나19로 지난 3년 동안 회사 수출이 막혀서 어려움을 겪었는데 조금씩 헤쳐 나가고 있어요. 코로나19로 아이들 셋을 혼자서 돌보기가 힘들었어요. 고향에 있는 부모님을 초대하고 싶은데 지금 상황에서는 그럴 수 없어요.

전남대학교 연구원으로 근무 중인 남편을 둔 인도 언니가 나보다 먼저 한국에 왔어요. 힘들고 어려울 땐 그 언니를 만나서 마음속 깊은 이야기를 나누면 마음이 한결 편해지고 위로받아요. 내가 생각하는 안전한 공동체는 마음속 깊은 이야기를 편하고 자유롭게 나누고, 판단 없이 들어주는 공동체예요.

돈이 많아야만 행복하다고 생각하는 한국 사람들

아직 인권교육 받은 경험은 없어요. 기회와 시간이 된다면 인권교육에 참여하고 싶어요. 인권교육에서 중요한 건 강의하는 내용과 강사라고 생각해요. 참여자 마음을 이해하고, 그들 이야기를 판단 없이 들어주고, 질문에 알아듣기 쉽게 설명해주면 좋겠어요. 참여자 이야기를 잘 들어주는 강사면 좋겠어요. 내가 만약 '인권교육을 담당하는 강사'라면 각 나라 문화를 존중하고 이해하도록 강의하고 싶어요.

동료 이주민에게 '가장 중요한 건 우리가 이룬 가정을 행복하게 만들며 살려고 노력하는 태도와 마음가짐이에요. 다른 사람 시선과 판단은 아무것도 아니라는 걸 기억하며 살면 좋겠어요'라고 말하고 싶어요. 선주민에게 '한국 사람들은 돈이 많아야만 행복하다고 생각하는 것 같아요. 하지만 돈의 가치보다 가정의 행복이 더 중요하다고 생각해요. 아이들 웃음소리와 가족과 함께 보내는 시간만으로도 충분히 행복을 느끼며 살 수 있어요'라고 말하고 싶어요.

이렇게 이주민 목소리를 담아 책으로 출간하는 건 좋은 아이디어라 생각해요. 텔레비전 광고로 제작하는 프로그램이 있으면 좋겠어요. 갈등 문제만을 다루지 말고 화목한 사례도 방송하면 좋겠죠. 호기심과 흥미와 관심을 둘 수 있는 이주민을 주인공으로 하는 드라마도 만들면 좋겠어요. 그러면 사람들이 자연스럽게 이주민 인권에 관심을 갖겠죠.

내가 생각하는 이주민은 한국어가 서툴다고 생각하는 사례가 종종 있어요. 그래서 이주민과 한국인이 함께 있으면 한국인에게 옆에 있는 이주민에 관해서 묻는 걸 경험했어요. 이주민은 한국어로 말 할 수 없다고 자기 잣대로 미리 짐작하지 않았으면 좋겠어요. 나는 사람을 무시하는 게 인권침해라고 생각해요. 피부색과 외모가 다르다고 무시 받을 이유는 없잖아요. 그래서 내가 나를 사랑해야 나를 지킬 수 있다는 걸 깨달았어요. 그때부터 함부로 말하고 판단하는 사람들이 부끄러운 일이지 내 잘못이 아니라는 생각으로 바꿔었어요. 그 후로 피부색이나 외모로 자신을 부끄럽게 생각하지 않아요. 그리고 자기 생각을 말하고, 잘못된 일에 맞서서 싸워야 한다 생각해요.

인도에서 보육원과 교회를 세우는 게 꿈

한국에 올 때 꿈과 기대가 많았어요. 지금 남편과 함께 운영하는 사회적 기업이 성장해서 10년 후에는 해외에도 지점이 생기겠죠. 10년 전에 남편과 함께 그렸던 꿈을 이루어 어려운 사람들이 소망과 기대를 잃지 않고 살도록 돕고 있겠죠. 나중에 남편과 함께 인도에서 보육원과 교회를 세우는 게 꿈이에요. 광주에는 유익한 지역사회 문화와 전통이 있는데 고향에 소개해서 좋은 영향을 주고 싶어요. 그리고 지금은 지역사회 이주민을 돌보는 일에 최선을 다할 거예요. 후배 이주민에게 '쓰레기 분리수거를 잘하면 좋겠어요. 무엇보다도 한국어를 열심히 배우세요. 그리고 이곳 문화를 빨리 익히고 가족과 행복하게 살면 좋겠어요'라고 말하겠어요.

나는 인도에서 이주한 사라입니다. 처음에는 너무 힘들었으나 지금은 행복하게 살고 있어요. 인생 목표는 '사랑하며 살자. 행복하게 살자'예요. 용감하게, 씩씩하게, 돈이 있어도 행복하고 없어도 행복한 삶을 추구해요. 그리고 가정을 가장 중요하게 생각하는 사람이며, 우리가 행복해야 다른 이웃에게 좋은 영향을 줄 수 있다고 생각하는 사람이에요. 우리 가족 이야기는 KBS 〈이웃집 찰스〉와 연합뉴스TV 하모니에 5부작으로 소개되었어요. 앞으로도 한국에서 많은 행복을 나누며 살아가는 사라가 될 거예요.

다문화가족이라는 단어가 사라져야

송○○ · 캄보디아

캄보디아에서 한국교회 다녀

나는 캄보디아 프놈펜국립대학교에서 철학 전공으로 석사과정을 마쳤어요. 대학을 졸업하고 모교에서 철학 교수가 되고 싶었는데, 학업이 생각보다 어려워 중간에 포기했어요. 캄보디아에서 남편을 처음 만났어요. 당시 나는 대학을 졸업하고 은행 대출부서에서 일하고 있었는데 대학교 4학년인 남편이 캄보디아로 와서 일했어요. 캄보디아에서는 대학교를 졸업해야 회사에 취직할 수 있었는데 남편은 대학생으로 일하고 있어서 약간 신기했어요.

가톨릭 신부가 한 대학교에서 장학금을 받도록 추천해서 한국으로 왔어요. 한국으로 유학하러 왔을 때 지인은 남편밖에 없었어요. 그래서 한국어를 가르쳐 줄 한국인을 소개해 달라고 부탁하면서 남편에게 연락했지요. 남편이 영어 공부를 함께하는 모임에 나를 데리고 갔는데, 공부 모임에 온 사람들이 우리가 서로 잘 어울린다고 계속 부추겼어요. 당시에는 남편과 사귈 마음은 없었어요. 한국어를 준비하면서 토픽 시험을 봤는데 합격 점수에서 3점이 부족했어요. 열심히 준비했는데 점수가 부족하니 너무 속상했고, 한강에 앉아서 울고 있는데 남편이 와서 위로해줬어요. 그것이 계기가 되어 서로 사귀다가 혼인까지 하게 됐어요. 남편과 혼인하고 광주로 이주했어요. 지금은 광주에 있는 한 대학교에서 사회복지를 공부하고 있어요.

캄보디아에서 한국교회를 다녀서 한국에 관해서 배우고 알게 되었어요. 캄보디아에서 대학교 다닐 때 한국인 가톨릭 신부를 만나 철학 관련 책을 캄보디아어로 번역할 기회가 있었어요. 그 신부님 덕분에 한국에 관심이 생겼어요. 신부님과 함께 한국과 캄보디아 문화나 교육방식, 사고방식에 관해 의견을 나눴고, 힘들고 어려울 때 도움과 위로를 받았어요. 신부님께서 장학금 신청할 때 도움을 많이 주셨어요.

임산부를 배려하지 않는 게 한국문화?

2013년 서울로 유학을 와서 2년 살다가 광주로 내려오니 시골 같은 느낌이 들었어요. 처음에 다문화센터를 이용하려고 풍암동에서 버스를 타고 2시간 걸려서 다녔는데 당시에 내가 임신 중이라 너무 힘들었어요. 남편이 직장에서 부산으로 발령받아 내려갔고 나는 임신 중에 혼자서 지냈어요. 캄보디아에서는 임산부를 우선해서 챙겨주는데 한국에서는 그렇지 않았어요. 이것이 한국문화인지 아니면 시댁만 그러는지 모르겠더라고요. 시어머니는 임신한 나를 자주 들여다보지 않으셨어요. 임신 과정을 오롯이 혼자 견뎌야 했고, 친구도 없어서 너무 외롭고 힘들었죠. 출산 후에 산후우울증도 겪었어요.

한국에 입국할 당시에 유학비자를 받았고, 혼인 후에 혼인이민 비자로 변경하는 과정이 까다롭고 굉장히 힘들었어요. 출입국관리소 직원이 두 번이나 집에 방문해 신발장을 열어보고 이것저것 살폈어요. 심지어 내가 임신한 상태였는데 배 속 아이가 남편의 아이가 맞는지도 확인했어요. 비자 변경 기간에 캄보디아에 다녀오고 싶어서 유학비자로 다녀왔는데 공항에 도착해서 입국을 거절당한 적도 있었어요. 학교에서 유학비자 체류 기간이 만료되었다고 공지했나 봐요. 다행히 캄보디아를 다녀올 때 임신 확인서와 혼인신고 확인서를 갖고 있어서 각서를 쓴 후 입국을 허락받았어요. 비자를 변경하는 심사과정이 너무 힘들었는데 남편이 연락도 자주 하지 않아 서운하고 힘들었어요. 혼인 생활 중 큰 위기였고, 한국어가 서툴러 갈등도 많았죠. 나중에 한국어로 의사소통을 잘하면서 남편에게 자세하게 내 의견을 표현하면서 갈등을 해결할 수 있었어요.

이주여성으로 사는 건 힘든 여정이었어요. 특히 임신과 출산이 너무 힘들었어요. 첫째 아이를 출산하기 전에 남편이 부산 직장을 그만두고 광주로 돌아오면서 경제적으로도 힘들어졌어요. 한번은 모국 음식을 정말 먹고 싶어서 식당에 갔었는데, 현금으로 결제해야 한다고 해서 먹지 못하고 나온 적도 있어요. 당시에 내가 카드밖에 없었거든요. 임신 중이었고, 또 나는 음식에 애착이 많은 사람이라서 너무 힘들었죠. 임신 중에 버스를 타고 갈 때도 자리를 양보하는 사람이 많지 않았어요.

다른 지역에 다녀와 늦은 밤 터미널에 도착한 적이 있었어요. 택시를 타라며 호객하는 택시기사가 있어서 '집이 근처다'라고 말하니까 '그럼 아저씨랑 놀래?'라며 모욕적인 말을 들은 적도 있었어요. 이주민이라고 함부로 말하고 행동하는 게 당황스럽고 무섭고 기분이 나빴어요. 또 이주 초기에 서울로 유학하러 와서 공부할 때 친정 아빠와 동년배인 교수가 있었어요. 서울 생활에 적응하고 있을 때 친절하게 대해주셔서 의지했어요. 그런데 한번은 밥을 사준다고 해서 나갔더니 내게 소름끼친 이야기를 했어요. '요즘 등록금 때문에 교수와 잠자는 유학생이 있는 걸 아느냐'라고 묻더군요. 그 이야기를 듣고 모욕적이고 두려웠어요. 내가 장학금을 받아야 공부할 수 있어서 불이익을 당할 두려움에 학교 당국에 신고하지도 못했어요. 그저 그 교수에게서 오는 연락을 피하고, 교내에서 만나지 않도록 피하는 일밖에 못 했어요.

이주민으로 살면서 힘들고 어려운 일이 생기면 대부분 혼자 해결했어요. 내 문제인데 다른 사람한테 도움을 요청하는 게 어려웠어요. 그러다 혼자서 해결할 수 없다는 판단에 상담사에게 도움을 받았어요. 남편이 가부장적이어서 아이를 돌보지 않았고, 나는 연년생 아이들을 키우고 돌보느라 제대로 잠도 못 잤었어요. 그런데 남편은 아침밥을 차려주지 않는다고 나를 비난했지요. 더는 이렇게 살 수 없다는 생각에 이혼할 위기에 직면했어요. 그래서 상담사를 찾아가 도움을 요청했고, 주변에 훨씬 심각한 상황에서 사는 사람들이 많다는 걸 알게 되었어요. 그래서 남편과 서로 맞춰가며 사는 게 좋겠다고 생각했어요.

이주민이라는 이유로 차별받은 경험이 많아요. 아이가 아파서 병원에 입원했는데 같은 병실에 입원한 아이가 우리 애와 놀고 싶어 할 때 할머니가 놀지 못하게 막더군요. 감자를 포장하는 공장에서 일할 때 한국어보다 영어로 말하는 게 편해서 다른 사람과 영어로 대화했어요. 그런데 함께 일하는 사람들이 '한국에서 살면 한국어를 써야지'라고 꾸짖었어요. 이주민도 출신 국가에 따라 다른 대접을 했어요. 동남아시아에서 이주했거나 피부색이 검으면 무시하는 경향이 있어요. 피부색이 하얗고 북미나 유럽에서 온 사람들을 대하는 태도가 달랐어요. 그래도 구청 다문화부서에 일하는 주무관께서 많은 도움을 주었어요. 그분 덕분에 지금 직장도 다니고 있거든요.

다른 사람에게 광주를 소개한다면 가장 먼저 5·18민주화운동에 대해 말하겠어요. 한국 민주주의는 광주에서 시작했고, 5·18민주화운동이 없었다면 민주국가와 복지 국가가 되지 못했을 거예요. 내 꿈과 희망을 이루는데 어려움은 한국어라는 장벽이었죠. 한국어와 한국문화, 기술에 대해서 깊이 배우고 싶은데 언어가 가장 어려워요. 코로나19로 힘들었던 건 이주민에게 보내는 곱지 않은 시선을 견디는 거예요. 또 일 년에 한두 번은 고향에 다녀왔는데 코로나19로 갈 수 없어서 힘들었어요. 코로나19로 직장에서도 주말에 외출하지 말라고 제한했어요. 아이들이 학교 가는 것도 제한되어 힘들었죠. 내가 정기적으로 모이는 모임은 없어요. 하지만 나중에 캄보디아 이주여성과 함께 기본적 컴퓨터교육과 인터넷 사용, 파워포인트 제작에 대해서 나누고 싶어요.

인권, 사람으로서 행복하게 사는 것

센터에서 일 년에 두 번씩 인권교육을 받았어요. 노인과 장애인 관련한 법과 제도에 대한 교육을 받았어요. 장애인으로서 받을 수 있는 보장은 무엇이고, 다닐 수 있는 시설은 어떤 곳인지 등에 대해 배웠어요. 아쉬운 점은 이주민과 선주민이 조화를 이루며 사는 교육이 필요하다는 거예요. 광주에서 이주민이 가장 많이 사는 월곡동이 이주민과 선주민이 더불어 사는 지역으로 발전하면 좋겠어요. 그래서 이주민과 선주민 사이에 다리 역할을 하는 교육이 있었으면 좋겠어요.

인권교육은 인간답게 살아갈 수 있는 권리에 대해서 자세히 설명하는 게 중요하다고 생각해요. 내 권리가 중요한 것처럼, 다른 사람 권리도 중요하다는 걸 서로 나누는 거지요. 그래서 이주민과 선주민이 함께하는 인권교육이 필요하다고 생각해요. 내가 만약 '인권교육을 담당하는 강사'라면 혼인 이주여성이 가진 권리에 대해서 강의하고 싶어요. 예를 들어서 이주민은 자신이 원하지 않는 일은 거절한 권리가 있다는 걸 강의하겠어요. 이주민뿐만 아니라 남편과 시댁 식구도 의무적으로 인권교육에 참여해야 한다고 강조하고 싶어요.

동료 이주민에게 '법을 지키면서 살아요. 인권침해를 당했을 때 차분하게 서두르지 말고 당당하게 자기 인권이 보호받을 수 있도록 자신감을 가지세요. 당황하거나 화부터 내지 말았으면 좋겠어요. 같은 이주민에게 더 잘해주고, 같은 처지에 있는 사람이니까 더 이해하면서 살면 좋겠어요'라고 말하고 싶어요. 선주민에게는 '이주민이라고 함부로 반말이나 욕을 하지 않았으면 좋겠어요. 시간이 되면 이주민과 함께 진행하는 프로그램이나 교육에 참여해보세요. 이주민을 향한 긍정적인 시선과 관심을 가졌으면 좋겠어요. 혹시 캄보디아 언어에 관심이 있으면 가르쳐 드릴 수 있어요'라고 말하고 싶어요.

한국과 캄보디아 사이에서 문화교류하는 프로그램이나 활동을 제안해요. 이주민이 자기 문화나 자신들 목소리를 낼 기회가 많이 있으면 좋겠어요. 다문화이해교육이 학교, 주민센터, 지역사회 공동체에서 많이 이뤄지면 좋겠어요. 내가 생각하는 인권은 사람으로서 행복하게 사는 거예요. 행복에는 어느 정도 돈도 필요하고, 정서적 안정과 건강도 중요하죠. 근로기준법을 초과해 너무 심한 일을 하면 정서적 안정과 건강도 무너지게 돼요. 그래서 인권교육이 필요한 것 같아요.

한국 사람과 친구로 지내고 싶지만 어려워

10년 후에 어떤 삶을 살고 있을지 아직 생각해보지 않아서 잘 모르겠어요. 그저 하루하루를 행복하게 살고 싶어요. 내일 일은 모르니까요. 지역사회에서 내가 가진 지식을 나누며 봉사활동도 하고 싶어요. 어려운 일이긴 하지만 한국 사람과 잘 어울리며 살고 싶어요. 사실 한국 사람과 친구로 지내는 게 어려워요. 언어에 있는 감정과 감성을 제대로 표현해야 하니까 소통하는 데 어려움이 있어요.

후배 이주민에게 '혼인했다면 남편 문화도 배우고 이해해야 해요. 남편만 너무 의지하지 말고, 서로 의지하는 존재가 되었으면 좋겠어요. 한국어를 열심히 공부하면 좋겠어요. 어려운 일이 있을 때 혼자서 참지 말고 마음속에 하고 싶은 이야기가 있다면 다문화센터나 친구에게 털어놓으면 좋겠어요'라고 말하겠어요. 더 나은 사회를 만들려면 다문화가족이라는 단어가 사라져야 한다고 생각해요. '다문화'라는 단어로 인해 더 차별이 생기는 것 같아요. 각자 문화가 다르지만 서로 공존하며 인종차별이 없는 사회가 되었으면 좋겠어요. 우리 자녀들은 서로 공존하는 사회에서 살면 좋겠어요.

　출신 국가, 종교, 피부색과 상관없이 서로 문화를 존중하면 좋겠어요. 너와 나는 다르지만 우리는 지구촌에 존재하는 사람으로 화합하고 화목한 관계를 만들 수 있어요. 그래서 우리 아이들에게 더 아름답고 더 나은 미래를 내어줄 수 있다고 생각해요.

아이들에게 엄마 모국어도 가르치길

장유미 · 베트남

베트남 호찌민에서 광주로

베트남 호찌민Hồ Chí Minh에 살다가 한국으로 이주한 장유미입니다. 베트남에는 부모님과 언니 한 명 그리고 오빠 두 명 있고 나는 막내로 태어났어요. 베트남에서는 가정형편이 좋지는 않았지만, 서로 이해하며 행복하게 살았어요. 베트남에 있을 때 꿈은 미용사가 되어, 메이크업하는 직업을 갖는 거였어요.

베트남에서 한국 영화를 보며 한국에 가고 싶다고 생각했어요. 한국 사람들이 서로 존중하며 사는 게 좋아 보였어요. 한국문화도 멋져 보였고, 사계절이 있다는 것도 신기하고 좋아 보였죠. 어느 날 지인 언니가 남편을 소개해줘서 혼인하고 한국으로 이주했어요. 부모님은 내가 막내로 커서 다른 나라로 이주하는 걸 속상하게 생각하셨죠.

교회 다문화공동체 도움 많이 받아

2014년에 광주로 이주했는데, 가고 싶은 나라로 온 것이기에 설레고 기대되었어요. 이주 초기에 한국은 내가 생각했던 모습처럼, 모든 게 아름다워 보였어요. 다만 베트남 가족이 한국으로 나를 보내며 아쉬워하는 걸 걱정하기도 했어요. 신기하고 설레는 마음이 가라앉자 한국어 의사소통과 문화 차이로 어려움을 겪었어요. 한국어와 베트남어 어순이 달라 이해하는데 어렵고, 배우는 것도 힘들었어요. 베트남에서는 남자와 여자가 혼인할 때 남자 집에서 여자 집에 모든 걸 해주는 문화가 있거든요. 그런데 한국에서 그러지 않았어요. 베트남에서는 집안일도 남자와 여자가 함께하는데, 한국에서는 여자가 모든 걸 해야 해서 이주 초기에는 받아들이기 힘들었죠.

이주 초기에 한국어가 서투니 남편에게 하고 싶은 말을 하지 못해서 답답하고 힘들었어요. 그때마다 베트남 친구와 언니들이 한국어로 통역해 주었고, 다른 어려운 일도 도와줬어요. 특히 내가 다니는 교회 다문화공동체에서 많은 도움을 받았어요. 교회에서 한국어도 배우고, 한국문화도 배웠어요. 다문화공동체에서 활동하는 사람들이 늘 따뜻하게 대해주고 많이 품어줬어요. 한국문화를 자세하게 설명해주고, 집안에서 남편과 아내가 어떻게 서로 이해하며 살아야 하는지 알려줬어요. 한국에 대해서 이해할 수 없었던 부분도 차차 이해하도록 도와준 고마운 분들이에요. 나는 이주민이라는 이유로 딱히 차별받은 경험은 없어요.

광주는 치안이 좋고 안전한 도시라 좋아요. 광주 사람은 잘 챙겨주고 정도 많아요. 태풍도 거의 없고 지진도 거의 없는 안전한 곳이라 생각해요. 특히 광주는 음식이 정말 맛있어요. 자녀교육 시스템도 잘 갖춰있고 복지도 좋아서 광주 시민으로 사는 게 자랑스러워요. 지금은 아이들 키우느라 여유가 없어서 내 꿈과 희망을 생각할 겨를이 없어요. 아이들이 성장한 후 시간이 나면 배우고 싶은 걸 마음껏 배우고 싶어요. 코로나19로 부모님이 한국에 오시지 못해서 힘들었고, 가족이나 친구를 만나지 못하는 게 가장 힘들어요. 정기적으로 모이는 모임은 없고, 베트남 친구들과 만나는 모임은 있어요. 서로 마음속 깊은 이야기를 나눌 수 있는 베트남 친구가 있어서 자유롭게 이야기해요.

인권, 누군가에게 강요받지 않는 삶

인권교육을 받아 본 경험은 없어요. 인권에 대한 강의나 프로그램이 있다면 참여하고 싶어요. 인권교육은 누구나 자유롭게 살도록 교육하는 강의였으면 좋겠어요. 내가 할 수 있는 걸 하고, 선택하고 싶은 걸 선택하며, 말하고 싶을 때 말하면서 살도록 교육하면 좋겠어요. 서로 이해하고, 서로 돕는 사회에서 우리 아이들이 성장하면 좋겠어요. 그래서 인권교육이 필요하고, 특히 한국어와 베트남어로 자유롭게 배울 수 있는 환경이 있으면 좋겠어요. 우리 아이들이 이주 배경을 가진 가족인 걸 당당하고 자랑스럽게 생각하도록 가르치는 교육과정이 있으면 좋겠어요. 엄마가 베트남에서 이주했다는 걸 자랑스럽게 여기며 성장하도록 안내하는 교육도 있으면 좋겠어요. 편견이나 곱지 않은 시선에서 아이들이 자유롭게 살아가는 사회가 되길 소망해요.

동료 이주민에게 '같이 행복하게 살고, 한국말도 잘 배우고, 아이를 잘 키우세요'라고 말하고 싶어요. 선주민에게 '이주민을 무시하지 말고 친하게 지내면 좋겠어요. 한국어 의사소통이 서툴 수 있는데 한국 사람이 너그럽게 생각하고 이해해주면 좋겠어요'라고 말하고 싶어요. 내가 생각하는 인권은 내가 배우고 싶은 것 배울 수 있고, 내가 할 수 있는 일을 할 수 있고, 누군가에게 강요받지 않고 사는 거예요.

미용실을 개업해 있겠죠

10년 후엔 미용사 자격증을 취득한 후 미용실을 개업해 있겠죠. 미용사로 일하는 게 정말 좋은데 아직은 준비할 시간이 없어서 아쉬워요. 지역사회에서 내가 할 수 있는 일이 있다면 적극적으로 참여하고 싶어요. 기회가 된다면 베트남 문화와 언어를 가르치는 일을 하고 싶어요. 서로를 이해하는 사회를 만드는 데 이바지하고 싶어요.

후배 이주민에게 '먼저 한국말을 배우세요. 문화도 이해하고 오면 좋겠어요. 이주 초기에 열심히 공부하지 않은 걸 후회해요. 한국어가 서툴러 아이들과 소통하기 힘든 부분이 있어요. 마음속 깊은 이야기를 하고 싶어도 할 수 없어요. 한국어를 꼭 배우세요. 가능하다면 아이들에게 엄마 모

248

국어를 가르치세요'라고 말하겠어요. 나는 베트남에서 한국으로 이주해 8년째 사는 장유미입니다. 나는 가족과 행복하게 살고 싶은 사람이에요.

자기 나라에서 살지 않고 왜 한국에 왔나?

강다인 · 필리핀

하나님께 3개월 동안 기도한 후 남편을 만나겠다고 결심

필리핀에서 한국으로 이주한 강다인입니다. 남편과 아들, 이렇게 셋이 함께 살고 있어요. 필리핀 원가족은 부모님과 7남매가 있는데 나는 다섯째로 성장했고, 서로 다투기도 하며 재미있게 살았어요. 필리핀에서는 학교 선생님이 되고 싶었어요. 난 여행을 좋아해서 세계여행을 하는 꿈도 있었어요. 아빠는 경찰이셨고, 엄마는 주부셨어요. 어린시절 행복한 추억들이 많았어요. 그러다 내가 중학생 때에 갑자기 아프면서 우울증이 생겼어요. 병원도 자주 다니고 병원비가 많이 들어서 집에서 치료받았어요. 그때가 내 인생에서 위기였고 제일 아픈 시기였어요. 가족들이 따뜻하게 대해주고 돌봐줘서 회복했는데, 당시 아팠던 기억과 흔적이 몸에 남아 있어요. 병원 치료비를 감당하기 어려워 동네 어른들이 민간요법으로 치료해줬거든요. 약재를 넣은 뜨거운 걸 내 다리에 놓아서 화상을 입었을 때 아팠던 기억이 있어요. 한국에 와서 피부과에 문의했지만 오랜 흔적이라 치료할 수 없다고 했어요.

내 개인 생각으로 필리핀 남성은 책임감이 부족해서 다른 나라 사람과 혼인하고 싶었어요. 친구 소개로 지금 남편을 만났어요. 친구가 국제결혼을 제안할 때 두렵기도 했어요. 두려운 마음으로 하나님께 3개월 동안 기도한 후 남편을 만나겠다고 결심했어요. 국제결혼을 하겠다는 내 결정에 가족들이 처음에는 당황했는데 나중에 내 의견을 존중해줬어요. 걱정을 많이 했던 부모님이 남편을 만나 보고 좋아하셨어요.

한국으로 이주한 후 광주에서만 살았어요. 매곡동에서 삼각동으로 이사했다가 지금은 수완동에서 살고 있어요. 내가 생각하기엔 광산구가 살기에 좋은 곳 같아요.

나중에 필리핀에서 남편과 아들과 함께 살고 싶어요. 남편도 필리핀에서 살고 싶어 하거든요. 이주 초기엔 남편과 갈등이 많았는데 한국문화와 사고방식 차이가 커서 맞춰가는 과정이 필요했던 거죠. 필리핀에서 한국 드라마를 보면서 한국에 대해서 알게 되었는데, 좋은 나라라고 생각했어요. 드라마에 나오는 배우들 모두 멋지고 예쁘고, 피부도 좋고, 건물이나 환경이 좋아 보였어요. 그래서 한국이라는 나라가 궁금했고, 가보고 싶다고 생각했어요.

연로한 부모님 요양원에 보내는 문화 이해 안 돼

2008년에 한국으로 이주했어요. 남편이 인천공항에 마중 나와서 기분 좋았어요. 모든 것이 필리핀과 달라서 공항이 깨끗하고 넓고 아름다웠어요. 이게 한국이구나 하고 실감 났어요. 필리핀에서 출발할 때 긴장도 하고 두렵기도 했어요. 마닐라에서 출발했기에 부모님이 나를 배웅하지 못해서 아쉽고 서운했지요. 낯선 나라로 가는 첫걸음이니까, 어떤 상황과 문제가 생길지 걱정이 되었지만, 기도하면서 하나님께 맡기고, 남편을 의지하고 왔어요.

한국에서 살면서 가장 힘들었을 때는 임신했을 시기였어요. 난 어렸고 경험도 없고 그래서 부담되었어요. 임신한 후 남편과 함께 2주간 병원 다니다가 그 후로 혼자 다녔어요. 당시에 한국어가 서툴러서 어려웠어요. 병원, 은행, 동사무소에서 일을 볼 때도 한국어로 의사소통이 원활하지 않으니 정말 힘들었죠. 다행히 사람들이 천천히 말해주었어요. 남편이 바빠서 돌봐줄 사람도 없어 늘 혼자 있었어요. 중학교 때처럼 우울증이 생겼어요. 그래서 조선대학교 병원에 입원하기도 하고 친정어머니가 오셔서 돌봐주기도 했어요. 아기를 낳은 후 돌봐 줄 사람이 없었고, 맡길 사람도 없어서 힘들었어요. 이주 초기에 문화 차이로 힘들었어요. 남편을 바라보면서 필리핀 남성과 자꾸 비교하게 되더라고요. 가장 이해되지 않았던 한국문화는 항상 여성이 밥을 챙기고 반찬도 여러 가지 준비해야 하는 거였어요. 필리핀에서는 배고프면 자기가 알아서 차려 먹거든요. 그리고 가족끼리 돈이 필요하면 서로 도와줄 수 있다고 생각하는데 한국에서는 서로 돈을 빌리고 빌려주는 걸 어려워했어요. 형제 사이가 어색해 보였어요. 그리고 연로한 부모님을 요양원에 보내는 것도 이해되지 않았어요.

내가 힘들고 어려울 때 남편만 의지했어요. 남편이 많이 도와줬어요. 다문화센터에서도 도움을 많이 받았어요. 센터에서 한국어도 배웠고, 병원에서 의사소통이 안 될 때 통역도 해줬어요. 이주 초기에 시어머니께서 다문화센터에 다니는 방법을 알려주시며, 일주일 동안 같이 버스 타는 법도 알려주셨죠. 이주민이라고 내 눈앞에서 차별하지 않았지만, 사람들이 지나치며 하는 말을 들었어요. '자기 나라에서 살지 않고 왜 한국에 왔나? 한국어도 못하면서 왜 한국에 와서 사나?'라는 말을 자주 하더군요. 그런 말을 들으면 기분이 좋지 않지만 '저런 사람도 있지' 하고 무시했어요. 출신 국가가 다를 뿐 모두 똑같은 사람인데, 왜 그렇게 무례하게 말하는지 마음에 상처가 되었어요.

광주에 대해 잘 몰라요. 다문화센터와 집 외에는 자주 가본 곳이 없어요. 남편이 밖으로 나가 돌아다니는 걸 좋아하지 않아요. 나는 아직 운전도 할 수 없고 혼자 다닐 수 없어서 많이 돌아다니지 못했어요. 남편이 토요일까지 일하니까 피곤하다는 걸 알고 있어서 이해하고 살아요. 내가 생각할 때 광주는 사람들이 정이 많고 착하고, 살기 좋은 도시인 것 같아요. 서울과 비교했을 때 물건도 저렴하고 공장에서 일할 곳도 많은 것 같아요. 사람들도 싸우지 않고 사이좋게 지내는 것 같아요. 무등산에 가보지는 못했지만 아름다워 보였어요. 광산구는 평화롭고 주민을 보호하는 좋은 지역이에요.

다문화센터에서 통역이나 번역하는 일을 하고 싶은 꿈을 갖고 있는데 쉽지 않네요. 한국어를 열심히 공부해 토픽 점수도 높여야 하는데 한국어 배우는 게 가장 어려워요. 영어는 높임말 같은 게 없는데 한국어는 존댓말이 있어서 더 어렵게 느껴져요. 코로나19로 어려움은 없었어요. 하지만 '이주민 때문에 이 동네에 코로나가 더 많이 생겼다'라는 말을 듣는 게 불편해요. 이주민 한 명이 잘못을 저지르면 모든 이주민을 똑같이 곱지 않은 시선으로 바라보는 게 힘들죠. 필리핀 원가족을 만나러 가지 못하는 게 힘들어요. 작년에 필리핀에 이민 가려고 했는데 코로나 때문에 가지 못했어요. 코로나19가 나아지면 필리핀으로 이주할 계획이 있어요. 정기적으로 모이는 모임은 없어요. 친구들이 다 바쁘고 직장에 다녀서 모이기가 쉽지 않아요. 개인적인 어려움이나 문제를 다른 필리핀 친구에게 나누지 못하기도 하고요. 주로 남편하고 대화를 많이 나눠요. 안전한 공동체가 있다면, 내가 어떤 이야기를 해도 외부로 소문나지 않는 그런 모임이겠죠. 마음껏 이야기하고 토론할 수 있는 모임이 있으면 좋겠어요.

이혼 관련 법이 없는 필리핀

아직 인권교육을 받아본 경험은 없어요. 다문화센터에 다니는 동안 다른 교육은 받았는데 인권교육은 받은 적이 없어요. 인권교육이 있다면 참여하고 싶어요. 어떻게 내 인권을 지켜야 하는지 궁금해요. 인권교육은 내용이 중요한데 사례를 제시하며 이해하기 쉽게 설명해주면 좋겠어요. 내가 만약 '인권교육을 담당하는 강사'라면 여성에 관한 이야기를 나누고 싶어요. 인권침해를 당하는 다양한 사례가 많아서 그 점에 대해 다루고 싶어요.

동료 이주민에게 '부부 사이 문제가 생기고, 소통이 안 될 때 먼저 참고 마음을 가라앉히고 생각했으면 좋겠어요. 싸울 수 있어요. 하지만 문제가 생겼다고 바로 집을 나가지 않았으면 좋겠어요. 주위에 많은 이주민이 이혼을 선택했어요. 남편과 자주 대화하고 소통하면서 참을 수 있는 점은 참고 살면 좋겠어요'라고 말하고 싶어요. 선주민에게 '이렇게 좋은 나라를 만들고, 이주민이 이주해서 함께 살도록 해서 감사해요. 한국문화, 한국 생활이 내 인생에 많은 영향을 줬어요. 다만 이주민을 차별하지 않았으면 좋겠어요'라고 말하고 싶어요.

이주민과 함께 사는 선주민이 서로 시선을 넓히고 서로 존중하고 서로 배울 수 있는 인권교육 프로그램이 있으면 좋겠어요. 우리 자녀들이 안전한 사회에서 살도록 교육하면 좋겠어요. 청소년이 스스로 개발할 수 있는 교육이 많이 생기면 좋겠어요. 이주 배경 가족이라는 이유로 차별받지 않는 안전한 사회가 되었으면 좋겠어요. 서로 이해하고 더 풍성한 문화를 만들어갈 수 있는 교육프로그램이 많아지길 기대해요.

내가 생각하는 인권은 사람이 자유롭게 살아갈 수 있는 거예요. 필리핀에는 이혼 관련 법이 없어요. 폭행당해도 여성 인권을 보장받지 못하니 그냥 따로 사는 걸 선택하거든요. 여성에게 불공평하죠. 사람이 살아가는데 인권은 꼭 필요한 거라고 생각해요. 핵심은 자유롭게 사는 것이죠. 내가 가고 싶을 때 가고 선택하고 싶을 때 선택할 수 있어야 한다고 생각해요. 정해진 법은 따라야 하지만, 인간으로서 가장 기본적인 것은 누리며 살아야 한다고 생각해요.

세계 여행하면서 살고 싶어

10년 후엔 필리핀에서 살고 있겠죠. 필리핀 세부에 있는 바다 앞에서 지금 가족과 필리핀 원가족이 재미있게 살고 있을 거예요. 나는 세계 여행하면서 살고 싶어요. 지역사회에서는 광산구 명예통장으로 이주민 재능기부단에서 활동하고 있어요. 나중에 이주민을 돕는 봉사도 하고 싶어요. 코로나19 관련해서 백신 신청하는 방법이나 자가 격리하는 이주민에게 영어로 통역하고 보건소 가는 방법이나 절차를 설명해줬어요.

후배 이주민에게 '한국어를 열심히 공부하세요. 한국어를 배워야 소통하고 사는 데 어려움이 없어요'라고 말하겠어요. 한국으로 시집와서 사는 데 주변 사람들이 많이 도와줘서 감사해요. 한국 국민이 멋지게 살도록 한국 정부가 펴주니 제일 감사해요. 한국어가 어렵긴 하지만 잘 만든 언어라고 생각해요. 다문화센터에서 일하는 모든 선생님에게도 감사해요. 이렇게 인터뷰하며 내 이야기를 할 수 있는 시간과 공간이 있어서 정말 감사해요.

노동자로서 한국경제에 도움 주고 있어

티나 · 캄보디아

노동자 선발 시험에 합격해서 한국으로

2013년에 캄보디아에서 이주하여 노동하며 사는 티나입니다. 캄보디아에서 대학교에 다니다가 한국으로 노동하러 이주했어요. 캄보디아에서 노동자 선발 시험을 치르고 합격해 한국에 왔어요. 캄보디아는 월급도 적고 물가도 비싸고 생활하기가 어려워서 돈을 벌겠다는 마음으로 한국행을 결정했어요. 지금 남편이 한국으로 오는 정보를 알았고, 그래서 함께 준비해서 한국에 일하러 왔어요. 처음에는 경기도에 있는 농장에서 일했는데 농장 일이 너무 힘들었어요. 그래서 남편이 경기도에서 직장을 옮기도록 도와주어서 광주로 왔어요. 남편과는 한국에서 함께 지내다 사귀고 혼인하게 되었어요. 아이 한 명이 있는데, 현재는 캄보디아에서 생활하고 있어요.

혼인하고 임신했을 때 출산 준비를 제대로 하지 못했어요. 당시에 집주인이었던 교회 권사님 소개로 교회 다문화공동체를 알게 되었고 그 후로 많은 도움을 받았어요. 처음에는 한국어가 서툴고, 한국 음식이나 계절에 적응하기 힘들었는데, 그럴 때마다 도움과 위로를 준 공동체예요. 임신 중에 한국어 소통이 어려워 병원 가는 게 힘들었고, 건강보험이 없어서 병원비도 많이 나왔는데 그때마다 많은 도움을 받았어요. 다문화공동체 담당 목사와 사역자가 출산 과정과 출산 후 해야 할 일을 알려줬어요. 모두 가족처럼 마음이 참 따뜻한 사람들이에요.

한국에 대해서는 한국 드라마를 통해서 조금 알고 있었어요. 먹거리도 많아 보이고, 좋은 교육을 받는 것 같고, 눈도 내리고, 사람도 멋있고, 예쁘고 그런 모습이 좋아 보였어요. 한국에서 살고 싶은 마음이 들었어요. 캄보디아에서 3개월 동안 한국어를 배웠어요.

겨울에 온수도 나오지 않는 농장에서 일하기도

2013년 한국에 왔는데, 기대되고 설레기도 했어요. 모든 게 아름다워 보였어요. 그런데 농장에서 하는 일이 너무 힘들었어요. 일하는 곳에서 숙소가 멀었고, 아는 친구도 거의 없었어요. 숙소에는 여자만 살아서 무서웠어요. 핸드폰이 없어서 부모님께 자주 연락하지 못했고, 그래서 부모님이 걱정하셔서 너무 슬펐어요. 나는 캄보디아에서 첫째 딸로 태어나 동생 세 명의 등록금과 생활비를 보태줘야 해서 악착같이 벌렸어요.

한국에서 생활하기가 쉽지 않았어요. 한국어도 너무 어렵고, 일하는 것도 힘들었고, 날씨도 적응하기 힘들었고 음식도 입에 맞지 않아서 제대로 먹지도 못했어요. 지금은 한국어로 소통할 수 있고, 한국 음식도 잘 먹으며 살고 있지만 당시에는 너무 힘들었어요. 농장 일이 너무 힘들었어요. 땅도 파고, 농약도 뿌리고, 비닐하우스를 만들어야 했는데 농장에는 남자 노동자가 한 명도 없었어요. 남자 노동자도 힘들어서 모두 떠나버린 농장에 여자 노동자만 남아 있으니 너무 힘들었죠. 사업주에게 농장 일이 힘들다고 말했지만 우리 말을 무시하고 계속 일만 시켰어요. 농장에서 기숙사 숙소까지는 너무 멀었고, 화장실 환경은 최악이었어요. 따뜻한 물이 나오지 않아서 겨울에는 정말 추웠어요. 농장에서 일하는 기간을 1년으로 계약해서 어쩔 수 없이 계속 남아서 일할 수밖에 없었어요. 캄보디아에 있는 가족이 많이 보고 싶었어요. 결국 1년 계약이 끝나고 남자친구가 있는 광주로 이동하기로 했어요. 내가 노동 현장에 있다 보니 일자리를 배정할 때 이주민이라 차별받는 느낌이 있어요. 이주민에게 더 힘든 일을 시킨다는 느낌을 많이 받아요. 이주민이라서 곱지 않은 시선으로 바라보는 사례도 많았어요. 힘들고 어려울 때마다 교회 다문화공동체로부터 도움을 많이 받았어요. 다문화공동체가 나를 가족처럼 챙겨주셔서 정말 감사하죠.

광주는 일자리도 많고 사람들도 좋고 살고 싶은 도시라고 생각해요. 꿈과 희망을 이루려면 한국어를 잘해야 하는데, 직장에서 일해야 하는 상황이라 배울 시간이 없는 게 너무 큰 어려움이에요. 캄보디아에 있는 아이를 한국에 데리고 오고 싶은데 여건이 안 되니까 속상해요. 2015년에 아이를 낳았는데 돌볼 형편이 아니라 캄보디아에 계신 부모님이 대신 키워주셔요. 잠깐이라도 아이를 데리고 와서 함께 시간을 보내고 싶은데 지금은 코로나19로 움직일 상황이 아니라 마음이 아프죠. 아이를 돌볼 상황이 아닌 게 제일 힘들어요.

건강교육, 노동자 인권강의 필요

지금 다니는 교회에서 다문화공동체와 함께 인권교육을 받은 경험이 있어요. 노동자로서 누려야 할 권리에 대해서 배웠어요. 한국어를 잘하는 언니가 통역해주셔서 강의를 듣는 게 수월했어요. 강의를 통해 사업주가 월급을 주지 않을 때 어떻게 대처해야 하는지, 부당한 일을 당할 때 신고하는 방법과 도움을 요청하는 방법을 배웠어요. 이주민 의료와 건강을 지키는 인권교육이나 사람으로서 권리를 누리며 살아가는 방법을 배우고 싶어요. 누구나 다 이해하기 쉬운 말로 천천히 가르쳐주면 좋겠어요. 캄보디아어로 통역해주는 사람이 있으면 더욱 좋겠어요. 내가 만약 '인권교육을 담당하는 강사'라면 이주민이 한국에 살면서 필요한 건강교육, 노동자 인권, 더불어 사는 삶에 대해서 강의하고 싶어요.

동료 이주민에게 '자기 건강을 잘 챙기고, 아프면 병원에 가서 도움을 요청했으면 좋겠어요. 음식도 잘 먹고, 자기 건강을 돌보면서 일하면 좋겠어요'라고 말하고 싶어요. 선주민에게 '어려운 일이 있을 때 돕고 따뜻하게 대해주는 것이 이주민에게 너무나 큰 힘이 돼요. 사람답게 살도록 함께해 주니 얼마나 좋은지 몰라요. 그럴 때마다 한국에서 살고 싶은 마음이 들고 마음이 따뜻해져요. 다른 이주민에게도 따뜻하게 대해주면 좋겠어요'라고 말하고 싶어요.

내가 생각하는 인권은 사람이 사람답게 살아가는 거예요. 아플 때 병원에 갈 수 있고, 어려우면 도움을 요청할 수 있는 것이에요. 민주주의 정신을 가지고 사는 것이 인권이라고 생각해요. 노동자이든 누구든 인권을 누릴 자격은 모두 똑같아요.

10년 후엔 한국어를 잘하고 있겠죠. 그래서 인권교육과 다른 교육을 자유롭게 받는 날이 오겠죠. 자유롭게 한국에서 살 수 있으면 좋겠어요. 나는 지금 한국경제를 위해 노동자로서 노동력을 충분히 제공하고 있다고 생각해요.

후배 이주민에게는 '일하는 것도 중요하지만 몸을 잘 돌보면서 하면 좋겠어요'라고 말하겠어요. 이주 초기에 한국 생활이 너무 어렵고 힘들었어요. 몸이 아플 때 건강보험이 되지 않아 병원에도 갈 수 없었고요. 이주민이 혜택을 받을 수 있는 의료기관이나 방법을 좀 더 소개하면 좋겠어요. 이주민은 몸이 아파도, 병원에 가는 걸 두려워하거든요. 나는 광주에서 노동하며 사는 이주민 티나입니다.

국적으로 정체성 강요하지 말아야

박향란 · 중국

국민이 대통령을 선출하는 제도에 한 번 놀랐고

정확히 언제인지 모르지만, 내 선조께서 전쟁과 가난을 겪으면서 중국 땅으로 이주해 살았어요. 그러다가 중국과 한국 국경이 확연히 구분되면서 한국으로 건너가지 못하고 중국에서 삶의 터전을 잡게 되었어요. 그래서 중국에서 소수민족으로 정착하며 살게 되었지요. 나는 중국계 한국인 박향란입니다. 내 삶 역시 이주의 연속이었어요. 어렸을 때 여러 번 이사했고, 초등학교 1학년부터는 할머니 집에 잠자러 가야 했고, 중학교부터는 부모님 곁을 떠나 기숙사 생활을 했어요. 그 이후로 줄곧 이주하는 삶이었죠. 북흥-명동-룡정-조양천-룡정-연길-텐진-베이징-한국 광주.

이주가 내 삶에 커다란 역할을 했고, 많은 경험을 주었으며 지금 나로 존재하게 했어요.

누군가가 나에게 어렸을 때 꿈을 물어보면 '선교사가 될래요'라고 대답했어요. 사실 선교사가 무슨 의미인지 정확히 몰랐어요. 엄마 친구가 선교사라는 이름으로 다른 지역에 가는 걸 보고 부러웠던 것 같아요. 어린 시절에 가지고 있던 꿈은 '말이 씨가 된다'라는 속담처럼 이루어졌어요. 고등학교 졸업하고 방학 동안 선교센터에서 지냈던 적이 있었어요. 그것이 계기가 되어 대학교 졸업 후 신학 공부를 하고 싶다는 소망이 생겼죠. 그리고 베이징에 있는 선교사가 신학대학교를 소개해 광주로 이주하게 되었어요.

광주로 이주하기 전 한국에 대해서는 선교사와 소문, 뉴스, 드라마를 통한 표면적 이해가 전부였어요. 내 고향은 북한과 두만강 하나 사이를 둔 변방 지역이지요. 그래서 한국에서 선교사가 자주 왔고, 어머니가 시무했던 교회가 도로변에 있어서 많은 선교사가 교회에 들렀어요. 우리 교회가 북한에 다양한 물품과 옷을 보내는 중간 역할을 했죠. 어렸을 때 그 모습을 보면서 '나눔'에 대해서 깊은 생각을 했어요. 한국에 대한 부정적 소식도 많았어요. 중국 동포가 대거 한국에 노동자로 갔던 시기가 있었죠. 노동자로 살다 보니 한국에서 어려움이 많았고, 환대보다는 무시와 차별을 더 받았어요. 직장에서 일하고 급여를 받지 못하는 사례도 많았어요. 들려오는 소문은 대부분 좋지 않은 것이었죠. 그 후로 '무시'와 '차별'에 대해서 생각하게 되었어요. TV로 접한 뉴스는 정치적 내용이었어요. 국민이 대통령을 선출하는 제도에 한 번 놀랐고, 국민이 선택한 대통령에게 욕설을 퍼붓고 달걀을 던지며 싸움판이 벌어지는 정치계를 보면서 충격이었어요. '민주주의 국가'에 대해 생각하게 되었죠.

광주에서 유학생으로서 사는 삶

2010년 3월 대학교 개강에 맞춰 입국하지 못했어요. 유학비자가 늦어져 2주 늦게 도착했어요. 하루라도 빨리 대학교에 가고 싶었어요. 광주에 도착한 후 학교 행정실에서 필요한 서류를 작성하고 수업에 필요한 책을 구매한 후 강의실로 갔어요. 한국어로 의사소통하는 부담이 없었기 때문에 수업을 바로 시작할 수 있었어요. 하고 싶었던 공부를 할 수 있어서 기쁘고, 감사했어요. 하지만 아르바이트와 학업을 병행해야 할 형편이었죠. 처음 해보는 아르바이트라 실수도 잦았고 시행착오도 있었어요. 처음 아르바이트를 시작한 곳은 교회 집사님 가게였고 서툰 아르바이트생이었지만 잘 다독여주셨어요. 그분들은 아르바이트생이 필요하지 않았지만, 유학생을 돕고 싶은 마음에 아르바이트생을 채용했어요. 그리고 일한 시간에 비해서 아르바이트 임금을 많이 주었어요. 그 후로 편의점 아르바이트, 학교 카페 아르바이트, 영어학원 시간 강사로 일하면서 생활비와 기숙사 비용을 충당했어요. 학업에만 집중하고 싶었지만, 형편이 어려워 아르바이트를 병행한 삶이 나에게 소중한 경험을 하게 했어요. 그 과정을 통해서 다양한 경험을 쌓고 내가 할 수 있는 일이 있다는 걸 감사했던 시간이에요. 그러한 경험으로 고마운 사람을 많이 만났고 위로도 많이 받았어요.

유학생으로 살면서 큰 어려움은 없었어요. 등록금과 기숙사 비용, 생활비를 충당해야 할 때도 돕는 손길이 있었고, 나머지는 아르바이트로 해결했어요. 돌아보면 모든 게 놀라울 따름이에요. 어렸을 때부터 이주하는 삶이 익숙한 터라 광주에 연고가 없었으나 나름대로 재미있게 지냈어요. 물론 사람 관계에서 어려움이 있었고, 문화 차이로 생기는 어려움도 있었어요. 그때마다 지금 남편인 남자친구가 곁에서 많은 위로와 힘이 되었어요.

이주민이라는 이유로 차별받은 경험은 중국에서 왔다는 이유로 정체성을 부정해야 하거나 정체성 부정을 강요받은 거예요. 영어학원에서 강사를 할 때 원장 선생님은 학생들에게 나를 중국이 아니라 캐나다에서 온 교포로 소개하도록 강요했어요. 그렇게 말해야 학부모가 좋아하고 나도 선생님으로서 존중받는다고 말했어요. 어떤 이유로도 내 정체성을 부정해야 하는 걸 설명할 수 없었어요. 하지만 당시에는 스스로 내 정체성 부정을 선택할 수밖에 없었어요.

두 번째 정체성 부정을 강요당한 경험은 운전학원에 다닐 때였어요. 내가 중국 동포라는 걸 알게 된 셔틀버스 기사가 나에게 '한국 사람이니까 한국으로 귀화하는 게 좋다'라고 말하더군요. 그래서 내가 가진 정체성을 설명하고 귀화할 의사가 없음을 차분히 말했어요. 그러자 자기 조언이 받아들여지지 않았다고 생각한 그 기사는 강한 어조로 '한국 사람인데 당연히 한국으로 귀화해야지!'라며 다시 내 정체성을 부정하더군요. 사실 내 정체성을 있는 그대로 수용하기까지 과정은 쉽지 않았어요. 중국에서는 소수민족이라서 완전한 중국인으로 인정받지 못했어요. 한국에서는 중국계 한국인이었기에 완전한 한국인도 아니었죠. 동포라고 말하지만 그 시선과 말투에는 '측은함'이 담겼어요. 내 피해의식일 수도 있지만 나에게 질문하거나 나를 대하는 태도로 느낄 수 있었어요. 사실 중국 동포는 이러한 자기 정체성으로 힘들어하며 정체성 혼란을 겪는 사람들이 많았어요. 나 또한 그랬어요. 그런데 대학 교수님 덕분에 나 자신을 성찰적 삶으로 이끌고 내 정체성을 있는 그대로 받아들일 힘을 갖게 되었어요.

세 번째 정체성 부정은 지금까지 한국에서 공부해 온 시간에 대한 부정이었어요. 중국계 한국인으로서 목사 안수를 받는 과정에서 한국 국적이 아니라는 이유로 내가 공부해왔던 7년이라는 세월과 모든 과정이 부정당하는 느낌이 들었어요. 똑같은 시간과 등록금을 내고 정규과정을 마쳤고, 목사 고시도 합격했지만, 한국 국적이 없어서 목사 안수를 받을 수 없다고 했어요. 총회 헌법에 '외국인은 목사 안수를 받을 수 없다'라는 조항이 있었어요. 목사 안수를 받을 수 있는 예외 조항은 선교사로 해외에 나가거나, 국내에서 이주민 목회를 해야 하는 조건이었어요. 대학교에 입학할 당시에도, 목사고시 면접에서도 아무도 알려주지 않았어요. 결국 목사 안수를 1년 미루고 다시 목사 안수에 필요한 서류를 준비하고 예외 조항을 적용받아 안수받을 수 있었어요. 마음이 아프고 힘든 과정이었어요. 당시에 해밀교회 공동체와 다문화평화교육연구소가 내게 큰 힘과 용기를 주었어요.

5·18정신, 함께 기억해줘서 고맙다

광주는 생명, 희생, 사랑 위에 세워진 생명 중심 도시라고 생각해요. 정의로운 고장답게 불의에 저항한 도시이며, 광주학생항일운동 발상지고,

5·18민주화운동이 일어난 한국 근현대사에 굵은 획을 남긴 도시로 알려져 있어요. 또한 100여 년 전 낯선 땅으로 이주해 학교와 병원과 교회를 세운 선교사의 헌신과 희생으로 조선인이 치료와 위로받았어요. 선교사의 삶은 조선인에게 인식의 전환과 문명의 변화를 가져왔어요. 오늘날도 광주에 여러 나라에서 이주한 많은 이주민으로 인해서 인식의 변화와 삶의 변화가 생겼다고 생각해요. 그러니 곁에 있는 이웃이 소중하고 귀한 존재라는 것을 잊지 않으면 좋겠어요.

5·18민주화운동은 참혹함 그 자체라고 생각해요. 군부독재에 맞섰던 학생과 시민의 희생이 너무나도 안타까운 일이었죠. 시민을 지켜야 할 나라와 군부는 오히려 무고한 시민을 무참하게 짓밟았던 행태를 어떻게 설명할 수 있겠어요. 그래도 끝까지 물러서지 않고 자신의 신념과 의지를 지켰던 광주 시민의 죽음과 희생으로 민주주의가 세워졌고, 광주에 생명을 가져다주었죠.

5·18민주화운동 당시에 자녀를 잃고, 남편을 잃고, 아내를 잃고, 부모를 잃은 유가족과 피해자 가족의 아픔과 고통을 공감하고 기억하는 삶을 살아야 하겠어요. 언젠가 5·18민주화운동 유가족이신 권사님에게 '함께 기억하며 5·18정신을 잊지 않겠어요. 그리고 고맙고 죄송해요'라고 문자 보냈더니, '한국인도, 광주 사람도 외면하고 기억하지 않으려 하는데 함께 기억해줘서 고맙다'라고 답장했던 기억이 나요. 기억하는 걸 고마워하시니 마음이 먹먹했어요.

코로나19로 인해 힘든 건 여행할 수 없는 것이에요. 여행을 통해 얻는 통찰력과 쉼은 내 삶에 큰 영향을 주었어요. 그런데 코로나19로 인해 얻은 통찰력도 적지 않았어요. 초반에 마스크가 부족했을 때 주변에서 함께 사랑하고 나누는 연대는 감동이었어요. 중국에 있는 한 병원에서 마스크가 부족하다는 친구 사연을 공유하자 내 주변에 있던 사람들이 연대했어요. 초기에 모두에게 마스크가 부족했는데, 자기 것 중에서 나누고 모아서 500여 개 마스크를 중국으로 보낼 수 있었어요. '나눔'의 온기는 정말 따뜻했어요. 위기 속에서도 연결되어있는 사람들로 인해 우리는 다시 힘을 낼 수 있고 절망적인 상황에서도 다시 시작할 용기를 얻는다는 걸 깨닫는 귀한 시간이었어요.

마음속 깊은 이야기를 나눌 수 있는 공동체는 가족공동체라고 생각해요. 물론 가족이어도 모든 걸 나눌 수는 없지요. 내가 경험한 안전한 공동체는 어떤 이야기를 나눠도 판단하지 않고 있는 그대로 수용하는 공동체에요. 내 생각, 잣대를 내려놓고 서로의 이야기에 마음을 기울이고 공감하고 스스로 자신을 보도록 기다려주는 공동체에요. 나이에 상관없이 어우러지고 강요와 조언 없이 마음을 나누는 일만으로도 성찰이 일어나는 공동체라고 생각해요.

서로에게 배우는 인권교육이 준 깨달음

다문화씨앗캠프, 청소년인권평화캠프, 세계인권도시포럼, 다문화평화교육연구소에서 진행하는 인권교육에 참여했어요. 2018년 세계인권선언 70주년을 맞이하여 이주민이 수개월을 고민하며 인권선언문을 함께 작성하고 번역하여 '광주이주민인권선언문'을 발표하는 데 동참하기도 했어요. 인권교육에 있어서 가장 중요한 건 '서로에게 배우는 것'이라고 생각해요. 서로 다름을 인정하고 받아들이는 과정에서 우리는 엄청난 깨달음을 얻을 수 있어요. 내가 만약 인권교육 강사라면 내가 경험했던 것처럼 '서로 배우는 자리'를 만들겠어요.

동료 이주민에게 '각자 다름은 틀린 게 아니에요. 선주민이든 이주민이든 모두는 같은 동시에 다른 존재에요. 다름과 지혜를 나눌 때 한국 사회는 더욱 풍성해질 것이고 인식의 전환이 일어날 거예요. 이주민으로서 이 사회에 이바지하는 존재임을 잊지 말고 함께 살아가요'라고 말하고 싶어요. 선주민에게 '모든 사람은 이주할 가능성이 있다고 생각해요. 생명이 싹트는 과정만 생각해 봐도 공감할 수 있을 거 같아요'라고 말하고 싶어요. 이 땅에 먼저 와서 사는 사람이 있는 것이지 이 땅의 주인은 아무도 없다고 생각해요. 그러니 모두가 이주민이라는 사고를 확장하면 좋겠어요. 선주민과 이주민이 아닌 그저 이웃으로 우리 모두 더불어 살아요.

나는 인권이 우리가 살아가는 삶 전체라고 생각해요. 인권은 우리에게 주어지는 자격 같은 것이 아니라 사람으로서 사는 모든 영역에 자연스럽게 존재하는 것이에요. 그런데 필요한 것을 채우기 위해 권리를 내세울 때 불평등이 존재할 수밖에 없어요. 어떠한 조건에도 상관없이 누구나 보장받아야 하는 것이 인권이라고 생각해요.

불평등과 차별에 맞서 연대하는 삶

10년이라는 세월이 또 금방 지나가겠죠? 그 시간을 어떻게 보내느냐에 따라 내 모습도 달라지겠죠. 10년 후에 무엇을 하고 있을지 사실 잘 모르겠어요. 지금보다 더 성숙한 삶을 살고 있겠죠. 앞으로 마음을 열고, 불평등과 차별, 편견에 맞서 연대하는 삶을 살 거예요. 지역사회를 위해 할 수 있는 일은 먼저 관찰이라고 생각해요. 지역사회에서 필요로 하는 것이 무엇인지를 자세히 들여다보고 묻고 듣는 일이 우선이겠죠. 지역사회의 요구와 목소리에 맞춰 내가 할 수 있는 일을 찾아 연대하고 싶어요. 후배 이주민들에게 '혼자가 아니에요. 우리 함께 해요'라고 말하겠어요.

이주민과 인권이라는 주제가 때로는 귀찮고, 모른 척 지나치고 싶은 주제일지도 모르겠어요. 익숙하지 않고, 관심 두고 싶지 않은 주제일 수도 있는 거죠. 낯선 이들이 내 생활 범주에 들어오게 될 때 느끼는 낯섦에서 오는 두려움과 불안감도 분명 있을 수 있어요. 그러나 선주민과 이주민이 함께 공존하는 사회, 다수의 인권이 존중받는 한국사회를 만들기 위한 노력을 회피해선 안 되겠죠. 이를 위해선 무엇보다 서로를 이해하기 위해 끊임없이 고민하고 성찰해야 한다고 봐요. 성숙한 이웃으로 서로 이해하고 포용하며 연대하는 삶을 살기를 소망해요. 나는 광주에서 이주민으로 사는 박향란입니다.

'사람이 온다는 건 실은 어마어마한 일이다. …… 한 사람의 일생이 오기 때문이다.'

정현종

정현종 시인이 쓴 〈방문객〉이란 시에 나오는 구절입니다. 빛고을 광주에 사는 이주여성 34명이 들려준 살아가는 이야기와 인권 이야기를 읽으며 퍼뜩 떠오른 말이 '한 사람의 일생이 온다'라는 표현이었습니다. 실로 어마어마한 일이 아닐 수 없습니다. 한 사람씩 살아온 이야기를 들을 때마다 사람이 오는 무게가 정말로 굉장하다는 신선한 충격과 놀람이 거듭되었습니다. 책에 등장하는 상당수가 10년 전부터 알고 지냈던 사람들인데, 살아가는 이야기와 인권 이야기를 읽으며 그들을 더 깊이 알고 이해하게 되었습니다.

독자는 책을 읽어가며 비슷한 질문에 유사하게 답변하고 내용이 반복한다는 느낌을 받을 수 있을 겁니다. 프롤로그에서 밝힌 것처럼, 빛고을 광주에 사는 34명 이주여성에게 똑같은 질문을 던지고 얻은 답변을 정리했기 때문입니다. 독자 이해를 돕기 위해서 여기에 34명 이주여성에 던진 질문 내용을 간략하게 소개하고자 합니다.

첫째 부분은 '자기소개'로 시작해 성장 과정, 가족 이야기, 꿈과 기대, 광주로 이주하는 과정에 관해서 물었습니다. 그리고 광주로 이주하기 전 '한국에 관한 이해'를 질문하며, 한국 문화, 드라마와 영화, 언론이나 방송을 통해서 들었던 한국 모습에 관해서 묻고 들었습니다.

둘째 부분은 한국, 특히 광주에서 '이주여성'으로서 사는 삶에 관해서 구체적으로 물었습니다. 광주로 이주했을 당시 기억과 느낌을 포함한 소감, 이주민으로서 살며 어려웠던 순간, 그때 도움을 받았던 사람이나 기관에 관한 구체적 사례, 이주민이라는 이유로 차별받은 경험, 광주에 사는 이주민으로서 광주라는 도시에 대한 이해와 지식 정도, 광주에 사는 이주민으로서 자부심, 꿈과 희망을 실현하는 과정에서의 걸림돌과 어려움, 코로나19 상황에서 직면했던 어려움 그리고 '안전한 공간', 즉 마음속 깊은 이야기를 나누는 공동체나 모임에 관해서 묻고 들었습니다.

셋째 부분은 이주여성이 들려주는 인권 이야기에 관한 질문이었습니다. 인권교육을 받아본 경험 여부, 배우고 깨달은 인권교육 내용, 인권교육에서 중요한 것, 만약 '인권교육을 담당하는 강사'라면 무엇을 강의하고 싶은지, 동료 이주민에게 하고 싶은 말과 선주민에게 하고 싶은 말, 인권을 증진하는 프로그램이나 활동 제안, 그리고 인권이 무엇인지 정의하도록 요청하고 답변을 들었습니다.

마지막 부분은 앞으로 계획과 비전에 관해서 물었습니다. 10년 후 자기모습을 상상하는 것, 지역사회를 위해서 함께 할 수 있는 일, 후배 이주민에게 꼭 해 주고 싶은 말, 질문 외에 하고 싶은 말, 그리고 책을 출간할 때 사용할 자기소개를 간략하게 답변하도록 요청했습니다.

이주민으로서 살아온 이야기와 인권 이야기를 제대로 들으려고 구체적으로 질문했습니다. 하지만 한 사람이 살아온 일생을 심층 면접 한 번으로 다 담을 수 없는 한계가 있었음을 분명히 밝힙니다. 그래도 이주민 목소리를 다문화 담론 전면에 가져오고 그 목소리를 이주민과 선주민 모두가 들도록 시도하고 그 내용을 토대로 책을 출간하는 건 뜻깊은 일이라고 생각합니다. 빛고을 광주에서 들려준 34명 이주여성 목소리를 시작으로 전국 곳곳에서 이주여성 목소리에 공명해 다문화 담론 전면에 등장하길 상상합니다. 그래서 살아온 이야기와 인권 이야기를 통해서 이주민과 선주민이, 이주민과 이주민이, 선주민과 선주민이 서로 비추어 배우는 시간과 공간이 확장하길 기대합니다. '100명의 이주민은 100가지 스토리를 가진다'라는 말이 있습니다. 이 책에서는 '34명의 이주여성은 34가지 스토리를 가진다'라고 바꾸어 표현할 수 있겠습니다. 34명 이주여성이 각각 다른 성장 배경과 이주과정, 다른 처지와 환경, 다른 시각과 관점을 지녔기 때문에 34명 이주여성이 같은 질문을 듣고, 다르고 다양하게 답변한 것임을 확인할 수 있습니다.

때로는 담담하게, 때로는 비장하게, 때로는 용기 있게 마음속 깊은 이야기를 나누고 들려줌으로써 지금 여기here and now에서 사는 모든 이에게 사람답게 사는 지혜와 더불어 사는 평화로운 세상을 제안해 준 이주여성 34명에게 고마운 마음을 전합니다. 이 책의 필자 중에는 이름을 밝힌 사람도 있지만, 이름을 밝히지 못한 이주여성이 우리 곁에 아직 있다는 걸 기억해야 하겠습니다. 안전한 공간이나 안전한 공동체를 꿈꾸는 사람으로서 미안한 마음을 전합니다. 이주여성이 들려준 모든 이야기는 한국 사회가 더욱 공감하고 연민하고 연대하는 사회로 확장해야 함을 침묵 속에서 큰 목소리로 외친다고 생각합니다. 여기 소개한 글을 읽고 평화롭게 공존하는 세상을 함께 만들고자 스스로 깨닫고 실천하는 독자가 늘어난다면 책을 출간한 충분한 보람이 있다고 하겠습니다. 평화!

나는 메리암 디비나그라시아 마뉴엘이다

발행일 | 2022년 11월 17일
역 음 | 다문화평화교육연구소
기 획 | 박흥순(다문화평화교육연구소)
펴낸이 | 최진섭
디자인 | PlanDesign
펴낸곳 | 도서출판 말

출판신고 | 2012년 3월 22일 제2013-000403호
주 소 | 인천광역시 강화군 전망대로 306번길 54-5
전 화 | 070-7165-7510
전자우편 | dream4star@hanmail.net
ISBN | 979-11-87342-21-2 (03800)